漫時光

蓮花樓 冊一

藤萍　作

高寶書版集團

◆目錄◆

第一章

碧窗有鬼殺人

一 吉祥紋蓮花樓

常州城，小棉客棧。六月十七日，三更。

鶴行鏢行的總鏢頭程雲鶴保著十六箱紅貨上路已有兩天，一路上雖然平安，卻緊張疲憊，本已睡下，不知道為什麼又突然醒了。

黑漆漆的房間一片寂靜。窗外……有歌聲。

一陣陣縹緲的聲音傳來，像什麼人在唱歌，似乎唱得十分認真，那聲調卻很奇怪，就像是斷舌在發聲。

他睜開眼睛，看向正對著床榻的窗子。

一片漆黑之中，那扇窗上悠悠飄著些碧綠色的點狀影子，忽遠忽近。窗外，歌聲遠遠傳來，那是生人無法聽懂的淒婉之歌……

他有近四十年的習武經歷，耳目雖然不是江湖中最好的，卻也絕對不弱，但他沒有聽到任何「人」的聲音。

風沙沙穿過未關緊的窗縫，他瞪著那碧影飄忽的窗戶，平生第一次想到一個字——「鬼」！

青天白日，朗朗乾坤。

屏山鎮是一個不怎麼起眼的小地方，沒有奇珍異寶，更算不上人傑地靈，和江湖上絕大多數地方一樣，當地百姓有些無趣，田裡的莊稼有些瘦小，河水有些髒，可以作為茶餘飯後話題的事有些少——是太少了，所以一旦有一件，大家就津津樂道很久，何況最近發生的這件怪事。

事情是這樣的：六月十八這天，屏山鎮百姓一大早便開門掃街，卻突然發現熟悉的大街上多了一棟兩層木樓。這木樓可不一般，裡面可以住人，而且寬敞。

整棟樓是木質結構，雕鏤著精細華麗的蓮花和祥雲花紋。

一陣圍觀議論後，眼尖的人終於看出，這棟樓並不與地面相連！原來這棟樓是有人用車運到屏山鎮大街上的。百姓嘖嘖稱奇，卻都不明白大半夜拉這麼一棟木樓放在街上有什麼用，莫非是給屏山鎮當土地廟用的？說來土地廟年久失修，香火斷了好多年……

各種議論還在發酵，三天後，有個在鏢行趕鏢的偶然回家，一見之下大吃一驚，當場狂呼一句，「吉祥紋蓮花樓！」然後他連家也不回了，調頭狂奔而去，一路狂叫，「吉祥紋蓮花樓！」

於是，這樓又被當成鬼樓，因為看見它的人會發瘋。

直到七天之後，那趕鏢的突然帶了整間鏢行的人回到屏山鎮，人們才知道，原來這棟樓並不是什麼鬼樓。非但不是鬼樓，還是棟福氣樓，是大大的福氣樓。「吉祥紋蓮花樓」是一間醫館。

館主姓李，叫蓮花。

李蓮花是個什麼樣的人？其實這在江湖上是個謎。師承來歷不詳，武功高低不詳，年齡大小不詳，連長相美醜都不詳，此人出現在江湖已有六年，一共只做了兩件事，這兩件事讓「吉祥紋蓮花樓」成為江湖中最令人好奇的傳說。

李蓮花做的第一件事，是把與人決鬥重傷而死，且已入土多日的武林文狀元「皓首窮經」施文絕醫活過來。第二件事，是把墜崖而死，全身骨骼盡斷，也已經入土多日的「鐵簫大俠」賀蘭鐵醫活過來。

單憑這兩件事，就使李蓮花成為江湖中人最想結交的人物，何況他還有一棟可以隨時帶著走的古怪房子，這更使李蓮花成為傳說中的傳說。

鶴行鏢行的總鏢頭帶領全鏢行上下策馬匆匆趕到屏山鎮，沐浴焚香三天之後，終於戰戰兢兢地對那棟楠木雕成的樓遞出拜帖：鶴行鏢行程雲鶴有要事拜見。

拜帖是從窗縫投進去的。

全鏢行上下四五十人跟隨程雲鶴等著，彷彿樓裡是閻羅王在判刑。

很快，那棟彷彿根本沒有人住的靜悄悄木樓發出了「咯吱咯吱」一陣輕響。鶴行鏢行幾十人屏住呼吸，連旁觀路人都憋起了氣，瞪大眼睛等著看樓裡究竟出來什麼鬼怪。

木門倏忽開了，門裡「砰」的一聲冒出一大股灰塵，吹了程雲鶴一頭一臉。門裡的人「哎呀」一聲，十分歉然地說：「整理什物，不知門外有客，慚愧、慚愧。」

鶴行鏢行一眾人等頂著滿頭灰塵木屑，愕然看著打開大門的人，他拿著掃帚，掃帚上卡著那張鮮紅拜帖。他看起來很年輕，最多不過二十四五，如果不是穿著一身打了許多補釘的灰衣，可能更顯年輕，膚色白皙，容貌文雅，但也非俊美無雙，令人過目不忘。他右手握著掃帚，左手拎著畚箕，滿臉歉意地看著門外四五十人的陣仗。

程雲鶴重重地咳嗽了一聲，抱拳行禮：「在下『鶴行萬里』程雲鶴，拜見蓮花樓李先生，還請閣下代為通報，就說程某有要事請教李先生。」

灰衣年輕人「啊」了一聲：「通報？」

程雲鶴沉聲道：「還請李蓮花李先生相見，在下有要事商談。」

灰衣年輕人放下掃帚，道：「我就是李蓮花。」

程雲鶴陡然睜大眼睛，張開嘴巴。下一秒，他便閉上嘴，重重地咳嗽了一聲：「久仰李先生大名……」下一句他不知如何開口，事情的原委他已詳細寫入拜帖，但那拜帖卻卡在李蓮花的掃帚上。

李蓮花道：「慚愧、慚愧……舍下滿地雜物……」他抬手請程雲鶴樓裡面坐。吉祥紋蓮花樓裡果然遍地雜物，釘錘鋸斧有之，抹布掃帚有之，木屑灰塵四處皆是，還有幾個箱子裡放置著不知什麼東西，前廳只有一桌一椅，都是竹子搭成，不值二十個銅板。程雲鶴心裡重重疑惑，但「吉祥紋蓮花樓」何等名聲，這灰衣人坐在樓中，要他懷疑此人是假，他不敢，只得恭恭敬敬坐在李蓮花對面，把半月之前遇到的可怖之事原原本本說了一遍。

那夜三更，小棉客棧。

程雲鶴夜裡驚醒，發現窗戶上有碧影飄忽，窗外有詭異歌聲，他堪堪想到一個「鬼」字，但隨即啞然失笑，他行走江湖二十餘年，從不信世上有鬼。此時，隔壁大弟子的房間傳來一聲慘叫，程雲鶴大吃一驚，隨即趕去。他的大弟子崔劍軻也是看到碧窗鬼影，於是起身查看貨物，他打開封漆完好的木箱，卻發現貨物蹤影全無，護送的金銀珠寶不翼而飛，這還不足以讓幹鏢行十多年的崔劍軻慘叫出聲，讓他發出如此驚駭絕倫叫聲的是，木箱裡非但沒有紅貨，還壓了一塊粗糙的石頭，且四壁居然布滿血指印。

那些血指印，就像是有人被封在箱中，急於爬出卻不得其門而留下的，然而箱裡明明什麼都沒有。半夜三更，碧窗鬼影猶在身邊，尚有怪聲陣陣，突然看見木箱中布滿血指印，縱然是行走江湖十多年的崔劍軻也當場慘叫出聲。

程雲鶴驚怒交加，命令弟子們打開十六大箱。十六箱中有十箱的的確確裝滿珠寶玉石，件件都是人間珍品，但另外六箱卻令人大吃一驚——一個木箱中布滿血指印，三個木箱裝滿死人神龕，剩下兩個木箱裡，一個放著塊凹凸不平的石頭，另一個則赫然躺著一具屍體。

是一個容貌嬌豔美麗的白衣少女，她的表情驚恐萬狀。

見到這具屍體之後，程雲鶴和崔劍軻的表情比她更驚恐。這位白衣女子江湖上人人認得，是武林中玉城城主之女——「秋霜切玉劍」玉秋霜。

玉城城主玉穆藍稱霸西南山域，壟斷崑崙玉礦，貴為武林第一富豪，他寵愛女兒之名天下皆知，這玉秋霜怎麼會死在名不見經傳的鶴行鏢行所保的紅貨箱中？

小棉客棧一陣譁然，不消片刻，數十人闖入崔劍軻的房間，都是大吃一驚，臉色慘白。

程雲鶴此時才知道，原來玉秋霜當夜也在小棉客棧落腳，她身邊隨侍的五六十位玉城劍士驚見碧窗鬼影的同時，和玉秋霜同房的摯友雲嬌突然發現玉秋霜不見蹤影，大家四下尋找，不料她竟死在程雲鶴的紅貨箱中！

這就是半個月以來鬧得沸沸揚揚的「碧窗有鬼殺人」事件，玉穆藍心傷愛女無故而死，大怒之下，逼殺當夜跟隨玉秋霜左右的全部劍士，並發出追殺令，要殺鶴行鏢行滿門。程雲鶴走投無路，正打算帶著家中大小解散鏢局，各自逃亡，就聽聞蓮花樓的消息。

李蓮花能讓死人復活——程雲鶴突然想到，如果李蓮花能把玉秋霜醫活，豈不是什麼事都解決了？醫活死人，若在半月之前，程雲鶴萬萬不會相信，但事到如今，只能死馬當活馬醫，既然天幸讓他遇到李蓮花，何不盡力一試？如果傳說是真，豈非萬事大吉？

可一直到他說完「碧窗有鬼殺人」事件，也沒聽到李蓮花有什麼驚人見解，只是「啊」了一聲，點了點頭。

喝完茶後，程雲鶴只好走了。他實在想不出什麼理由，在滿是雜物的木樓和李蓮花滿臉「溫和的茫然」表情下再待下去。

程雲鶴走了。

吉祥紋蓮花樓二樓傳來幽幽一句：「五年了，你還是很有名嘛。」

李蓮花坐在椅子上喝茶，道：「啊……」也不知他在「啊」些什麼。

「其實我一直想不通。」二樓的人慢慢走了下來，這人瘦骨嶙峋，臉色蒼白，如果胖上二十斤或許是個翩翩美少年，然當下看來只像個餓殍，偏偏這「餓殍」還穿著一身華麗白衣，戴著只有濁世佳公子才喜歡的長穗玉佩，腰掛一柄外型風雅的長劍，「世上怎會有人相信死而復活這種事？都已經五年了，大家還沒忘記你那兩件糗事。」

「因為他們沒你聰明。」李蓮花微微一笑，起身活動一下筋骨，拿起掃帚繼續掃地。

「你能不能不掃地？」樓上下來的「餓殍」突然瞪大眼睛，「我堂堂方大公子在你面前，你居然還掃得下去？你知不知道剛才程雲鶴如果知道我在裡面，一定會跪下來求我叫玉老頭不要殺他滿門？本公子這樣英俊瀟灑又身分顯赫的人站在你面前，你居然一直在掃地？」

「不能。」李蓮花說，「這棟樓我很久沒有修理打掃了，很髒，下雨天會漏水。」

白衣「餓殍」瞪著他，接著嘆了口氣：「你這傢伙既不會打架，也不會治病，既不種田，也不打劫，這麼多年，究竟是怎麼混得有名有望的，我實在想不明白。」

這位白衣「餓殍」是武林中方氏一家的大公子「多愁公子」方多病，他與李蓮花已相識六年，李蓮花的成名史他一清二楚——

施文絕和人決鬥，身受重傷，施展龜息大法閉氣療傷，當地村民把他當死人埋了，李蓮花把他挖出來後，施文絕自然就活了過來；至於賀蘭鐵，那小子討老婆未遂，上演了一齣跳崖大戲，裝死把自己埋在地裡。李蓮花偶然路過，把他挖了出來。

世人都好奇李蓮花究竟如何讓死人復生，而方多病只想知道：他究竟如何得知哪裡的地下有活人可挖？

「我早些時候還有些銀子。」李蓮花仔細掃了前廳，收起畚箕，「只要盤算得好，就可以過日子。」

方多病翻白眼：「你還有多少銀子？」

「五十兩。」李蓮花微笑，「對我來說，可以用一輩子。」

方多病「呸」了一聲，「居然有你這種一輩子只打算花五十兩的敗類，簡直是江湖之恥。程雲鶴要是知道你是這種人，我看他還會不會上門求你！哼，求一個不懂半點醫術，小氣得連客棧都住不起，只能背著房子到處跑的『神醫』去治死人，虧他想得出來。」眼珠子轉了轉，方多病上上下下看了李蓮花幾眼，「不過，你這小子究竟會不會替他去治死人，我還真看不出來。」

李蓮花坐在椅子上，手指仍在擺弄咯吱作響的竹桌榫頭，聞言微笑：「為何不去？反正我既不會種田，也不會賣菜，又不缺銀子，如果不找些事做，人生豈不是很無聊？」

「玉老頭一旦發現你是個冒牌大夫，要殺你滿門，本公子是萬萬不會救你的。」方多病幽幽地說，「你去吧，本公子不送。」

李蓮花在吉祥紋蓮花樓裡整整收拾打理了三天，也不知他在那小包裹裡裝了什麼，然後仔仔細細地寫了一封長信，把吉祥紋蓮花樓暫時託付給「皓首窮經」施文絕看管後，終於上路了。

他要去玉城，看玉秋霜的屍體。

二 玉城之內

李蓮花以「醫活玉秋霜」的名義，堂堂正正地走進崑崙山玉城城內。

玉城建在荒涼貧瘠的高山之上，內貯奇珍異寶，武林中能完完整整走進玉城的人不過十個。其中第十個是李蓮花，第九個是宗政明珠。李蓮花是聲稱自己要醫活玉秋霜的絕世神醫，而宗政明珠的來頭比他還大——他是玉秋霜的未婚夫婿，當朝丞相的孫子，還是朝廷五品的官，是少女們夢寐以求的那種看起來溫文爾雅、詩劍雙絕的翩翩濁世佳公子。

宗政明珠比李蓮花早來半個多月，玉秋霜出事的第二天他就到玉城了。

玉穆藍在愛女屍體返家之後發狂，逼迫五六十位劍士按門規自盡，又縱火焚燒玉城宮殿，至今神智不清。

「如何？」那位錦衣玉食、高雅矜貴的白衣公子此刻站在李蓮花身後，微微有些緊張地看著他。

李蓮花彎腰，看著停屍在冰棺裡的玉秋霜，半個時辰過去，他居然沒有動過一下。聞言，李蓮花「啊」了一聲，宗政明珠全然不知他在「啊」些什麼：「李先生？」

「她是玉秋霜？」李蓮花問。

宗政明珠一怔：「玉城主縱火焚燒玉城之時，不幸波及秋霜……」

原來那冰棺之中存放的，是一具燒得面目全非、猙獰可怖的屍體，正因並未完全燒乾，所以才越發可怕。就算是大羅金仙，要讓這樣的「死人」復活，只怕無知百姓都不會相信，何況李蓮花並非金仙。但他是神醫，宗政明珠希望他至少能看出些許端倪。

「她真是玉秋霜？」李蓮花又問。

宗政明珠點了點頭，雖然屍體變得極其可怕，但玉秋霜的許多特徵仍依稀可見。李蓮花從隨身的藍色碎花小包裹裡翻出一把小刀，小心翼翼地往玉秋霜腹部劃去。

宗政明珠吃了一驚，探手一擋：「李先生？」

李蓮花持刀的右手被宗政明珠擋住，左手手指順勢一劃，玉秋霜的腹部隨之翻開——他十指留著修剪整齊的指甲，玉秋霜的屍體又已腐敗，要劃開口子並不困難。宗政明珠收回右手，心頭一震：好流暢……

看著李蓮花用小刀從玉秋霜腹部挑起一塊東西，他問：「這是什麼？」

李蓮花回答：「血塊。」

那是一塊凝結許久的瘀血血塊。宗政明珠心頭一震：「血塊？」有些常識的人都知道：腹內有血，證明內臟有傷。

「李先生的意思是？」

李蓮花微微一笑：「這鬼殺人的方法奇怪得很，他不吸光玉姑娘的血，或是剝下她的臉做畫皮，卻震斷了她的腸子，導致她腹內出血而死，外表卻看不出來。」

宗政明珠眉頭一蹙：「那就是說，秋霜並非為鬼所殺，而是為人所害？」

李蓮花答非所問：「我只知道她死了太久，又遭火焚，無法活過來了。」他的語氣從容平靜，似乎他真有本事能讓死人復活，而唯一的缺憾是玉秋霜死得太久了。

宗政明珠抖了抖他白綢金線的衣袖：「我想不明白，即使秋霜是為人所殺，何以會被震斷腸子？各門各家掌法拳法，絕無一招重手攻人胸腹以下五寸之處，這不合情理。」

李蓮花「啊」了一聲。

宗政明珠又是一怔，他仍然不知李蓮花在「啊」些什麼，頓了頓，他轉了話題：「最近玉城夜間總出現一些離奇之事……」

李蓮花喃喃地說：「我怕鬼……」

宗政明珠心裡奇怪得很：這人敢用手指去剖開腐屍的肚子，卻說怕鬼？他一邊思忖，一邊說道：「那麼李先生今夜與我同房而睡便是。」

李蓮花欣然同意，滿臉慚色：「慚愧、慚愧。」

當日，李蓮花與玉家上下吃了頓晚飯。玉家除了玉穆藍之外，玉家夫人玉紅燭也讓李蓮花稍微吃了一驚。這位夫人喪女瘋夫，卻仍然處事得當，有條不紊，精明強幹遠勝玉家其他男子，而且年近四旬，仍舊雪膚花容，美豔至極。

原來崑崙山玉家這一代唯有玉紅燭一個獨生女，為傳香火，落魄書生蒲穆藍在二十年前入贅玉家，改姓為玉。他雖然以城主之名名揚天下，城內事務卻是玉紅燭操持管理，是一位難得的女中豪傑。聽說李蓮花來醫治她女兒，玉紅燭分明不信，卻也不說破，只任由李蓮花折騰。

夜裡。

玉城客房。

宗政明珠和李蓮花同在一間客房，李蓮花睡床上，宗政明珠有另一張床可睡，他卻睡不著。他不曾和別人同房而睡，即使有了未婚妻，也未曾一親芳澤，何況現在他房裡那人不是貌美如花的玉秋霜，而是個看似平庸、行事卻讓人莫名其妙的男人。

在宗政明珠眼裡，李蓮花做事專心致志，有些書卷氣，似乎不大懂人情世故。但如果他真是個不懂人情世故的書呆子，又怎麼會懂得倚仗名氣在玉城來去自如？要說他心機深沉，宗政明珠卻又想不出李蓮花來玉城，裝傻要治玉秋霜能得到什麼好處。玉秋霜是被人震斷腸子而死，外表絲毫無傷，李蓮花又是怎麼看出來的？種種疑惑，讓宗政明珠根本睡不著。

突然，他的瞳孔放大——門外似乎有些異常的響動。

他還未打定主意開門查看，就注意到對面窗戶上出現許多碧綠色的點狀影子，忽遠忽近，緊接著，一陣腔調奇異的歌聲，從遙遠的庭院中傳了過來。

那是一種讓人毛骨悚然的聲音，聽起來像是女人，拖著奇怪的音調，十分認真地唱著一首纏綿的歌。像斷舌之人唱出來的情歌，雖然悲傷，卻已不是活人能聽懂的曲調……

這就是秋霜死亡當日，眾人看見的碧窗鬼影！宗政明珠在漆黑的房間裡，看著窗上詭異的影子，不禁毛骨悚然，他深吸一口氣，凝神靜聽了一陣，沒有聽到任何「人」的聲音。他陡然從床上坐起，很快掠了出去，伸手抬起窗扇。

窗外月明星稀，空氣微涼，什麼都沒有。

「在窗戶上。」

宗政明珠全身一震，他沒被碧窗鬼影嚇到，卻被李蓮花嚇出一身冷汗，聞言拉下窗扇。

李蓮花點亮了蠟燭，下床慢慢走過來。燭光照在鬼影飄忽的窗戶上，那些詭異的碧綠影子竟然全部不見，似乎畏懼燭光。

李蓮花右手食指伸出去，以修長的指甲在窗紙上用力一劃，只聽「哧」的一聲，窗紙破裂，卻不透光，反而有些東西從紙縫裡爬了進來。

宗政明珠苦笑：這窗戶上貼了兩層窗紙，中間被人放入拔去翅膀的螢火蟲，一到夜間，螢火蟲便在窗縫間一閃一閃發光，在漆黑的房裡看來就如鬼影忽遠忽近，而白天和有燭光的時候，因為日光和燭光強，就看不到螢火。

「原來碧窗鬼影竟是些蟲子。」他看著李蓮花，忍不住問，「先生是怎麼知道窗上的祕密的？」

李蓮花微微一笑：「我怕鬼，你只顧著聽有沒有人聲，我卻在聽有沒有『不是人』的聲音。」

宗政明珠不知該信他好，還是不信他好，唯有苦笑。

李蓮花搖了搖那扇窗戶：「你聞到迷香的味道沒有？這些蟲子被藥迷昏，直到三更才會醒來。外面的窗紙上開了縫隙，一旦螢火蟲醒來找到出路，『鬼』就消失了。」

宗政明珠點了點頭：「果然秋霜之死大有內情，碧窗鬼影是有人裝神弄鬼。」說話間，那個唱著可怖情歌的聲音突然以淒厲的腔調慘叫一聲，隨即無聲無息。

宗政明珠嚇了一跳，俊美白皙的臉上頓時煞白：「碧窗鬼影怎會出現在玉城？今夜究竟是……」

李蓮花「啊」了一聲，這一次宗政明珠聽懂他「啊」的意思。只聽李蓮花說，「因為有人不相信有鬼，所以『鬼』就出來了。」隨即他打了個呵欠，「我很睏了，睡吧。」

宗政明珠難以置信李蓮花看破碧窗鬼影的祕密之後，結論居然是「我很睏了」，還招呼自己「睡吧」。呆了半晌，李蓮花已經回到床上繼續安睡，他卻睡不著，只能坐在床上對著那破了條縫的窗戶怔怔出神，腦子裡一團混亂。

秋霜是為人所殺，那屍體怎會出現在程雲鶴的紅貨箱裡？碧窗鬼影是誰做的手腳？今天晚上又是誰在裝神弄鬼？是因為李蓮花到來，讓那個「它」不放心了嗎？種種謎題在他腦海中匯聚成團，丰神俊朗的白衣公子在月色明朗的黑夜裡臉色慘白如死，雙目中流露著迷茫與恐懼之色，如果讓傾心於他的痴心少女見了定會大失所望。而他身後床上的另一個人卻舒舒服服地睡覺，非但沒有流一滴汗，似乎還睡得很快活，半點憂愁都沒有。

三 澆花

第二天，宗政明珠從迷茫中清醒過來，發現李蓮花已經不在床上。

李蓮花拿著個葫蘆瓢，在門外的花園裡澆花，澆得很仔細，時不時摸摸花草柔嫩的枝葉，似乎心情很愉快。

花園裡還站著三個人，他們帶著異樣的表情看著李蓮花澆花，一個是玉紅燭，一個是玉秋霜的好友雲嬌，另一個是玉家的管家周福。玉紅燭滿臉煞氣，雲嬌淚水盈盈，周福則滿臉不安。

宗政明珠起身洗了把臉，走出去才知道，李蓮花已把玉秋霜的死因告訴了玉紅燭，玉紅燭怒不可遏，她的親生女兒為人所殺，凶手竟還裝神弄鬼矇騙於她，她聲稱不將凶手千刀萬剮，她就不是玉紅燭！雲嬌滿臉驚恐，似乎非常激動；周福將信將疑。而李蓮花斯斯文文地說完為何玉秋霜「似乎並非為鬼所殺」之後，十分認真地問周福葫蘆瓢在哪裡，而後便打起精神興致勃勃地澆花去了。

宗政明珠的目光越過玉府花廊半人高的白玉欄杆，看向花叢裡李蓮花從容的背影，呆了半晌，嘆了口氣，他想了一個晚上才勉強把事件的疑點整理出來。

碧窗有鬼殺人事件，難以解釋的地方共有七處：一、凶手為何讓玉秋霜「斷腸」而死？二、玉秋霜何以陳屍在程雲鶴貨箱之中？三、碧窗鬼影是何人所為？四、窗外的鬼歌是怎麼一回事？五、「鬼」是如何從小棉客棧到玉城的？六、凶手為何要殺玉秋霜這樣一個嬌柔少女？七、為什麼要裝神弄鬼？

這七個疑問，宗政明珠只能答出兩個，而他期待能回答更多的人現在卻在澆花。他越發迷茫，此時，李蓮花突然持著葫蘆瓢轉過身來微微一笑。

「太陽升起了，城主也該起床了吧？」李蓮花看著玉紅燭，文縐縐地說，「李某不才，雖然治不好玉姑娘，如能為城主盡三分薄力，也不枉我來此一遭。玉夫人可信得過我？」

他這麼問，即使是一萬個不願意讓他去，一時也難以拒絕，何況李蓮花要為玉穆藍看病，玉紅燭是求之不得，頓時連連點頭。

雲嬌拭了拭眼淚，低聲道：「那麼，我回房休息了。」

李蓮花溫言道：「雲姑娘請便。」

玉紅燭領著他前往玉穆藍的房間，一路上只見玉城的奢華富貴，走廊屋宇之上明珠碧玉灼灼生輝，真是人間難以想像的豪華。李蓮花臉帶微笑，對著那些金銀珠寶認真張望了幾眼，一行人繞了幾圈，便來到城主臥房。

玉穆藍坐在房內，整個人呆若木雞，雙眼發直，無論別人說些什麼、問些什麼，他都沒有反應。

玉紅燭說：「自從那夜城中起火之後，他就一直是這副模樣，茶飯不思，也不睡覺，無論誰和他說話，他都像沒聽見一樣。」她隱下一句話沒說：來看過的大夫都說玉穆藍撞鬼中邪了，還有個大夫竟在為玉穆藍把脈時突然瘋了。

李蓮花對著玉穆藍的眼睛看了一陣，從他的藍色包裹中摸出一根銀針，緩緩對著玉穆藍的眼睛刺去。

玉紅燭一怔，她從未見過有大夫這般治病。宗政明珠跟在身邊，經過碧窗一事，他已知李蓮花絕非糊塗之輩，只是對他的言談舉止難以理解。兩人相顧茫然，李蓮花的銀針已經緩緩刺到玉穆藍右眼前，他居然不止住，雖然緩慢，卻不減慢速度，繼續往玉穆藍眼球刺去。宗政明珠和玉紅燭忍了又忍，終於沒有出手阻止。

就在那銀針只差毫釐就要刺入玉穆藍眼球之際，李蓮花停了下來，把銀針移了一個位置，仍然對著玉穆藍的眼睛。玉穆藍眼睛連眨也不眨一下，竟是真的痴了。

「玉城主看來病得很重。」李蓮花輕輕嘆了一聲。

像宗政明珠這般與他僅是泛泛之交的人，萬萬想不到這人不懂半點醫術，聽他一嘆，宗政明珠和玉紅燭都是眉頭深蹙。

「玉夫人的花園裡種有醫治瘋疾的奇藥，不知在下可否採上一些，用以治療玉城主的頑症？」李蓮花平靜從容地問。

玉紅燭點點頭：「先生隨意。」她心裡有些奇怪，花園裡的花草都是她親手所植，不過是茉莉、牡丹、玉蘭等平常花卉，哪有什麼「奇藥」？莫非這些花卉另有藥性而她不知？

李蓮花邁出房門，突然爬上白玉欄杆，登高四下望了望，又從欄杆上爬下來，慢吞吞地往不遠處的房屋走去。那房屋牆角生著一撮青草，李蓮花走過去摘了兩葉。宗政明珠越看越奇，忍不住開口道：「李先生，那是斷腸草……內有劇毒……」

李蓮花眉頭一挑，「不礙事。」他把那含有劇毒的斷腸草放入懷裡，對著那房屋瞧了兩眼，問，「這是誰的房間？」

玉紅燭道：「是一間空屋。」

李蓮花點了點頭，繞到牡丹花叢，對著盛放的牡丹瞧了一陣子，又從牡丹花叢底下拔起一株形狀奇特的雜草。

玉紅燭和宗政明珠面面相覷，只見李蓮花專心致志地在花園裡來來回回，共拔起六種形狀奇特的雜草。這六種雜草，宗政明珠認識三種，斷腸草含有劇毒，另兩種含有小毒，其他三種他不認得。

李蓮花收起雜草的同時，輕輕地「啊」了一聲，宗政明珠一聽他「啊」了一聲不由得心驚肉跳：「怎麼？」

在花園外通往另一條花廊的地上，留著一個清晰的腳印——李蓮花早晨在花園裡澆花，把整個庭園都潑溼了，剛才大家在玉穆藍房裡的時候，不知是誰從花園經過，留下一個腳印在地上。腳印只有一個，似乎那人只往花廊上踏了一步。李蓮花突然從地上拾起一塊石頭，在腳印邊做了個記號，站起身來理了理衣服。

宗政明珠驚訝地看著那個腳印，隨即抬起頭來看向花廊：「誰……」

玉紅燭突然冷冷地說：「是雲嬌！」

李蓮花奇怪地看著玉紅燭：「何以見得？」

玉紅燭冷笑一聲：「自從霜兒死後，她留在玉城不走，人前說是和霜兒姐妹情深，呸！她……哼！她是跟著明珠來的，我已經不止一次見到她在城裡鬼鬼祟祟，偷看明珠。」

李蓮花又「啊」了一聲，搖了搖頭。

宗政明珠臉現尷尬之色：「伯母，我沒有……」

玉紅燭打斷他：「我知道，否則我早把你趕出去了。」

宗政明珠越發困窘，李蓮花微微一笑，對玉秋霜、雲嬌和宗政明珠之間的情愛糾葛不予置評：「宗政公子，你能幫我一件事嗎？」

「什麼事？」宗政明珠問。

李蓮花對他招了招手，輕聲在他耳邊說了幾句，宗政明珠奇道：「你怎麼知道？」

李蓮花微笑：「猜的……」隨即他又輕聲說了幾句。

玉紅燭凝神細聽，李蓮花的內力不佳，不能把聲音凝練恰當送入宗政明珠耳中，她以天聽之術聽到了「火……你去……玉穆藍是……真相……」幾個字，心中大為疑惑，難道此人在玉城轉了兩圈，澆了澆花，用銀針比了比玉穆藍的眼睛，就知道整件事的真相？

「李先生，」她從未如此在意一個人的答覆，「難道你已明白我玉城發生的諸多慘事之真相？」

李蓮花「啊」了一聲，這一次玉紅燭聽出了他那一聲「啊」的韻味——那是李蓮花若有所思時，心不在焉發出來的氣息，已成為一種習慣。果然，他轉頭看向玉紅燭，茫然地問：「慚愧、慚愧，方才夫人問我什麼？」

李蓮花究竟要宗政明珠幫什麼忙？玉紅燭還沒來得及猜測，李蓮花已將懷裡的六種雜草遞到她手裡，「煩勞夫人把這六味藥草切成小段，以清水浸泡，半日之後，不須煎煮，連草服下。」他極認真，「保管玉城主服下立刻見效。」

玉紅燭接過那些「藥草」，她本以為自己把這個迂腐書生看得很透徹，但她每多看李蓮花一眼，就多一分看不透。待李蓮花把這六種雜草交到她手上之際，她已和宗政明珠一樣，完全看不穿這個人言談舉止的真正用意。

李蓮花是個謎團，從頭到腳都是。

四 深夜鬼談

深夜。

玉秋霜房間，玉城劍士守護在門口。

宗政明珠下山去做李蓮花要他做的事了。燭火熒熒中，李蓮花對著冰棺中玉秋霜的屍體發怔。本來玉紅燭要來，但發生了些小事需要她處理，如今只有他一個人點著蠟燭，看著那具半焦半腐的年輕軀體。

「唉……」李蓮花持著燭火看了很久，嘆了口氣，搖了搖頭。將一個十七八歲年輕貌美的女子弄成這般模樣，即使他見過許多比這更可怕的屍體，也覺得這凶手相當可恨。

李蓮花用他藍色包裹裡的小刀輕輕撥開玉秋霜腹上的傷口，昨天他從裡面挑出血塊，看見被震斷的腸子，今夜不知又想從中看到什麼。

窗外漆黑一片，今夜雲濃，無星無月，李蓮花百無聊賴地撥弄著玉秋霜的屍體，鐵製小刀在她身上各處輕輕敲擊——對醫術一竅不通的李蓮花，除了剖開人的肚子瞧瞧裡面有沒有什麼不該有的東西外，他既不會驗傷，更不會驗屍。小刀敲著敲著，冰凍得硬實的軀體不斷輕輕發出令人毛骨悚然的聲音，李蓮花卻面帶微笑，似乎覺得敲得很有趣。

門外劍士靜靜地站著，突然一陣輕微的騷動——就在這漆黑一片中，他們又聽到那斷舌的歌聲。

聲音從庭院的大樹後傳來，但那裡沒有人影。歌只唱了兩句，隨即停下。玉城劍士面面相覷，各自一聲清喝，抄到樹後，庭院中空無一人。兩名劍士躍過圍牆，分別往兩個方向搜尋。

李蓮花持燭微笑，玉城劍士訓練有素，果然名不虛傳。

此時四面無人，黑夜寂靜。

「真是個適合鬼出來吃人的夜晚……」他喃喃念了一句，打了個呵欠，「我還是回房間躲躲，有點恐怖。」

突然背後吹來一陣涼風，一個披頭散髮的高大身影驟然出現在門口，宛若沒有頭，頭的位置是一撮亂髮。

那陣涼風吹得李蓮花衣袂飄動，他喃喃念著「恐怖得很」，小心地把那把小刀收進包裹，竟不回頭，慢慢地從後門走掉。

他沒看見站在門口的鬼。

站在前門的長髮鬼僵在門口。有那麼一瞬間，它似乎氣得全身發抖，頓了一頓，隨即輕悄地跟在李蓮花身後。

李蓮花回了房，點起蠟燭，門窗關好，想了想，還把門窗都鎖了起來，好像真的很怕鬼。門窗全都鎖死後，他吐了一口氣，放心地吹滅蠟燭，爬上床，用被子把自己裹得密不透風，準備睡覺。

過了半個時辰，長髮鬼幽然從屋梁上飄下——它早在李蓮花進門之際就跟進來掠上屋梁，李蓮花慢吞吞地點蠟燭、關窗、鎖門，給了它許多時間在屋梁上藏好。它無聲無息地走到李蓮花床邊，提起一小截閃爍著寒光的東西，接著緩緩地沉下手肘。

「雲姑娘。」被子裡突然傳出聲音，聽起來心平氣和，沒有半分嚇人的意思，卻讓長髮鬼全身一顫，「宗政公子今夜不在。」

長髮無頭鬼倒退兩步，手肘一沉，那一小截寒光閃爍的東西猛地朝床上插去。「咚」的一聲插入床板後，它收肘回拔，屋裡寒光一閃——那寒光竟是來自一把連鞘的匕首！匕首外鞘卡在床上，「唰」的一聲，長髮鬼拔刃出鞘，反手切向李蓮花頸項！這一拔一切，動作凌厲敏捷，絕非庸手。

李蓮花仍然蒙在被子裡，長髮鬼手中匕首寒刃帶風劃向頸項。突然間，被子鼓起一塊，一個不輕不重的力道在持匕首的手腕處一敲，「咚」的一聲，匕首脫手而出，斜飛三尺，釘在門板之上。

「啊！」長髮鬼大吃一驚，脫口驚呼。這一驚呼，已顯出女子聲氣。

「雲姑娘……」李蓮花的聲音透過被子，似乎顯得有些無奈，「斯文一點。」不知為何，他就是不從被窩裡鑽出來，只躲在裡面說話，「宗政公子今夜不在，我有件事和雲姑娘商量。」

長髮鬼低下頭，突然輕悄轉身，快步往門口走去，正想推開房門逃走，卻赫然發現房門已鎖——宗政明珠所住的客房，裡外都可以用金鎖鎖住，定要鑰匙才能打開。長髮鬼驀然回身，拔出門上的匕首，目光有些驚恐地看著李蓮花，床上那一團貌似可笑的凸起，在她眼裡可怖異常——今夜竟是鬼掉進了人的陷阱。

只聽李蓮花柔聲道：「今夜雲姑娘想必打扮得不合心意，我就不看妳了。」

長髮鬼一怔，渾身似在顫抖，突然扯下亂髮，脫下外衣：「你……可以把被子拉下來了。」她冷冷地說，眉宇間未脫驚恐，聲音有些發顫。

李蓮花緩緩地把被子拉下來。在他拉下被子的一瞬間，雲嬌突然有一種錯覺，她彷彿在哪裡見過這張溫和的臉，所以不會害怕。她全身都放鬆了，背靠著門板，深吸一口氣，眼淚滑過臉頰，滴落下來。

房裡一陣安靜，雲嬌顫聲說：「不是我……」

李蓮花微微一笑：「我知道。」

她全身都軟了，順著門板緩緩坐倒在地：「你……怎麼可能知道……」

「玉姑娘被人震斷腸子，骨骼卻未碎，應是被人以劈空掌力擊中小腹所致。雲姑娘武功不弱，但不善內力。」李蓮花微笑著，像在聊天般的愉快語氣。

「殺死玉秋霜的凶手當然不是妳，但是……」他頓了頓，緩緩地說，「玉秋霜是怎麼死的，想必雲姑娘很清楚。」

雲嬌臉色蒼白，一言不發，只聽李蓮花微笑道：「我想和雲姑娘商量的事，就是妳能不能告訴我，她究竟是怎麼死的？」

雲嬌搖頭，緩慢又堅定。

李蓮花慢慢地說：「雲姑娘……這很重要。」

「我只不過今夜穿了件男人的衣服，你從哪裡看出我知道？霜兒她……她本就是被鬼所殺，死在小棉客棧……與我何干？」雲嬌胸口起伏，態度轉為強硬，方才被李蓮花一聲「雲姑娘」驚擾的情緒漸漸平復，「沒有人殺人……從來就沒有人殺人……我更沒有殺人……」

「是嗎？」李蓮花嘆了口氣，「從程雲鶴告訴我碧窗有鬼殺人一事，我就知道雲姑娘脫不了干係。昨日在這裡看到鬼影，聽到鬼歌，更加證實了我的想法。」

「胡說八道！」雲嬌臉色蒼白，「你只不過是聽夫人胡說，她一向不喜歡我……」

李蓮花看著她，嘆了第二口氣，「雲姑娘，妳忘了?從小棉客棧到玉城，程雲鶴逃亡江湖，玉城主下令追殺至雞犬不留，當夜在客棧的劍士又被玉城主逼殺殆盡，唯一『活下來』的人，只有妳一個。」他緩緩抬起視線，看著雲嬌的眼睛，「碧窗鬼影，在小棉客棧和玉城客房都曾出現，而在這兩個地方都待過的人，只有妳一個。」

「那又如何？」雲嬌死死咬著嘴脣，「是鬼……鬼的話，也可以的。我沒有殺她。」

李蓮花看著她，展顏微笑，似乎不在意她掙扎抵抗：「是鬼的話，不會騙人。」

她的臉色瞬間死白：「騙……人……」

「碧窗有鬼殺人一事，最離奇的不過是玉秋霜的屍體突然出現在程雲鶴貨箱中。」李蓮花溫言說，「鶴行鏢行雖然不是高手如雲，卻憑藉信用揚名江湖，頗受敬重。程雲鶴不會騙人，他說貨箱沒有人碰過，那就是沒有人碰過。在裝滿貴重珠寶、從來沒有別人碰過的箱中突然出現玉秋霜的屍體，乍聽之下是件無法解釋的事，但其實很簡單。」他對著雲嬌微笑，「只要想通一點，就知道玉秋霜是怎麼進貨箱的。」

「什麼？」雲嬌在臉色變得死白之後，強硬的氣勢便漸漸軟化了。

「程雲鶴是老實人，並不表示人人都是老實人。」李蓮花保持著平靜而愉快的微笑，「程雲鶴不會騙人，雲姑娘卻會騙人，只要想通這一點，其實這件事並不奇怪。」

她默默聽著，李蓮花繼續說道：「鶴行鏢行的人並不知道當夜玉秋霜在小棉客棧，他們看到她的時候她已經死了，是嗎？」

雲嬌僵硬了一瞬，點了點頭。

「當夜在場的玉城劍士護送玉秋霜回玉城之後，也全都死了，是嗎？」李蓮花又問。

雲嬌又點了點頭。

「其實程雲鶴並不了解玉秋霜當夜的情況。玉城劍士以訓練有素聞名，玉秋霜突然死去，他們不會對旁人講述當晚的情況。根據玉秋霜的屍體在半月之內就被送回崑崙山計算，他們一定是日夜兼程立刻趕回……可惜的是，他們一回城就因為玉城主發狂一事而全部死去。」李蓮花緩緩地說，「那麼，據江湖傳言，程雲鶴知悉當夜玉秋霜究竟是死是活、在還是不在，這一切其實都是由她的閨中密友——雲姑娘妳說的。證人也只有妳一人。」他看著雲嬌的眼睛，「如果雲姑娘說謊呢？那天晚上，玉秋霜究竟如何，有誰知道？」

雲嬌不答，好像整個人已經痴了。

「如果妳說謊，事情便顯而易見——玉秋霜一開始就在程雲鶴的貨箱內。」李蓮花一字一字地說，語氣溫和，並不激烈，「既然箱子沒有被換過，也沒有人碰過那箱子，箱子就是原來的箱子，只不過在那天晚上發現了屍體而已，整件事便一點都不奇怪了。」

「我要是沒有騙人呢？」她低聲問。

「那就是世上真的有鬼。」他回答，「我怕鬼，所以我不信。」

「她……也不可能在程雲鶴的貨箱裡，她根本不認識他……」雲嬌無力地說。

「她不過是託付給程雲鶴的十六箱貨物中的一箱。」李蓮花說，「鏢主本就來自玉城，玉秋霜人在箱裡毫不奇怪。」

「你怎麼知道鏢主來自玉城？」她失聲問道，臉上露出了極其驚駭的表情。她想不明白，其他的事可以用推論和猜測解釋，但這件事怎麼可能憑空猜出？

她這一聲尖銳的語氣，無疑確定了鏢主來自玉城。李蓮花一笑：「崑崙山出產白玉，山上的石頭多是礫石，中間夾帶玉石礦脈。玉城建在玉礦之上、冰川之旁，城內的石頭更與別處不同。用來壓箱底的石頭和玉城主花園裡的石頭一模一樣，十六箱貨物中十箱裝滿了金銀珠玉，若不是玉城託鏢，難道是皇帝託鏢不成？」

「那……」她咬住嘴脣，失色的脣顫抖著。

「玉城富可敵國，或許是太富可敵國了。」李蓮花溫柔地看著她，「十箱珠寶即使對於高官富豪來說，也實在是太多。我不知道託鏢之人是誰，但那不重要。重要的是……這批紅貨來自玉城，玉城不可能不知。玉秋霜之事妳說了謊，還有和妳一起出現的碧窗鬼影──那些螢火蟲。雲姑娘，那不是鬼，鬼不必假扮鬼火，更不用裝鬼。」

她低頭看自己穿的一身黑衣和擲在地上的一蓬亂髮，眼淚突然又一滴滴掉了下來。

「玉秋霜不是妳殺的，妳在替誰遮掩，為誰裝神弄鬼？」李蓮花微笑著說，「其實只要明白玉秋霜不一定是死在小棉客棧，就很容易明白妳在為誰遮掩，我只希望雲姑娘不要因此決意頂罪。」

雲嬌緩緩低頭：「你既然這麼聰明，什麼事都能看破，你去抓住凶手就好。」

李蓮花搖了搖頭：「自玉秋霜死後，所有裝神弄鬼的事都是雲姑娘在做，不是嗎？包括今夜殺李某，都是雲姑娘親自來。妳保護的人並不打算和妳一起涉險，妳明白嗎？」

李蓮花的眼神和語氣都很溫和，是一種非常內斂的和氣，他沒有咄咄逼人的意思。雲嬌怔怔地看著他，她一直覺得此情此景的李蓮花很眼熟，彷彿在哪裡見過，但她怎麼可能見過他？又或者是聽聞過非常相似的侃侃而談，以至於她一直沒有感受到太深的恐懼？

「你……我好像在哪裡見過你……」她喃喃地說，「妳明白嗎？妳明白嗎……我當然明白……可是我……可是我……」

「妳願意替他死？」李蓮花問。

她淚珠瑩然：「我不知道，也許。」

李蓮花凝視著她，看了好一陣子，方才喃喃道，「玉城財寶，果然害人不淺。我很睏了。」他突然把被子拉上來蓋住頭臉，「夜深了，姑娘也該回去了。」

雲嬌愕然。他把她鎖在房裡說了半天，看破她裝神弄鬼，然而卻不把她擒住交給玉紅燭，而是下逐客令？頓了頓，她竟然不是驚恐、放鬆，而是尷尬：「門……鎖了。」

李蓮花的聲音從被子下傳來：「啊……鎖了，但是沒關啊。」

沒關？她愕然看著鎖死的大門，果然金鎖鎖得整整齊齊，但門縫間上中下三條門閂都沒插上，鎖的另一頭根本沒扣在門板上，不過是虛掩而已。一時間她不知該驚該怒，還是該哭該笑，只是怔怔地推開門，行屍走肉般離去。

五　一代神醫

距離「見鬼」之夜已經過去七八天，鬼影鬼歌也不再出現。雲嬌當晚雖然走出宗政明珠那間客房，但很快被玉城劍士發現她穿著古怪，神情恍惚，形跡可疑，立刻就被玉紅燭關了起來。雲嬌在玉紅燭嚴刑拷打之下仍是什麼都沒說，這讓李蓮花很是遺憾。

玉穆藍服用李蓮花那六味雜草湯已有八天，病情未見好轉，仍舊是呆若木雞，對身邊人事茫然不知。玉紅燭在李蓮花拔雜草時隱約猜到這並不是什麼「奇藥」，但李蓮花既然說要玉穆藍服下，她便每日浸泡完端一碗給玉穆藍喝。

這六味雜草湯究竟有什麼「奇效」？不只是玉紅燭，玉城內眾人都相當疑惑。然而就在第九天，玉穆藍的瘋病突然好了。

第九日早晨，玉穆藍的房門開了。那位昨日還目光呆滯的病人，今天早上開門出來，身著紫衣，精神飽滿，神采煥然，和病榻上判若兩人。玉穆藍此時看來修偉頎長，渾然是一位風度翩翩的中年書生，眼若寒星，鼻若懸膽。

他對發狂之後的一切茫然不知，既不知道他縱火焚燒玉城，也不知道他竟下令要護送小姐回城的五六十位劍士全部自盡。聽到消息之後，玉穆藍大慟，在死者墳前潸然淚下，悔恨不已。玉紅燭心下嘆息，不敢讓他看見玉秋霜死狀可怖的屍體，只勸他靜心休養，照顧自己。而李蓮花趕來為玉穆藍查看病情之後，只是喃喃自語為何藥物到第九日才生效，真是怪哉，不可思議！

早飯過後。

「夫人抓住雲嬌後，當真沒有查出究竟是何人指使她在玉城內裝神弄鬼？」玉穆藍聽說雲嬌被擒的經過，奇怪地問，「難道城內種種古怪離奇之事，都是雲嬌一人暗中作怪？她和霜兒是好友至交，怎麼可能做下這等事？」

「她和霜兒一樣痴戀明珠，霜兒若不死，她怎可能得到明珠的心？」玉紅燭冷冷地道，「霜兒之死，定然就是這個賤人搞的鬼！殺了我的女兒，居然還膽敢裝神弄鬼，到我玉城作怪！好大的膽子！」

「她殺了霜兒？」玉穆藍失聲問。

「她半夜三更到李先生房裡裝神弄鬼，出來的時候被劍士所擒，哪裡還有假？」玉紅燭冷笑，「我萬萬沒有想到，這個小賤人竟然敢在玉家犯下這種滔天大罪。若不將她像霜兒一般火焚而死，我不配當這個娘！」

玉穆藍目中露出怨恨之色：「夫人，不如今日午時我們便處置了她，為霜兒報仇！」

玉紅燭點了點頭：「我正是這個意思。她並未受人指使，裝神弄鬼全是她一人所為，那天晚上還想謀害李先生，幸好被李先生擋下趕了出去。」

二人認定雲嬌是殺死玉秋霜的凶手無疑，說話間，門口有白影一晃，一名白衣劍士前來稟報：「城主、夫人，屬下有要事相報。」

「什麼事？」玉紅燭微有慍色。

「宗政公子回來了。」白衣劍士道。

「這也算是要事？」玉穆藍慍怒。宗政明珠自從和玉秋霜有了婚約之後長住玉城，在城中已不算客人，「宗政公子回來了」算什麼要事？竟要打攪他們夫妻談話。

「不，城主、夫人，宗政公子披枷帶鎖，被『捕青天』押進來了！」白衣劍士素來冷漠的語調中充滿驚駭，「還有『花青天』也來了！」

玉紅燭和玉穆藍俱是全身一震，面面相覷，臉上流露出極度驚愕之色：「怎麼會……」

當今朝廷之上，有兩位朝臣，隸屬大理寺，代聖上巡查天下刑案，一位是號稱「捕青天」的卜承海，另一位是號稱「花青天」的花如雪。這兩人抓過十一位皇親國戚，殺了九人，流放兩人，是朝野人人忌憚的角色。而這兩個人竟然押著宗政明珠進了玉城，這還不是朝野、江湖震驚的大事？

玉紅燭和玉穆藍雙雙拍桌，騰身而起，身形皆是矯如飛燕，直撲玉城大殿。

玉城大殿仍舊金碧輝煌，宗政明珠被人點了穴道，臉色慘白地站在殿中。他身後站著兩人，一人高大，另一人瘦小。兩人都穿著官袍，一人顯得官袍太小，另一人顯得官袍太大，衣冠都不甚整齊，有些滑稽可笑。但正是如此，更能讓人一眼認出，這兩人就是「捕花二青天」——卜承海和花如雪。

見到玉紅燭和玉穆藍雙雙落地，又矮又瘦、皮膚黝黑、長著三角眼和老鼠鼻的花如雪冷冷地問：「可是你們二人報稱此人殺人？」

玉紅燭和玉穆藍再次愕然。玉紅燭心裡驚駭非常：「這位公子乃是當朝宗政丞相之孫，兩位大人是不是抓錯人了？」

玉穆藍卻是大叫一聲：「明珠！難道是你殺了霜兒？」

花如雪皺了皺眉，卜承海也是一怔，他從懷裡抖出一張字條：「難道不是你們夫婦報稱此人殺害玉秋霜，要我等捉拿歸案？此事究竟是真是假，到底是怎麼回事？」

「不，這當然不是我夫婦的意思，」玉紅燭道，「他是我家霜兒的未婚夫婿，怎麼可能殺害霜兒？這到底是誰胡說八道，實在是可惡至極……」

玉穆藍卻厲聲道：「定是這小子勾結雲嬌殺害我霜兒，我還當雲嬌一介女流，武功不高，怎可能害死霜兒，原來她還和明珠同謀，定是明珠指使……」

花如雪和卜承海相視一眼，心生詫異。他們兩人巡查天下已久，這宗政明珠傻傻地拿著一封信找上他們暫住的平雁樓。二人打開信件一看，只寫了一句：速拿信使，此人為殺害玉秋霜之凶手，欲解全案，請上玉城。

兩人考慮良久，仍是將人擒下，帶上玉城。不料一進玉城，城主夫婦一人稱宗政明珠絕非殺人凶手，另一人一口咬定他與旁人勾結殺害玉秋霜。這案情離奇至極，碧窗有鬼殺人一事，卜承海和花如雪略有耳聞，但事情如此詭譎多變，也甚是出乎他們意料。

「你是何人？」卜承海瞪著殿中一個坐著喝茶的年輕人。這個人從剛才就只顧著倒茶葉、洗茶杯、泡茶，如今端端正正地坐在那邊很愜意地喝茶，悠閒得很。

「我？」坐在殿裡喝茶的人當然是李蓮花，「閒人……」

玉紅燭突然尖叫一聲，玉穆藍和她成親多年，從未聽過她這樣不要命地尖叫：「李蓮花！是你——原來是你！你……你……這——妖怪！」

李蓮花「啊」了一聲，看向玉紅燭，臉上滿是歉意：「讓夫人失望了，慚愧、慚愧。」

玉紅燭惡狠狠地瞪著他，那美豔的眼瞳之中混合著驚恐和絕望：「你……」她突然飛身而起，一掌往李蓮花頭上劈去，掌勢凌厲，竟是要將他立斃掌下！

她一掌未至，李蓮花手裡的茶杯已被掌風「啪啦」掃落，茶水潑了一身，他站起來轉身就逃。玉紅燭這一掌把他坐的椅子劈得爆裂粉碎，她的臉色慘白，有些事已然無法掩飾。花如雪鬼魅般站到她背後，用兩根手指夾著她的脖子，陰惻惻地道：「夫人，敢在欽差面前意圖殺人，妳好大的膽子。」

身邊的卜承海也冷冷地問李蓮花：「信是你寫的？」

李蓮花逃到門口，發現安全無虞之後，轉過身來微笑道：「是我。」被點住穴道的宗政明珠臉色慘白，全身瑟瑟發抖。

李蓮花歉然地看著他，似是覺得對不起他。宗政明珠對他推心置腹，自己卻把他賣了。

「宗政明珠是玉秋霜的未婚夫婿，為何你說他殺害未婚妻子？」花如雪問。

李蓮花慢慢從門口走回來，坐到被玉紅燭劈碎的那張椅子旁邊的太師椅上，舒舒服服地嘆了口氣，露出李蓮花特有的微笑——似乎溫和平靜，卻怎麼看都隱隱透露著一點點「未免太過愉快」的感覺。

「因為玉城主不會劈空掌。」李蓮花緩緩說道。

花如雪和卜承海雙雙眉頭一皺。玉穆藍臉上露出尷尬之色，卻是鬆了口氣，臉上的表情很詭異，不知他是希望李蓮花說下去，還是不希望李蓮花說下去。

「勞煩城主下令，把雲姑娘放出來吧，你最清楚她是無辜的。」隨即李蓮花喃喃道，「然後我就說故事給你們聽……」

六　奇怪的凶案

「其實一開始程總鏢頭把這件事告訴我，我只知道這個故事太像有鬼，以至於『太像有人在裝鬼』。」李蓮花微笑著說，「而這個故事，鶴行鏢行、玉秋霜、玉城劍士、雲嬌……到最後活下來的人只有雲嬌一個。所以，她和玉秋霜之死一定有些關係。一開始我沒想到她裝鬼，也沒想過她殺人，只覺得她可能有些地方和別人不同，比如她應該知道些什麼，而其他人都不知道。」

從玉城牢房裡放出來的雲嬌默然，過了一會兒，她緩緩點了點頭。

「等到我上了玉城以後，發現第二件很奇怪的事。」李蓮花說，「宗政公子告訴我，他是在玉秋霜死後第二天到玉城的。可是很奇怪，一則，從袁州到崑崙山，即使是玉城劍士有日行八百里的駿馬，也得走半個多月，他怎麼可能在得到消息之後的『第二天』就到了崑崙山？」李蓮花微微一笑，「除非他本來就在山上，或者他在玉城附近。二則，聽到未婚妻遇害的消息，他竟從未到小棉客棧查看，直接就上了崑崙，即使說是擔心未來的岳父岳母，也有些不合情理。」

「你豈非也沒有去小棉客棧查看？」花如雪陰森森地道，「你也很可疑。」

李蓮花回答，「我既然發現雲嬌的處境和別人不同，自然就會想到她可能說謊。如果雲嬌口中關於玉秋霜當晚的情況全部不予考慮的話，」他微笑著說，「那麼很容易得出結論——玉秋霜本來就在貨箱裡。」

卜承海點了點頭，過了一會兒，花如雪也點了點頭。

「既然玉秋霜很可能本來就在貨箱裡，那她就不是死在小棉客棧。」李蓮花嘆了口氣，「如此，我去小棉客棧幹什麼？」

卜承海又點了點頭，花如雪跟他一起點了點頭。

「所以宗政明珠有些可疑。」李蓮花繼續說，「但我又怎麼知道他不去小棉客棧是不是和我一樣的理由？此外，還有一個人，比他更可疑。」

「誰？」

李蓮花一笑，看了玉穆藍一眼：「玉城主。」

卜承海和花如雪都是一怔：「玉穆藍？」

「玉秋霜的屍身帶回之後，是玉穆藍放火焚燒，以至於難以辨認。」李蓮花緩緩道，「難道不是毀屍滅跡嗎？何況他裝瘋裝了大半個月，實在讓人難以理解。」

「那為什麼這個人是凶手？」花如雪指著宗政明珠的鼻子，「你又怎麼知道玉穆藍在裝瘋而不是真的瘋？」

「因為我又突然發現，玉穆藍絕對不可能殺死玉秋霜。」李蓮花嘆氣，「我差點就以為玉穆藍是凶手，但我和玉家夫婦一起吃飯的時候得知，原來玉穆藍原姓蒲，而不姓玉。」

「那很重要嗎？」卜承海問。

「很重要。蒲穆藍原是不會武功的落魄書生，直到二十幾歲才入贅玉家練習武功。」李蓮花說，「他沒有從小練就的根基，不可能練成上乘武功，習武之人都很清楚。玉秋霜是被人震斷腸子，腹內出血而死，要以劈空掌力凌空震死玉秋霜，他是做不到的。」

「有道理。」花如雪點了點頭。

「但是他在裝瘋。」李蓮花瞪眼說，「我幾乎以為他真的瘋了，所以我用銀針去刺他的眼睛。」

「用銀針去刺他的眼睛？」花如雪奇道，「幹什麼？」

「就算是一條小蟲，你用銀針去刺牠的眼睛，牠也會避開，那是動物的本能。」李蓮花說，「何況玉穆藍只是瘋了，不是瞎了。但我刺他的眼睛，他一點反應也沒有，證明他在裝瘋。」

玉穆藍一怔，臉上的表情似喜似悲，似哭似笑。

「不過他也可能是得了一種不怕瞎眼的瘋病，所以我給他喝了一種藥湯。」李蓮花微笑，「一種妙不可言的藥湯，喝了幾天以後，我就知道，玉穆藍的的確確是裝瘋。」

「什麼藥湯如此好使？」花如雪開始對這個年輕人感興趣。

「一大堆我不認識的雜草泡成的水。」李蓮花回答，「如果喝下去，十有八九會腹瀉或者嘔吐、中毒什麼的。」他笑得很文雅，一副很值得信任的模樣，「沒有瘋的人是不會喝下去的，沒有喝下去就會把湯藥倒掉，而倒掉以後，那些清水泡過的草籽很快會發芽。在玉穆藍和玉紅燭房間的窗外，最近就長著這麼一撮六種雜草幼苗混在一起的草叢，有趣得很。」

玉穆藍露出極其驚訝的神色，李蓮花很是和氣地看了他一眼，繼續說，「玉穆藍裝瘋，就證明玉秋霜之死和他脫不了干係，即使人不是他殺的，但他一定藏著虧心事。就在我想不通宗政明珠和玉穆藍究竟誰更可疑的時候，我又發現，玉夫人也很奇怪。」他微笑著看了玉紅燭一眼，「玉夫人幾次三番引導我懷疑凶手是雲嬌，而女兒死後，她似乎不怎麼悲傷，最奇怪的是，她為什麼不把玉秋霜埋了，而要把她放在冰棺裡？況且，以她的精明強幹，居然會相信鬼魅殺人之說，我實在難以理解。玉穆藍裝瘋，難道他真能在同床共枕二十多年的妻子面前不露破綻地裝這麼久？尤其以銀針刺眼之後，我不信玉夫人看不出他在裝瘋。玉夫人似乎也有些可疑。」

卜承海頷首：「有道理。」

「雲嬌和玉穆藍都和真相有關，玉夫人和宗政明珠也都可疑，於是我回過頭想玉秋霜是怎麼死的。」李蓮花緩緩地說，「她是被劈空掌力震死的，屍體卻被裝入貨箱，託鏢出走。既然雲嬌在託鏢路上遇到程雲鶴一行，那她定然和託鏢有關。碧窗鬼影在客棧和玉城都出現了，除了雲嬌，別人不可能在這兩個地方都製造鬼影，所以，她知道運走屍體的整個過程。」頓了頓，他繼續說，「小棉客棧發生的事，完全是凶手找『鬼』替罪的一齣鬧劇，指揮這一幕的是雲嬌，可是她為什麼要裝神弄鬼？」李蓮花微微一笑，「還有玉穆藍為什麼要縱火焚屍，又殺死全部劍士？他們沒有殺人，卻試圖掩蓋罪行，我猜測……他們是以為自己殺人了。」

「以為？」花如雪大吃一驚，「以為自己殺人？有這種事？」

「我發現玉秋霜是被掌力震死的時候，雲嬌很驚訝。」李蓮花說，「玉城裡練成劈空掌力能震死玉秋霜的人很多，但為何有人要她死？我實在想不出來她死了對誰有好處。沒有好處的事，怎會有人去做？砸爛一個花瓶對誰都沒有好處，但這種事常常有人做，那是因為不小心。」

花如雪笑了出來：「你是說——玉秋霜之死純屬意外？」

「玉秋霜只在城內活動，劍士練功之處修在城外，沒有召喚他們不會進入城內。丫鬟僕人們武功都不高，既然別無旁人，那麼能誤殺玉秋霜的，就只有常在玉家來往的幾個人而已，」李蓮花微笑，「宗政公子、玉夫人、玉穆藍、雲嬌。既然玉穆藍和雲嬌都沒有劈空掌的修為，那麼凶手只可能是宗政公子或者玉夫人，或者兩者皆是。」他的視線停留在玉紅燭身上，「但如此一來，就會發現事情很奇怪。」

花如雪和卜承海嘿嘿一笑，他們都是老江湖了，一聽便知是哪裡不對。

果然，李蓮花接著說：「這四人的組合很奇怪，玉穆藍和玉夫人竟然是分開的，玉穆藍和雲嬌是一組，玉夫人和宗政明珠是一組。玉穆藍和雲嬌相互協作，而玉夫人掩護宗政明珠，為什麼？」

話說到這個地步，玉穆藍和玉紅燭兩人的臉色蒼白，雲嬌的臉色更蒼白，蒼白得近乎臨死一般，宗政明珠臉上突然有淚流了下來。

李蓮花無奈地看向這四人，嘆了口氣：「我記得剛到玉城，第一次為玉穆藍看病的時候，有人曾經在門外的花園裡窺探，還在走廊上留下一個腳印，玉夫人說那是雲嬌，是嗎？」

雲嬌像木偶一般僵立許久，最終點了點頭，她臉上也有淚流了下來。

「那證明妳很關心玉穆藍。」李蓮花柔聲說。

雲嬌閉起眼睛，又點了點頭。

「妳甚至願意為之而死，為之殺人。即使人不是他殺的，他卻難以解釋為什麼他要運走屍體。」李蓮花溫柔地說，他對女子說話都極其溫柔文雅，「妳愛他？」

玉紅燭和宗政明珠都是一怔，露出極其錯愕驚訝的表情。只見雲嬌的眼淚又掉了下來，她再次點了點頭。

李蓮花的視線轉到宗政明珠臉上，笑了笑：「玉大小姐行走江湖，相識的朋友果然都是人中龍鳳，宗政公子英俊瀟灑、風度翩翩，雲姑娘溫柔賢慧、體貼細心，只可惜……太優秀了些……玉城主正當盛年，玉夫人美豔無雙，只怕比年方十八的小姑娘勝過許多。」

宗政明珠臉色慘白，李蓮花頓了頓，繼續道：「想通了這層關係，就能明白玉秋霜為什麼會死。玉秋霜的致命傷是小腹中掌，她為何會小腹中掌？這位置對於劈空掌而言未免太低。縱觀玉城樓宇，只有城主臥房外面，有一圈白玉欄杆圍起的花廊，往左連接一棟空屋，往右連接玉秋霜的房間……」

他緩緩地說，語氣慢慢透露出一絲詭異：「如果有人爬上欄杆，她就能從右邊窗戶看見房裡的情景，而房裡的人發現她在窺探，一揮手劈出一掌，正好打中她的小腹。她受傷跌倒之後，可能因為受驚過度，跑錯方向，逃到了那間空房裡面……她真是個運氣不好的姑娘，逃進那間空屋以後，看到了另一件萬萬想不到的事。而她被震斷腸子，腹內出血，或許就在指責和哭訴之間，倒地死去。所以，才有人以為她是自己殺的吧？以上說法並無證據，盡是我的揣想，不過——」

他語氣溫和地問宗政明珠，「記得我託你幫我做事時問過你什麼嗎？我問你：『能劈碎五丈以外的沙包吧？』你很驚訝地問我：『你怎麼知道？』從城主臥房到那白玉欄杆的距離，恰好五丈，而如果是玉夫人動手，」他瞄了一眼身邊被劈爛的楠木太師椅，「只怕連她的骨頭也劈碎了。」

故事說完了，玉城大殿中一片寂靜。

過了一會兒，「啪、啪、啪」三聲，花如雪拍了三下手。

宗政明珠張了好幾次口，卜承海拍開他的啞穴，只聽他沙啞道：「我不是有意殺她，雖然……雖然……你說得不錯，但我宗政明珠對玉秋霜如何，天地可鑑，那天只是……錯手……」

「李……你不能怪他，我明白……」雲嬌慘然開口，「穆藍和夫人成婚二十幾年，他們……他們之間並不相愛啊！只是為了秋霜，二十多年強顏歡笑，在女兒面前假扮恩愛夫妻，就算玉城富可敵國，可他們過的日子或許還不如貧窮百姓。穆藍他……很可憐……夫人也……夫人也……想找個看重她的男人，有什麼……錯……」她臉上涕淚縱橫，「錯的是我們都騙了秋霜，怕她受不了，結果我們四個人……聯手……把她弄成那樣。我不怕死，要抵命就殺我吧，我不怕死，和穆藍無關。」

「雲嬌。」宗政明珠沒想到她會說出這番話，全身顫抖，「人是我殺的，她……她爬到欄杆上去採花，看到我和紅燭在房裡，我想也沒想……想也沒想就劈了她一掌，可是我發誓，那時我不知道那個人是她！她從欄杆上摔下去，跑到空房子裡去。我和紅燭穿好衣服出去找她的時候，她已經不見了。然後再看到她，他們竟然說她死在袁州，屍體被運回來了。我……我真的以為有鬼，李先生調查她為何會死在袁州，我比誰都想知道真相……」

「她跑進屋裡的時候，我和穆藍在一起。」雲嬌幽幽地道，「她衝進來的樣子像瘋了一樣，指著我和穆藍說了很多很多，我……我都不知道怎麼回答。突然她摔倒在地死了。我和穆藍一直以為是我們把她氣死的。秋霜先天柔弱，從小就有氣促之症，她死在我和穆藍面前，我們很害怕。穆藍雖然富有，可是一切都是夫人給的，如果夫人知道他害死秋霜，還背著她和我在一起，絕不可能原諒他。所以我們必須想個辦法，處理秋霜的屍體。我和穆藍完全不知道夫人和明珠的事，她一直誤會我和明珠……也不知道我和穆藍在一起。」

她秋水般的眼睛看著李蓮花，繼續道：「李先生真的很可怕，每件事都好像親眼看見一樣。事發那天我戴上面具，立刻下山去找了一家鏢行，穆藍把她藏進空箱子裡，連同他這麼多年在玉城私藏的錢財一起託鏢運走，對外只說是販賣玉石。但現在是夏天，屍體在箱子裡不能放太久，所以我在小棉客棧追上程雲鶴，還裝神弄鬼，果然嚇得他打開箱子查驗。程雲鶴很老實，一點也不懂得懷疑別人。這事順順利利全都推在鬼的頭上。我和穆藍想，只要是鬼殺的，便不必追查凶手，這件事也就結束了。」她輕聲說完，擦乾眼淚，默默無語。

「我和明珠找不到秋霜，江湖上開始傳言鬧鬼。」玉紅燭終於開口，「李先生，你之所以能順利進入玉城，就是因為當時我和明珠都很害怕。」

她語氣冷冷的，音調蒼涼：「你是江湖有名的大夫。果然你一來，不負我望，立刻看出秋霜是死於內家掌法，絕非鬼魅作祟，這讓我放心不少。」

李蓮花聞言微笑：「夫人生怕明珠殺人被揭穿，又誤會雲嬌常來玉城是為了明珠，所以下了殺心，幾次暗示我，雲嬌就是凶手，可惜李蓮花愚鈍，一直沒有領會夫人的意思。」

他嘴上這麼說，實際上卻一點慚愧的意思都沒有。

「你深藏不露，是我有眼無珠。」玉紅燭淡然說。

「殺死秋霜的是明珠。」玉穆藍已全然放鬆，哈哈笑了起來，「李先生果然聰明，沒有冤枉好人，我和雲嬌本就是無辜的，哈哈哈哈……」

他言笑之際，花如雪冷冷地道：「你裝瘋賣傻，逼殺手下劍士五六十人，難道他們就不是人，只有你女兒才是人？」

玉穆藍的笑聲陡然凝住。

雲嬌閉著的眼睛一直沒有睜開，此時睫毛顫抖，已然說不出話。

卜承海森然道：「我等本就不是為了玉秋霜一事前來玉城。五十餘年來，江湖上逼迫門人自殺之事早已絕跡，我等不過想認識認識逼迫五六十位門下弟子自殺的玉城主，究竟是何等了不得的人物。」

花如雪緊接一句：「你是裝瘋，不是真瘋，那五六十條人命，少不得要你擔當。」

玉穆藍臉色變得驚恐至極：「不、不不不……不是這樣的，我……我沒有殺人，他們全都是自殺的……」

「我早知道你會有這麼一天，穆藍，你自私狂妄，自從踏進玉家大門，就從不把別人的性命當回事，心胸狹窄，卑鄙無恥，卻又裝得道貌岸然。」玉紅燭冷冰冰地道，看了雲嬌一眼，「當年我和妳一樣，被他翩翩風度、瀟灑的外表所騙。我還知道回頭，妳卻是冥頑不靈，和蒲穆藍一樣死不足惜。」

雲嬌無助又慘澹地看著李蓮花，在他揭穿玉穆藍裝瘋之際，她就知道事情已經無法挽回，她和玉穆藍夢想的將來都已化為泡影。

李蓮花看著她的眼神充滿歉意，但雲嬌很清楚，他給過她很多次悔過和贖罪的機會，是她不珍惜。

「明珠，是我害了你。」玉紅燭看向宗政明珠，她深吸一口氣，「我若沒有引誘你，如今你和秋霜都會好好的，過著羨煞神仙的日子。她是個好孩子，可我不是個好娘親。」

宗政明珠點了點頭，再點了點頭，什麼都說不出來。

玉紅燭閉上眼睛，玉秋霜從小無憂無慮地長大，從不知爹娘貌合神離，她有多快樂，自己就有多恨她。若不是為了秋霜，她絕不會和蒲穆藍共度這大半輩子，青春韶華如流水，就這麼消磨殆盡。如果今生不曾遇見宗政明珠，她又何嘗美麗過呢？雖然那是——罪孽。

七 女規

等李蓮花從玉城歸來，江湖上對李蓮花又有了新的傳說——傳說他用藥如神，一碗藥湯就讓失心瘋的玉穆藍神志清醒，最終揭露「落日明珠袍」宗政明珠殺妻和玉氏夫妻各自偷情的奇案。

宗政明珠被「捕花二青天」捉拿歸案，兩人行事很守規矩，宗政明珠是官，所以他被關進刑部大牢；而玉穆藍和雲嬌這些江湖中人，則交給了「佛彼白石」。

「佛彼白石」是一個十年前就存在的組織。本是四顧門為了對抗邪教金鴛盟而內設的刑堂，後來金鴛盟土崩瓦解，四顧門門主李相夷與金鴛盟盟主笛飛聲海上一戰後雙雙失蹤，四顧門也隨之解散。十年前剷除金鴛盟的少年俠士都已步入中年，歸隱的人聲名漸漸湮沒，而未歸隱的紛紛娶妻生子，開宗立派。顯赫一時的四顧門只有刑堂留了下來，出於當年對四顧門的敬仰，十年來其成為江湖刑堂，為各門各派叛徒逆子評審功過，施以刑罰。「佛彼白石」代表四個人：漢佛、彼丘、白鵝、石水。這四人曾是李相夷的左右手，經過十年歲月，早已成為這一代江湖弟子心嚮往之的當世大俠。倒是當年和笛飛聲在海船上兩敗俱傷、一起失蹤的李相夷漸漸被人遺忘，反而不如「佛彼白石」聲名顯赫。

玉穆藍和雲嬌一入「佛彼白石」，定能得到最公正的評判。

李蓮花提著他那個藍色印花的小小包裹，慢吞吞地走在回屏山鎮的小路上。大老遠他就看到一個人，正搖頭晃腦地對著他那棟蓮花樓吟詩，「心交別我西京去，愁滿春魂不易醒。從此無人訪窮病，馬蹄車轍草青青。」突然那個人轉過頭，看見李蓮花回來，大驚失色，「騙子回來了！」

「你還沒死嗎？」李蓮花看著這人，微微嘆了口氣。

這個書呆子就是「皓首窮經」施文絕，第一個被他從地下挖出來的大活人。施文絕和方多病相反，方多病瘦骨嶙峋，貌若餓殍，卻自詡為病弱貴公子；施文絕明明是一介文弱書生，卻在太陽下晒出一張黑如包公的臉，以示他並非「白面書生」。

「你還沒有瘋，我怎麼會死？」施文絕學著他嘆了口氣，歪著頭看他，「我聽說了李蓮花抓鬼的故事，不禁替你感到傷心欲絕。」

李蓮花微微一笑：「啊？」

「你這人雖然是個騙子，還是個窮鬼，不會治病，打架的本事也差勁得很，但至少不是個笨蛋。」施文絕說，「如果幾年以後你突然變成瘋子，我會很不習慣的。」

李蓮花也嘆了口氣：「我也覺得自己過得滿不錯，如果那天來了，你記得替我掉兩滴眼淚，我也會傷心欲絕。」

兩個人面面相覷，同時嘆了口氣，然後忍不住一起笑了起來，隨後走進吉祥紋蓮花樓。

李蓮花的手少陰心經、手厥陰心包經、足陽明胃經曾受重創，此三經對大腦影響甚多，三經受損會導致智力下降，出現幻覺，最終瘋癲，而且無藥可治。此事只有施文絕一人知道，私底下他為李蓮花嘆了不少氣，這人的的確確是個騙子，那張笑臉底下不知藏了多少他根本搞不清楚的狡猾心思。一天天等自己變傻變瘋的滋味，他實在想像不出來。

而顯然李蓮花的日子過得很舒服，這讓他很是佩服。

「你帶了什麼東西回來？」進了蓮花樓，施文絕發現李蓮花的布包裡多了一個活的東西，「這是什麼？老鼠？」

李蓮花小心翼翼地從布包裡掏出一隻鸚鵡：「鳥。」

「鸚鵡？還是隻母的。」施文絕瞪了他一眼，「哪家小姐送你的定情信物？」

「這是雲嬌養的。」李蓮花愉快地笑著，「牠會唱歌，你想不想聽？」

「唱歌？」施文絕饒有興趣地看著那隻羽毛鮮黃、形態愛嬌的鸚鵡，「讓牠唱兩句來聽聽。」

李蓮花摸了摸牠的頭，沒過多久那隻鸚鵡張口了。

「哎呀我的媽呀，這是什麼鬼在叫？長得這麼可愛，怎麼會發出這麼恐怖的聲音？女妖一樣的……」聽到猶如斷舌鬼哭的聲音從那隻嬌小玲瓏、神態害羞的鸚鵡嘴裡發出來，施文絕嚇得當場跳起來，摸著胸口餘悸未消，「這是什麼鬼東西？」

「牠的舌頭被人剪了一截，我為牠取了個名字，叫做『女規』。」李蓮花溫柔地摸了摸那鸚鵡的喙，喃喃地說，「方多病想必會喜歡牠的聲音……」

「不行！這東西萬萬不能讓他看見！」施文絕大吃一驚，「你要是把這東西送他，我保管他天天晚上帶著牠到處嚇人，嚇完了方氏嚇武當，嚇完了峨眉嚇少林，你不要禍害江湖……」

「那我就送給你吧……」

「啊？不要！我不要晚上做噩夢……」

「很可愛的，也很好養，一個錢的大餅夠牠吃十天，很便宜。」李蓮花很認真地推薦。

「李蓮花！你現在就瘋了不成？我——不——要——」

第二章

一品墳

一 佛彼白石

風霜冬雪，松木崢嶸。

這裡是前朝熙成皇帝的陵寢，方圓五十里的山頭修整成圓形的寶頂，種上整齊的松木，寶頂下建有規模宏大的宮殿，史稱熙陵，當地人多稱「一品墳」。

前朝熙成皇帝一生平庸，在位期間未有什麼功績，但也未曾出過大錯，駕崩數百年來熙陵寂寂無聞，連書生墨客也極少到這裡悲風懷古。

當朝皇帝在五十里熙陵留了寥寥百人的軍隊替熙成守靈，顯然沒有什麼誠意，而駐熙陵的士兵又多以愛喝酒鬧事聞名。畢竟，守著一個絕對不會從墳墓裡爬起來的死人，實在是無聊得很。

張青茅搖搖晃晃地踩著積雪，提著兩壺酒，從熙陵地上宮走了出來。大冬天冷得要死，他划拳輸了得去買酒，順便買幾斤滷牛肉回來消寒。雖然外面風大雪大，但想到過會兒就能舒舒服服地喝酒吃肉，他還是打起精神腆著肚子，往熙陵外二十里地的屏山鎮走去。

這天是臘月初一，雪已經下了四天，積雪深到張青茅的膝蓋，他走了一陣子便咒罵起來，不想又突然絆到石頭一跤摔倒，更是止不住地對在熙陵地上宮避寒的同僚娘親們一陣痛罵，好像他是被這許多人踢下去的一般。等他咒罵到心懷舒暢，爬起身時，赫然看到積雪裡露出一隻腳。

那是一隻有點像蘿蔔又有點像樹幹的腳，張青茅之所以認出那是一隻「腳」，是因為上面還穿著褲子和鞋子。那隻「腳」上裹著質地良好的黑色錦緞，在被張青茅撲出個坑的雪地裡分外明顯，腳上的鞋子薄底軟面，繡著一個沒有臉的人頭，只有頭髮和脖子，煞是古怪。

張青茅變成酒桶之前也曾在江湖上混過幾年，看見那鞋子，他呆了半天，忽然大叫一聲：「殺手無顏！」

從雪地裡露出來的那隻猶如蘿蔔的「腳」的主人，叫做慕容無顏，名列江湖異人榜第二十八名，殺手，年歲不詳，胡人。他做過最轟動的一件事，是刺殺少林寺方丈未遂，從少林寺全身而退，且沒有人看清他的真面目。

「佛彼白石」的落腳地，在清源山後的一片沼澤旁邊，此處有座很小的庭院名叫「百川」，取意「海納百川，有容乃大」。「百川」之內有四五處房屋，青磚烏瓦，積雪盈寸。

一位年約四旬的青袍人負手眺望庭院，他窗戶所對的那一面院中空空如也，只有一角青磚，上面積滿了白雪，留著不知是什麼鳥雀停留過的細微痕跡。青袍人濃眉峻目，身材高大，在窗前站著，便似頂天立地一般。

他是「佛彼白石」之首，姓紀，名漢佛。

「聽說最近一品墳出了大事。」紀漢佛身後有人說，「慕容無顏和吳廣都死在那裡。我查過一品墳的歷年紀事，三十年來，在那裡失蹤的共計十一人，其中七人武功不錯。」

「但以慕容無顏最高。」紀漢佛冷冷地道，「此人武功不在你我之下。」

紀漢佛身後說話的那人穿著一身肥厚的棉衣，圓臉肥脣，體重至少二百斤，身材卻不高，圓圓的就像隻肥鵝，正是「白鵝」白江鶉。

「這次和慕容無顏一起出現在一品墳雪地松林裡的，還有『鐵骨金剛』吳廣的屍骸，兩人都一樣上身骨瘦如柴，下身浮腫，全身並無傷痕。」

「嗯。」紀漢佛淡淡應了一聲，「彼丘派出人手調查此事，應當不久便有消息。」

「彼丘這小子自從門主去後，算算也有快十年不出門了。」白江鶉嘻嘻一笑，他穿著大棉襖，卻拿著把蒲扇，搧了搧風，「就像你自廢右手，人都死了，你們跟自己過不去有什麼好處？」

「你想得通又何必在你房裡擺東海海島地形圖，還悄悄遣人去找？」紀漢佛淡淡地說。

白江鶉哼了一聲，轉移話題：「彼丘死不出門，他手下那些弟子笨蛋居多，我剛好有件事要去雲南，你和老四手頭上也還有事，一品墳的事又是大事，你打算怎麼辦？」

「一品墳的事彼丘已經託給方氏。」紀漢佛眼中掠過一絲幾不可見的光彩，「他人雖然不出門，做事仍舊很妥當。」

白江鶉被肥肉擠在一起的小眼睛閃了閃：「交給方多病？」

紀漢佛頷首。

「目的？」白江鶉的小眼睛又精又亮。

紀漢佛沉吟了一會兒，緩緩地道：「李蓮花。」

白江鶉「啪」的一聲把蒲扇拍在桌上：「李蓮花，年歲不詳、出身不詳、樣貌不詳，六年前初入江湖，為江湖第一神醫，有吉祥紋蓮花樓一座，製作精巧，可以牛馬拖拉行走。他醫術如神，曾使施文絕和賀蘭鐵死而復生，最近和『捕花二青天』合作查明碧窗有鬼殺人一案，不知其人在案中發揮何等作用。」

「白鵝」白江鶉負責「佛彼白石」裡的人脈瑣事，江湖中人只要有名號，他多半都知道一點，若是名人，他更是如數家珍。

紀漢佛道：「此人和門主並不相關，只是那蓮花樓……」

他頓了頓，沉聲道：「你可還記得，當年你我攻入金鴛盟腹地，在笛飛聲寢宮之前，曾有一處佛堂？」

白江鶉點了點頭：「我還記得我們衝進去的時候，那佛堂的香火尚未燃盡，可笛飛聲卻不見了。」

「那佛堂上的雕花是笛飛聲手下『金象大師』所刻，金象來自天竺，精擅佛法、雕刻，那佛堂的雕花建造深得彼丘欽佩。」紀漢佛道，「蓮花樓上的紋路和那棟佛堂如出一轍。」

「你和彼丘懷疑李蓮花是金鴛盟弟子？」白江鶉細細思考，「如是這樣，此人值得一試。」

「如果蓮花樓真是金鴛盟之物，那麼李蓮花必定和笛飛聲有關。」紀漢佛淡淡地道，「他和門主雙雙失蹤，他若未死，門主也應無恙才是。」

白江鶉沒有回答，良久，才從肥碩的鼻孔裡長長地噴出兩道氣：「彼丘讓誰去熙陵？」

「葛潘。」

葛潘是彼丘手下最得力的弟子，記帳和算帳的本領堪稱是「百川」之中最出色的一個，他年二十有五，李相夷失蹤後不久，他便被彼丘收為弟子，進入「佛彼白石」剛好滿十年。葛潘平生最遺憾的事，就是沒有親眼見過李相夷。四顧門門主李相夷以相貌俊美著稱，一手「相夷太劍」名震江湖，為人冷傲孤僻、智慧絕倫。他十七歲成立四顧門，十八歲名揚天下，四顧門內人才濟濟，他竟能令紀漢佛、白江鶉等人俯首聽令，對他敬若神明，究竟是什麼樣的人物，憑此就可以想像一二。葛潘常常感慨他生得晚，未曾親眼見到李相夷的風采。

這回和方氏合作前往一品墳，葛潘對自己的任務感到有些興奮。這十年來，他已很少為了任務心起波瀾，但此番去試探李蓮花究竟是否為金鴛盟的人，卻令他躍躍欲試。他快馬加鞭，想來午後就可抵達方多病信上說的地點：曉月客棧。

駿馬疾若流星，從山道上掠過。

轉過彎道之際，突然有些水灑在山道旁的積雪上，葛潘似乎絆到了什麼，那匹馬踉蹌了一下，繼續往前奔行。

二　路在何方

方多病煩惱地坐在客棧裡看李蓮花，這人抱著曉月客棧老闆娘的兒子，在屋裡走來走去已經很久了。他一停下來，那小子就用一種狼嚎般的聲音哭泣。

「這是你兒子？」

「不是。」李蓮花抱著那長得並不怎麼可愛的小子，輕輕拍著他的頭。

「不是你兒子你幹麼要哄他？」方多病簡直要被李蓮花氣瘋，「我坐在這裡已經一個時辰了，本公子事務繁忙，日理萬機，千里迢迢來這種小地方找你，你竟然在我面前哄別人的兒子一個時辰？」

「翠花出門去了。」李蓮花指指門外，「她買醬油，兒子沒人照顧。」

「這世上還有更多寡婦的兒子沒人照顧，你不如一一娶回家算了。」方多病瞪眼，狠狠一拳砸在桌上，「我告訴你，『佛彼白石』託本公子做件事，事關『鐵骨金剛』吳廣和『殺手無顏』慕容無顏，你若不和本公子去調查凶手，本公子立刻殺了你。你去不去？」他開始威脅李蓮花。

「吳廣也會死？」李蓮花嚇了一跳，「慕容無顏也會死？」

「連李相夷和笛飛聲都會死，這兩個人算什麼？」方多病不耐煩地看著他懷裡的孩子，拍桌子吼道，「你到底要抱別人的兒子抱到什麼時候？」

「咯吱」一聲，門開了又關上，門外傳來一個年輕人尷尬的聲音：「在下葛潘，『佛彼白石』門下弟子。」

顯然，他開門時聽到方多病一聲怒吼，也嚇了一跳，手一抖把門又關上了。方多病立刻整了整衣服，他今天沒帶那柄被他取名為「爾雅」的長劍，便露出一張溫文爾雅的笑臉：「請進，在下方多病。」

葛潘推門而入，他身著一襲綢質青衫，足蹬薄底快靴，比起他這個年紀的年輕人，笑容更加和氣一些。

「葛潘見過方公子、李先生。」他抱拳對方多病和李蓮花施了一禮。在看到李蓮花懷抱嬰兒後顯然怔了一下，卻很快回過神來，只作不見。

「一品墳情況如何？」方多病雙手搭著椅子扶手，「彼丘傳信與我，只說吳廣和慕容無顏死在一品墳，其餘細節說等你到了之後細談，究竟是怎麼回事？」

葛潘在方多病桌前再拱了拱手：「師父得到的消息也不確切，根據鶡師叔所獲情況，兩人上身瘦癟、下身浮腫，並無傷痕。屍體在離一品墳地上宮十里左右的杉樹林裡，兩人相隔十五丈，模樣十分古怪。發現屍體的人叫張青茅，本是少林弟子。慕容無顏死在熙陵這事，雖然和守陵軍沒有什麼關係，但在江湖上卻是大事。鶡師叔查過資料，這不是在熙陵發生的第一起事件，三十年來，已有十一人在熙陵失蹤，其中不乏好手。」

「熙陵就在後面。」方多病從鼻子裡哼了一聲，「上去看看就知道了，只是還要等一等……」

葛潘奇道：「等什麼？」

方多病又哼了一聲：「等老闆娘回來。」

「等老闆娘……回來？」葛潘輕咳一聲，無法理解。

方多病怒氣沖沖地瞪著李蓮花，李蓮花滿臉歉然地看著他：「我不知道翠花去買醬油要買這麼久。」

彼丘將一品墳之事託付給方氏，方氏對「佛彼白石」之託十分重視，於是再三告誡方多病行事務必謹慎，此事一定要查明。而方多病非要拖上李蓮花一起行事，他自詡是聰明人，自然知道什麼樣的人在什麼時候最管用。

葛潘上下打量一番這位半晌之後終於開口的江湖神醫，只覺得有人能把老闆娘買醬油看得比調查慕容無顏之死更為重要，倒也少見。

他們又等了半個時辰，仍然沒有等到曉月客棧的老闆娘孫翠花，最後，李蓮花只得把孩子託給隔壁怡紅院的老鴇。

回到客棧後，其他兩人已等得滿心焦躁，三人很快往熙陵行去。

三人登上熙陵時天色已晚，四周人跡罕至，這裡是皇家禁地，駐兵不過百人，平常百姓也很少踏入熙陵地界。熙陵附近全是杉樹，幾乎沒有野獸出沒，是塊整齊乾淨的死地。三人的腳印在雪地裡蜿蜒成線，清晰異常，在這樣的雪地裡，只要沒有大雪，天氣沒有轉暖，幾天之內的足跡也必清晰如新。

前面不遠的樹林中有些火光，三人尚未靠近，林中已有人大聲喊話，說是朝廷駐軍，要閒人速速離開。

葛潘稱是「佛彼白石」弟子，隨後，林中有幾人手持火把出來，自稱是少林、武當門下弟子，已等候「佛彼白石」多時。

林中手持火把的共有五人，其中肥胖的便是張青茅，其餘四人中，有兩人既是少林俗家弟子，又是孿生兄弟，也姓張，叫張慶虎、張慶獅。兩人相貌極其相似，只是張慶虎臉頰上有一顆黑痣，張慶獅沒有；張慶虎擅使少林十八棍，張慶獅精通羅漢拳。另兩人是武當弟子，一個叫楊秋岳，一個叫古風辛。幾人守著慕容無顏和吳廣的屍身已有數日，畢竟是江湖出身，深知這兩個死人與眾不同，這事處理不好，只怕這兩人的親戚朋友、族人師門統統趕上山來，屆時這百人駐軍有個屁用？還不是只有引頸就戮的分兒？

三個姓張的同門師兄弟看守慕容無顏的屍體，楊秋岳和古風辛看守吳廣的屍體，眼見等到了人，幾人都面現喜色。

方多病看了那兩具屍體兩眼，這兩人生前雖然不是胖子，至少很壯實，現在卻成了上身乾癟、下身浮腫的古怪模樣，不由得嘆了口氣：「這是怎麼搞的？中毒還是中邪？」

葛潘俐落地翻看了一下吳廣的屍體：「奇怪，這兩人竟是餓死的。」

「餓死的？」方多病大吃一驚，他看得出身邊那位「神醫」也嚇了一跳，「怎麼可能？這兩人都不窮，怎麼會餓死？」

「在潮溼的地方餓死的人，就是這副模樣。」葛潘說，「李先生應該很清楚。我本來還當他們受毒物所傷，以至於乾癟和浮腫，現在看來斷然是餓死無疑。」他抬頭恭敬地看著李蓮花，「不知在下淺見，可是有錯？」

李蓮花一怔，微微一笑：「不錯。」

方多病在旁邊嘿嘿一笑，不置可否。

「奇怪，在這空曠之地，兩位絕代高手竟然會餓死，看來他們絕非是在這裡死的。」葛潘非常困惑，四下張望，走到樹林邊緣眺望熙陵，「除非有人將他們困在沒有食水的地方，難道竟是……」

方多病接口道：「熙陵？」

葛潘點了點頭：「方圓五十里內，除了熙陵，只怕無其他地方能吸引這兩位高手。」

李蓮花插了句話：「那他們是如何來到這裡？」

方多病和葛潘都是一怔，熙陵距離這裡仍有十里之遙，雖然屍體附近腳印繁多，卻都是步履沉重的守陵軍留下的，絕不是慕容無顏和吳廣的。

方多病腦子轉得快：「難道他們出來的腳印被張青茅他們踩掉了？」

李蓮花似乎沒有聽到方多病的疑問，抬頭呆呆看著身旁的一棵杉木。

方多病順著他的目光看去，腦筋一轉，恍然大悟：「我明白了！這兩人既然不是在這裡死的，當然不會有腳印，他們之所以被丟在這裡，是出路的緣故。」

葛潘奇道：「出路的緣故？什麼道理？」

方多病指著那棵杉木：「你看。」

葛潘凝目望去，那棵巨杉的枝幹之間有一塊積雪凹了一大塊，留下一個清晰的印跡。

葛潘問道：「落足點？」

方多病點頭：「這棵杉樹在慕容無顏和吳廣的屍體之間，他們相隔十五丈，這棵樹正是中間點，慕容無顏便在此樹外八丈處。」

葛潘四下一看，頓時醒悟：「原來如此，這個山頭杉樹雖多，卻不連貫，難怪這兩人相隔十五丈。方公子目光如炬，葛潘十分佩服。」

方多病後頸頓時冒出許多汗，乾笑一聲，瞪了李蓮花一眼，李蓮花聽得連連點頭。原來熙陵山頭長滿杉木，但是杉木林並不連貫相接，不僅一片杉木林本身有空餘之地，就連從山頭到山腰之間也還有一道斷帶。慕容無顏和吳廣的屍體正處在上一片杉木林的空地和下一片杉木林之間的斷帶上。若有高手想憑藉杉木，不著痕跡地從熙陵山頭下去，勢必要跨越近二十丈的雪地，而即使是絕代高手，也不可能一掠二十丈。若是在其他山頭，只需拾起石頭墊腳，便可從容離去，偏偏熙陵是皇陵，整座山經過精細的人工修整，山頭鋪滿大小一致的卵石，如今也都在積雪之下，若是挖出一塊來墊腳，反而暴露行蹤。而此時若是身邊恰好有兩具屍體……只怕是有人夾帶屍體沿杉木樹梢而行，將兩具屍體擲在雪地之中，當作借力之物，越過二十丈雪地，自山腰樹林離去，不在雪地上留下任何痕跡。單看此人丟擲屍體渾然不當一回事，便知絕非尋常人物，卻不知為何他寧可丟下兩具勢必引起軒然大波的屍體，也不願留下腳印？

方多病喃喃自語，「難道這人不是害死慕容無顏和吳廣的凶手？如果是凶手，怎麼可能做出這種事……我知道了！」他眼睛一亮，「這人的腳肯定有毛病，他平日一定很自卑，所以無論如何不肯在雪地裡留下腳印。」

方大公子得意揚揚地說完他的妙論，卻發現李蓮花目不轉睛地看著那樹上留下的落足痕跡，而葛潘正不住翻看慕容無顏的屍體，似乎沒有人聽見他的高論。張青茅對這三人敬若神明，在一旁靜靜聽著，張慶虎卻開口道：「我等守衛熙陵已有年頭，明樓和寶城裡住滿了人，就算有人被關在熙陵宮裡，也不可能直到餓死都沒人發現。」

張慶獅不善說話，點了點頭，目光卻一直看著葛潘。方多病和張慶獅目光相對，隱隱覺得似乎哪裡有異，一時卻說不上來。

「如果是在地下宮呢？」楊秋岳冷冷地問，「你不要忘了，雖然熙成皇帝遺詔入葬從簡，但這裡既然是皇陵，說不定地下真有什麼寶物，值得慕容無顏和吳廣來這裡尋寶。此處也有不少傳說，什麼『觀音垂淚』的靈藥，什麼傳位玉璽，各式各樣皇陵該有的傳說都有。」此人相貌斯文，說起話來卻透著一股陰氣，方多病一看就很不喜歡。

「但是我們在熙陵三年有餘，從來沒有發現地下宮的入口。」古風辛道，「如果真的有人找到地下宮入口，又從裡面帶了屍體出來，那入口豈不是很大？到底會在哪裡？」

「根據史書所載，皇陵入口，一般都在明樓的某個角落。」葛潘道，「不如我們進熙陵分頭尋找？」

李蓮花看了他一眼，葛潘輕咳一聲：「李先生可有其他看法？」

李蓮花「啊」了一聲，臉上浮起幾分尷尬之色：「我怕鬼。」

葛潘再度愕然，方多病忍不住哈哈大笑：「絕代神醫，夜裡居然怕鬼，哈哈哈哈……」

葛潘嘆了口氣：「既然先生怕鬼，那麼我們明日早晨再尋。」

三 第三個死人

當晚，李蓮花、方多病和葛潘便留在熙陵。

張青茅在百人軍中是個不大不小的頭目，於是招待三位住在他房間兩側，方多病和李蓮花住在他右側，葛潘住在左側。張青茅的對門便是張家兄弟，方多病和李蓮花的對門是楊秋岳，而葛潘的對門是古風辛。

這明樓、寶城本不該住人，若是前朝派兵駐紮，必是住在陵外的巡山鋪，但百人駐軍貪圖方便，便住在明樓之中。天寒地凍，他們也不巡山，整日在熙陵中飲酒賭錢，輸的人就出去買酒買肉，倒十分逍遙。

積雪盈城，星月暗淡。這一夜方多病幾乎睡不著覺，除了張青茅的鼾聲，四下寂靜得出奇，窗外的雪光透過左邊房間的窗戶，再映到右邊房內，映得人全身都不舒服，而李蓮花卻睡得安安穩穩。

不知為何，這一夜方多病心裡總是隱隱不安，這種感覺從看到張慶獅起就未消退，可他分明不認識這個人，為什麼會如此不安？

一夜無眠，即將天明之際，他突然聽到有人快步衝進張青茅的房間，驚慌失措地道：「張統領，張慶獅……張慶獅被人殺了，他的頭不見了，有誰……有誰看到張慶獅的頭……」

來報張慶獅被殺的人是楊秋岳。

方多病從床上一躍而起，李蓮花也從床上坐了起來，兩人面面相覷：張慶獅死了？

張慶獅死得十分古怪。張青茅穿好衣服來到張慶虎和張慶獅兄弟房裡，只見張慶獅穿著便衣坐在床頭，頭顱已經不見，鮮血浸透半件便衣。天氣寒冷，鮮血都結成冰，牢牢地凍在張慶獅身上，色澤鮮豔。乾淨的白粉牆壁前坐著一具無頭血屍，著實怵目驚心。

據張慶虎所言，他昨夜在楊秋岳房裡賭錢，一大清早回來發現弟弟竟然死了。方多病和李蓮花已在張慶獅房裡多時。張慶獅除了腦袋被砍，身上並無傷痕。

滿臉茫然的李蓮花看著張慶獅發呆，而方多病滿臉煩躁，顯然這件事出乎他意料——為何有人要殺張慶獅？他和慕容無顏、吳廣餓死一事，又有什麼關係？

「奇怪，為何有人要殺害張慶獅？」葛潘喃喃自語，「莫非他和慕容無顏、吳廣一事有關？」

方多病點頭：「他很可能知道地下宮的入口。」

葛潘奇道：「如果他確實知道什麼的話，為何不說？」

方多病道：「如果那兩人是他引入地宮害死的，他當然不會說。」

葛潘皺眉：「那他為何死了？證明和此事有關的不止他一人，正因為今日我們要搜查地宮入口，有人便趁夜將他殺了滅口。」

方多病嘆了口氣：「那說明凶手肯定就在這附近，說不定就在守陵軍和我們三人之中。」

「外面沒有腳印。」李蓮花插了一句。

葛潘一懍：「那說明昨夜沒有別人進來……」

「不，」李蓮花面無表情地說，「那只能說明，還有個人也可能殺張慶獅，就是從陵恩門月臺越過樹林，把兩具屍體丟在樹林裡下山去的那個人……」

他一句話還沒說完，方多病和葛潘都是一震，異口同聲問：「陵恩門月臺？」

李蓮花怔怔地道：「是啊，陵恩門後是琉璃影壁，琉璃影壁之後就是明樓，明樓裡一直住著人。陵恩門側是廚房，平日有人走動都在這一段地方，所以這段地方有掃雪，不會有腳印。那個……廚房夜裡不會有人，月臺外面有杉樹林，其他地方都沒有……」

方多病「啪」的一掌拍在他肩上，讚道：「好傢伙，有道理！看來地宮的入口，就在陵恩門附近！」

李蓮花仍是充滿困惑地搖頭：「不對啊，如果是從地宮裡帶屍體出來的人殺了張慶獅，那他怎麼知道我們今天早上要找地宮入口，然後趁夜把張慶獅殺了？」

方多病一怔：「那就是說——」

葛潘脫口而出：「殺死張慶獅的凶手就在昨夜小樹林裡聽到我們今日要尋找地宮入口的幾個人之中！」

聞言，楊秋岳和張慶虎的臉色都有些青白。昨夜在小樹林裡的人不過八個：張慶虎兄弟、楊秋岳、古風辛和張青茅，以及李蓮花、方多病、葛潘。剩下的七人有一個是凶手，那究竟是誰？又為什麼要割去張慶獅的頭顱？

一切的謎團，都必須等進入熙陵地宮才有頭緒，這沉寂數百年的皇家陵寢，究竟隱藏著什麼祕密，能令兩位絕代高手在墳中餓死，又使一位守陵兵在深夜裡失去頭顱？

張青茅當即召集昨夜在樹林中守屍體的幾人，跟隨李蓮花三人往陵恩門月臺走去。

七人跨過幾道氣勢恢宏的石柱和石門，熙陵的陵恩門裡供著兩座雕刻精美、祥雲繚繞的石刻圖，分別為九龍盤雲和一條坐龍，都是守靈之物。七人開始著手尋找地宮入口，對前朝皇帝沒什麼敬意的眾人手持刀劍，在各處浮雕上敲敲打打，叮咚之聲不絕於耳。

「蓮花。」方多病把李蓮花扯到一邊，悄悄地道，「告訴我誰比較可疑，我就牢牢盯著他。」

李蓮花微笑道：「啊……我也不知道……」

一句話還沒說完，方多病斜眼看他：「你那隻鸚鵡好像還在我家？」

李蓮花愣了一下，皺起眉頭：「難道你突然喜歡吃鸚鵡肉？」

方多病獰笑：「如果你不知道的話，說不定我就會突然很喜歡。」

李蓮花嘆了口氣，「堂堂方大公子，居然綁架小小一隻鸚鵡，實在是丟臉得很……」他壓低聲音，脣邊泛起一絲笑意，「你有沒有發現，張慶獅的房間裡，除了他身上，其他地方都沒有血？」

方多病想了想：「嗯，那又怎麼樣？難道你要說他不是在那裡死的？」

李蓮花道：「你注意到他身上的血跡了嗎？那是一層層浸透下來的，並不是噴湧出來的，牆上乾乾淨淨，沒有半點痕跡。」

方多病皺眉：「你想說什麼？」

李蓮花道：「我想說他是先死了，才被人砍了頭，不是因為砍頭死的。」

方多病一怔：「殺人滅口只要人死了就好，何必殺了人又砍頭？」

李蓮花微微一笑：「殺人可以說是為了滅口，但砍頭不是……總之，如果他是活著被人砍頭，他坐在床上，床後的白牆不可能沒有絲毫痕跡。你我都很清楚，刀劍砍了人，傷口如果立刻出血，血液多少會附在兵器上，斬落時使出的力氣越大、速度越快，血沿著施力方向濺出去的痕跡就越清晰。他房裡沒有半點痕跡，只能說凶手是在他血液快要凝固時砍的頭，所以刀劍分開皮肉，傷口卻沒有立刻流血。」

方多病奇道：「你怎麼知道他一定是在房裡被砍的？說不定他是在外面被砍的頭。」

李蓮花嘆了口氣：「他如果是在外面，身上的血跡就不是這樣，這些血是他的頭被砍了以後不久，才慢慢冒出來的。他從頭到尾沒有被人動過，所以才會一層一層浸透衣服，不是很快流成一道一道，也沒有濺得到處都是。」

方多病仍在反駁：「他還是可能在外面死的……」

李蓮花又嘆了口氣，好像有些無奈：「我只說他是先死了，才被人在房裡砍了頭。我幾時說他一定是死在房裡？你不要胡攪蠻纏。」

方多病哼了一聲：「就算他是先死了才被人砍頭，那又如何？」

「那就說明，張慶獅被人殺了兩次，要麼凶手是同一個人，殺人的目的就是為了砍頭；要麼就是除了死人和凶手，另有一個砍頭的人。」李蓮花慢慢說，「值得玩味之處不是殺人，而是砍頭。」

方多病一怔：「砍頭？」

李蓮花微笑：「頭是一種很奇妙的東西，會洩露很多祕密，不管是活的還是死的，都一樣。」

方多病無比詫異：「啊？什麼意思？」

李蓮花在他耳邊悄悄道：「比如，砍了頭你就不知道死的究竟是誰。」

方多病被他突如其來的這聲低語嚇了一跳：「哇——」猛一抬頭，撞上李蓮花的頭。尋覓入口的眾人聞聲回頭，李蓮花滿臉歉意，方多病用力揍了他一拳：「路在那邊，不要撞我。」

李蓮花唯唯諾諾，滿臉無辜。

葛潘一直注意著方多病和李蓮花，此刻忍不住問：「兩位在說什麼？找到地宮入口了嗎？」

李蓮花道：「小方說他找到了。」

方多病又嚇了一跳：「啊？」

李蓮花怔怔地看著他，困惑地問：「你不是說在琉璃影壁後面嗎？」

方多病用力抓了抓頭髮：「哦……」

李蓮花繼續怔怔地道：「是你說大凡皇陵，地宮隧道都在陵墓中心線上，入口大多都在琉璃影壁後面。」

方多病連連點頭：「不錯，正是本公子說的。」

葛潘頓時大步向陵恩門外琉璃影壁走去。

熙陵的琉璃影壁上繪的圖案稍微有些異樣，一般琉璃影壁上繪的都是龍鳳圖案，以神獸護生守靈，而熙成皇陵的琉璃影壁上畫的是極其繁複的圖案，眾人辨認許久，認出是兩尾長著龍頭和翅膀的鯉魚，繞著蓮花嬉戲。這是鯉魚化龍圖，按道理這種圖案決計不會出現在皇家飾物中，此刻卻繪在一位在位三十多年的皇帝陵墓上，這的確是件很奇怪的事。

葛潘撫摩了一陣那琉璃影壁，以劍尖輕輕敲擊，四處毫無異樣：「這裡雖然有些奇怪，但是入口在何處？」

「一品墳的入口，肯定不是挖出來的。」張青茅突然說，「我在這裡三年多，琉璃影壁這裡人來人往，絕對沒有人在這裡挖過什麼，也沒有看到挖出來的土堆。」

方多病眼睛一亮：「那就是有機關了？」

葛潘喃喃自語，「有機關……但這裡每一塊磚後面都是實心的，入口究竟在哪裡？」他四下看了許久，又道，「這裡也沒有什麼可以拉扯扳動的凸出物，機關究竟藏在何處？前人巧思，實在令後人敬畏。」

方多病斜了李蓮花一眼，這人既然說找到了，總不會騙他吧？不過這人騙人是家常便飯，不騙才奇怪，哎呀不對，他說是本公子找到了，那要是沒找到，豈不是很沒面子？方多病正悻悻然之際，突然膝蓋一麻，不知什麼東西在他膝側血海穴上撞了一下，他「撲通」一聲趴在地上，大家都吃了一驚：「方公子？」

方多病趴在地上，下巴貼著地板往前看去，突然看到一種奇怪的現象。

此刻太陽初升，光線充足，他看到從自己鼻尖以下到琉璃影壁下方為止，地面上所有的沙子，都是大顆的在前面，靠近自己這一邊的縫隙邊緣幾乎沒有沙子，靠近影壁那一邊的縫隙邊緣多半都積著沙子，而在影壁下方散落著一些極小的碎石和粉塵。他往後爬了一步，地面仍是這樣，再往後爬了一步亦然，一直後退到陵恩門的後房門檻下，他才看到毫無規則的小沙子：「張統領，這裡的雪是幾天掃一次？」

「只要沒有下雪，這裡就不大打掃，本就少有人來。」張青茅道，「反正這地方是給鬼住的，又不是給人住的。」

方多病拍拍灰塵，從地上爬起來：「那就是說，最近都沒有掃過？」

「沒有，雪是大半個月前下的，一直都不化，也有大半個月沒有掃了。」

「那麼——」方多病從鼻子裡哼了一聲，「入口就在這裡了。」

「啊，在哪裡？」李蓮花驚訝地看著他，而方多病很想用一大塊布團把那張嘴塞住。他的血海穴被李蓮花彈過來的東西撞得麻得要命，卻又不得不咳嗽一聲，解釋道：「這地上的沙石都往琉璃影壁那個方向滾動，如果不是掃地的人故意把沙石都掃到琉璃影壁下面去，就是這整塊地面曾經豎起來或者被抬起來，否則地面上的沙石不會往同一個方向滑落。有誰能把這塊地板拉起來？我猜下面就是地宮入口。」

葛潘連連點頭：「有道理，不過這地面如此沉重，要如何將之拉起？」

方多病頓時語塞，他想了想，有些惱羞成怒：「武功練到家的人自然可以用手去拉。」

葛潘皺起眉頭：「那至少也要有天生神力，而且練的是外家功夫，『鐵骨金剛』吳廣想必做得到，你我卻做不到。」

張青茅突然說：「說起力氣，張家兄弟是少林橫練功夫出身，雙手可提千斤重物，不知能否派上用場？」

葛潘和方多病都覺意外，看不出張慶虎個子不高不矮，人不胖不瘦，一張苦臉，居然是天生神力。

張慶虎點了點頭，從身上摸出一把鐵鉤，鉤住陵恩門臺階與地面的一條細細石縫，陡然吐氣開聲，「哈」一聲大吼，那地面咯吱作響，冒起一股煙塵。

那鐵鉤隨即被雙手巨力扭得不成樣子，葛潘及時將自己長劍劍鞘遞過去，方多病將袖中短棍遞出，兩人的兵器雙雙卡在張慶虎鉤起的那條石縫間，大家紛紛動手，把自己的兵器抵在縫隙上，齊心協力，張慶虎丟去鐵鉤，換了方多病的短棍，一聲狂喊，猛力一撬，雙手拚力上舉：「開！」

那地面突然無聲無息向上抬起約三尺高，粉塵沙石四下滾落，大多掉入底下黑暗的洞穴，也有部分滾落到琉璃影壁之下。地面抬起的瞬間，楊秋岳、古風辛、張慶虎三人似乎都受到入口處的暗器襲擊，紛紛躍開相避，落地之後，入口已完全開啟，再無暗器射出。

眾人的兵器都在石板的重力下壓得不成樣子，只有方多病的短棍還完好如新。張慶虎恭恭敬敬地把短棍還給方多病：「好兵器。」

方多病笑嘻嘻地收入袖裡，往那洞口一探頭，嘖嘖道：「好大一個洞。」

那入口上方蓋的石板足有一尺厚，方圓五丈左右，決計不止千斤，大家對張慶虎的臂力凜然生畏，少林弟子，果然有獨到之處。

四 熙陵地宮

七人圍繞著黑漆漆的入口看了一陣子，底下微微有風吹來，卻是暖的，也沒有塵封多年的氣味。

葛潘興奮地道：「看來底下另有通風口，熙陵果然藏有祕密。」

一般皇陵唯恐封閉不全，怎會留通風口？大家都有些奇怪，張青茅叫人帶了些火把過來，守住洞口，葛潘手持火把當先一躍，對著那漆黑的入口跳了下去。

火光在底下不遠處亮起，看來洞底離上面不遠，約莫落差兩丈，其餘六人一一下到隧道裡，那石板若非天生神力也扳不動，倒不怕有人悄悄關上。

七人手持火把，隧道四壁被火光照亮，眾人甚覺驚奇：那是一條雕琢十分精細，以石板砌成的隧道，四壁刻滿文字，並非漢字，線條纖細優美。在隧道頂部還繪有西天諸佛、菩薩、羅漢，的確是有些陵墓的樣子。

但如果熙陵只是熙成皇帝及其妃子的安息之地，為何留下一條隧道與外相通？慕容無顏和吳廣真是死在這地下陵墓之中？為何他們能輕易找到入口？眾人沿著那刻滿文字的隧道往前走，各自胡亂思索著，一路上竟寂靜無聲。

「蓮花，」沉默許久後，方多病問，「這牆上寫的是什麼？怎麼沒完沒了？」

「這牆上寫的是梵文，在說一個故事。」李蓮花「啊」了一聲，有點心不在焉，「在說兒子的故事。」

「兒子的故事？」方多病奇道，「什麼兒子的故事？」

隧道裡靜悄悄的，大家對著前路不明的隧道，越發緊張多疑，何況身邊還潛伏著殺害張慶獅的凶手，於是不知不覺間都集中注意力聽兩人談話，以免心緒越發浮躁。

只聽李蓮花心不在焉地道：「這是《妙法蓮華經》第五卷《如來壽量品》裡，如來說的一個故事，叫做〈醫子喻〉。如來說，有一個神醫，醫術很高明，他生了許多兒子。有一天這位神醫有事出門遠遊，他的兒子們在家裡誤服了毒藥，非常痛苦。神醫回來以後，看見兒子們很痛苦，立刻配了靈藥給兒子們吃。平時孝順他的兒子相信這是靈藥，平時不孝順他的兒子卻懷疑是毒藥。相信是靈藥的兒子吃下以後便沒事，不相信的兒子始終不肯吃，寧願在床上痛苦呻吟，只當父親要害死他們。這位神醫沒有責怪不孝的兒子，他留下信說我年紀也大了，差不多要死了，我的靈藥都放在家裡，你們如果需要可以拿去吃。然後神醫就去了遠方，託人帶信回來說他已經死了。那些害怕父親要毒死他們的兒子想到父親已死，懷念父親的慈愛，又想到他不會知道究竟是誰去拿藥，藥應該不會是假的，便取了靈藥來吃，身體就好了。之後神醫歸來，不孝的兒子們大澈大悟，發現原來自己有多麼愚蠢。」

李蓮花漫不經心地說：「如來問弟子，這位神醫有沒有犯虛妄罪？眾弟子說沒有。」

方多病聽得昏昏欲睡：「熙成皇帝把這種故事當作寶貝一樣刻在牆上，果然是老糊塗了。」

葛潘突然插口：「修築皇陵是歷朝大事，他把故事刻在這裡定然有用意，只是我們一時無法參悟。」

說話間，眾人轉過一個彎道，隧道的盡頭出現一扇對扣的石門。

火光映照之下，眾人清晰看到那石門是由一種白色石頭雕成，上面刻著海浪，兩條蟠龍在大浪中爭奪一朵未開的蓮花。石門雙扇，中縫在蓮花之上，左右各是一條龍。

葛潘暗忖：據史書記載，凡是陵墓石門，必有自來石或是石球頂在門後，以使大門「能出不能進」，這石門門縫嚴密得塞不進一根頭髮，要打開此門，只怕非三五個如張慶虎那般氣力的莽漢不可。

他正思量之際，張青茅雙手一推，那扇石門竟然無聲無息地向後滑動——開了。

眾人為之一愕，葛潘往裡面擲進一枝火把，裡面仍是一段隧道，石門之後果然另有巨大石球，只是早已被人震碎大半，傾塌在一旁。

眾人魚貫而入，經過那堆碎石時都不禁有些心驚：第一個開門之人不知是以何等方法打開石門，又是如何震碎這半人高的巨石？如果當真是以內力傳入，用隔山打牛之法隔著石門震碎石球，那人的武功之高委實難以想像。

石門後的隧道漸漸往下傾斜，石壁上依然刻著文字，隔沒多遠石壁上就留有空槽和孔洞，微風從孔洞吹入，這裡的空氣反而比前面更好。

又未走多遠，前面再度出現一扇石門，門上繪著面貌猙獰的鬼怪，門前也堆著一堆碎石，眾人滿腹疑惑，越過這道石門，走出不到十丈，前面又一道石門。

這道石門卻是黃金鑲嵌，以金銀絲鏤成一尊觀音，觀音慈眉善目，坐蓮持柳，讓人見了頓生祥和之感。

張青茅用力去推，卻再推不開，換張慶虎去推，也是推之不開，僅是微微晃動。

葛潘仰頭張望了一下：「看來慕容無顏和吳廣，便是葬身此處。」

張青茅頓時毛骨悚然：「何以見得？」

葛潘指了指牆邊，眾人就著火光一看，石牆原本刻滿梵文，此處卻多了許多兵器砍鑿的痕跡，地上也有很多鑿痕，一柄扭曲得不成樣子的長劍遺落在地上，劍尖沿著牆角硬生生插入石縫之間。

「只怕他們進來的時候這裡的門本是打開的，等他們聚在這扇門前商量開門之法，有人在身後關上了那扇鬼門。隧道往下傾斜，如果兩扇大門本是開著的，門邊頂著那石球，門一旦關上，球就會滑過來頂在門後，即使吳廣和慕容無顏有天大的本事也出不去。」

張青茅認真看了看身後那扇繪有鬼怪的石門，一股寒意自背脊升起，只聽方多病接了一句：「其實也不須怎麼用力，只要把門稍微推動一下，那石球就會自動把門壓上，而且這石球相當大，壓著兩扇石門下滑，那力道只怕無人能擋，如果還在黑暗之中，要及時找到空隙逃生絕不容易。」

「這裡有張羊皮。」李蓮花從地上拾起一物，「羊皮上有地圖，地圖上有……」他困惑地看著那張圖，「觀音？」他指指面前的石門，「指的是這幅觀音像嗎？」

方多病湊過去一看：「我這裡也撿到一張，畫的和你這張差不多。」

楊秋岳也拾起一物，「這裡還有一張……啊……」他手裡的火光突然照到觀音門底下，羊皮覆蓋著一具已經變得漆黑的骸骨，「這裡有個死人！」

眾人目光齊齊聚在門下，各自高舉火把四處細看，才發覺地上其實散落著許多骨頭，大多數都被敲碎了，散落於泥濘之中，以至於眾人並未注意到，而地上散落的羊皮「地圖」也不是只有一張兩張，居然有十一張之多。

看著這細碎的滿地骸骨，方多病突然打了個冷顫：「這些骨頭難道是……是因為……」

李蓮花從地上拿起一枚碎骨細看，輕輕嘆了口氣：「不錯，這骨頭裡還有兵器劃過的痕跡，這些人……是被人當作食物生吃了，骨頭才會被弄成這般模樣。想必多年以前，這群人和咱們一樣進入陵墓，卻被人關起來，相互鬥毆，強者以弱者為食，但最後也不免落得一死。」他的語氣微帶憐憫，眾人卻聽得毛骨悚然，各自牢牢握住兵器。

「這些地圖指示了地宮的入口，只不過熙陵之中究竟有什麼異寶，值得人甘冒奇險，定要闖入熙成皇帝的陵墓？」李蓮花喃喃道。

葛潘目光炯炯盯著那觀音金門：「不打開此門，無法知道真相。」

「說到熙成皇帝，」聽了吃人慘事後不禁瑟瑟發抖的張青茅顫聲道，「我聽說這墓裡有一件寶物，是一瓶西南藩國進貢的藥丸，那玩意兒能治百病，而且還能提高練武人的功力，我聽說……聽說熙成皇帝把百粒那樣的藥丸煉成了一粒，叫做『觀音垂淚』。」

方多病和李蓮花面面相覷，看來這滿地屍骨，都是為了「觀音垂淚」而來，果然稀世珍寶害人不淺，東西還不知道虛實，就已葬送了十一條人命。

「慕容無顏和吳廣顯然都是收到羊皮，受到誘惑而來。」楊秋岳道，「這些人都收到一模一樣的羊皮，都一起餓死在這扇門前，十一張羊皮地圖背後，定有主謀。」

方多病雖然不喜歡楊秋岳，此話卻是有理，他接口道：「近三十年來，有十一人失蹤，這裡有十一張羊皮，看來真的都死在這裡。如果背後另有主謀，這人也謀劃近三十年了。」

葛潘點了點頭：「三十年的圖謀，自是大事。」

方多病又道：「還有一件事我覺得很奇怪，我們進來得很順利……」眾人都有同感，張慶虎突然沉聲道：「開道！」

方多病連連點頭，大力拍在張慶虎肩上：「不錯，本公子正是覺得，這幕後主謀必是經過精心策劃，挑選他認為合適的開道人才，將他們引入地宮。這地道裡的機關暗器，陷阱毒藥，都讓地上這些傢伙收拾了，我們才進來得如此容易。只是最後這道觀音門始終無法攻破，即使是力大無窮的『鐵骨金剛』吳廣和從少林寺全身而退的『殺手無顏』，在斷了後路的情況下，竟也無法打開這道門逃生。」

「一定要打開觀音門，否則無法揭開其中祕密。」葛潘輕嘆一聲。

李蓮花的目光卻在眾人臉上轉來轉去，方多病皺起眉頭：「你想說什麼？」

李蓮花輕咳了一聲，怔怔地道：「我在想……打開門之前，是不是先說清楚，那個……殺死張慶虎的凶手……」

剎那間，隧道裡鴉雀無聲，眾人以極度驚奇和錯愕的目光看著他，方多病以為自己聽錯：「什麼……什麼什麼？你說什麼？殺死張慶虎的凶手？」

李蓮花歉然地看著張慶虎：「那個……雖然你砍了他的頭，在臉上貼了顆痣，但是半路上掉了……」

眾人的視線頓時齊齊集中在「張慶虎」臉上。「張慶虎」本能地伸手一摸。他在撬起石板時已是滿身大汗，這地下又潮溼溫暖，方才還推了石門，臉頰流汗未乾，被李蓮花這麼慢吞吞一說，心下甚是緊張，用力過猛，竟把那顆黑痣從臉上抹了下來。

眾人「哎呀」一聲，這人竟然是「被殺」的張慶獅，而不是張慶虎。

方多病心裡暗罵李蓮花又騙得人暈頭轉向，嘴裡卻一本正經地道：「你究竟是張慶獅，還是張慶虎？」

「慶獅，你……你沒死？死的是慶虎？哎呀我糊塗了……」張青茅驚愕至極，「你們兄弟到底是怎麼回事？慶虎怎麼被殺了？你幹麼假冒慶虎？」他陡然雙目大睜，「難道是你殺了慶虎？」

李蓮花小心翼翼地看著張慶獅，嘴角撇了撇，又小心翼翼地看了楊秋岳一眼。

「其實……」楊秋岳口齒一動，彷彿想說什麼。此時突然起了陣風，張青茅發出一聲慘叫，眾人大吃一驚，眼前六枝火把陡然熄滅，耳邊只聞「劈啪」、「咕咚」一連串肢體相撞和撲跌之聲，隨即陷入一片死寂。

方多病在黑暗中大喝一聲：「哪裡逃！」立刻有人往外奔逃，很快遠去。

一團火光從上面徐徐亮起，李蓮花不知何時已躲到隧道頂部，拿著火摺子，小心翼翼地往下看。

方多病臉色一變，他剛才在黑暗中與人交手三招，招式繁複，實在想不通凶手如何身外化身，竟一掌劈死了張慶獅！

「我沒想到他如此心狠手辣，慶獅他還是……」葛潘嘆息，只見方才還活生生的張慶獅，轉眼之間已頭骨碎裂，一聲不吭當場斃命，歪坐在一邊，因為頭骨碎裂牽動肌肉，嘴邊似乎還流露出一絲詭異的笑容。在這潮溼可怖、漆黑一片、滿地人骨的陵墓之中，越發令人毛骨悚然。躲在頂端的李蓮花臉色有些發白。

方多病看著張慶獅的死狀：「好厲害的一掌。」

葛潘扶起張青茅，張青茅被一枚飛鏢射中手臂，傷了條筋，並無性命之憂，只是他呆呆看著張慶獅的屍體，魂不守舍，雙目中流露出極度恐懼之色。

逃走的人是古風辛，張慶獅死了，張青茅受傷，只餘下楊秋岳滿臉青白，雙手緊握拳頭站在一旁。

葛潘淡淡地道：「事情已經很清楚，殺死張氏兄弟的人，不是古風辛，便是你。」楊秋岳驀然抬頭，一雙眼睛死死地盯著葛潘，卻不說一個字。

只聽葛潘緩緩道：「而二人之中，你的嫌疑最大。古風辛不是傻子，他一逃，便是自認凶手，真正的凶手既然敢誘慕容無顏和吳廣入伏，敢殺張氏兄弟二人，就絕非尋常之輩，豈會如此愚蠢……」

楊秋岳退後一步，看了方多病一眼。方多病已然糊塗了，葛潘之言顯然很有道理，他看看楊秋岳，再看看張青茅，眉頭緊皺。

葛潘冷冷地看著楊秋岳：「而你，讓我試一下便知你有沒有殺張氏兄弟的功力。」他一掌拍向楊秋岳胸口，楊秋岳橫臂招架，葛潘立掌切他脈門，楊秋岳迫於無奈，一指點出，指風破空，方多病臉色微變。

葛潘陡然收手，道：「原來是武當白木道長高徒，難怪……」武當白木道長以快劍、指法和掌功聞名江湖，楊秋岳這一指確實是白木看家本領「蒼狗指」。

楊秋岳深吸一口氣，冷冷道：「我不知道是誰殺了張慶獅，也不知道是誰殺了張慶虎，總之，此事與我全然無關。」

方多病嘆了口氣：「武當白木的弟子，為什麼大老遠跑到熙陵看守墳墓？真的是很奇怪。」

楊秋岳閉嘴不答，這人陰氣沉沉，雖然臉色青白至極，卻仍不願多說。

「那麼……」李蓮花在隧道頂部小心翼翼地問，「凶手已經抓到了？」

葛潘恭敬地對李蓮花和方多病抱拳：「應當不錯。」

方多病瞟了李蓮花一眼，嘴裡隨聲附和：「啊啊，『佛彼白石』的弟子果然名不虛傳，料事如神，本公子十分欽佩。」心裡卻在大罵：死蓮花，你知道死的不是張慶獅，張慶獅扮成張慶虎定有苦衷，原來是有人非殺他不可。你明知如此，居然還當場拆穿，這下人多死了一個，凶手也不知道是誰，你高興了？楊秋岳一定是心懷鬼胎，古風辛莫名其妙地跑掉，本公子又怎麼知道張青茅沒有嫌疑？

他心裡正兀自咒罵，李蓮花卻在上面摸索了一下觀音門門頂上方的石壁：「這裡好像裂了一條縫……」

他本是依靠牆上那些被砍鑿的凹痕爬上去的，雙手一摸那石壁，身子一晃，差點掉下來，只得手足並用慢慢爬下來。

「那上面……」他一句話還沒說完，葛潘陡然欺到楊秋岳面前，一拍肩封了他的穴道：「方公子，凶手交給你了。」

隨即葛潘借力縱身而上，伸手一扳，一塊大石板「轟隆」一聲掉了下來，陷入地下人骨泥濘之中，足足有兩尺五寸厚，難怪連張慶獅也推不動。那石門的確堅固無比，但不知是經過百年歲月，石質風化，還是飽受武林中人敲打震動，石門雖然無損，卻在門頂石壁上裂了一條三尺多長的極細縫隙，若不是李蓮花逃到上面去點著火摺子細看，根本看不出來。

觀音門頂部露出一個三尺左右的黑洞，裡面一片漆黑，就如一隻地獄鬼眼，陰森森地往人間張望。

方多病倒抽一口氣，饒是他一向自負膽大，時常妄為，想到死於腳底的遍地人骨，也不敢鑽入。

葛潘臉現喜色，點亮火摺子，一頭向黑洞內鑽了進去。

李蓮花手足並用慢吞吞地爬了上去，跟隨其後，顫聲問：「葛潘，裡面有什麼？」

葛潘答道：「我還沒看……」說著，忽覺後腰略有風動，本能地回肘要撞，卻陡然想起自己半身在觀音門內，他一回肘，「砰」的一聲撞在石壁上，整條手臂麻痺，同時後腰腰陽關穴一麻，已是動彈不得，就此掛在觀音門那黑黝黝的洞穴之中。

方多病目瞪口呆，點了葛潘穴道的人自然是他身後動作笨拙的李蓮花。

楊秋岳和張青茅都是「啊」的一聲叫了出來，李蓮花又慢吞吞地從牆上爬了下來，整理衣服。

張青茅張大嘴巴，指著掛在門上的葛潘：「啊……他……那個……你……」

楊秋岳失聲道：「你怎麼知道是他？」

李蓮花抬頭看了葛潘一眼，微微一笑：「因為他不是葛潘。」

此言一出，眾人一怔，方多病皺眉道：「他不是葛潘？你原本就認識『佛彼白石』的那個葛潘嗎？」

李蓮花搖頭，「素不相識。」隨即又道，「我只知道『佛彼白石』窮得很，連彼丘都穿不起綢衫，何況彼丘的弟子？」

方多病恍然：「哦，也有道理，這人穿的這身衣服至少值十兩銀子，和本公子的只差四十兩。」

李蓮花道：「不過讓我確定他不是葛潘的原因，還有三點。第一，他很文雅。」

方多病奇道：「他很文雅也有錯？」

李蓮花忍笑道：「你不知道李相夷那人，眼睛長在頭頂上，平生最不屑繁文縟節，他的門下，從來沒有教養，決計不會見了人一口一個『公子』，還行禮作揖。」

方多病哼了一聲：「這倒是，『佛彼白石』和我家老子說話，從來沒半句客套。」

張青茅聽得一愣一愣的，暗忖：四顧門的脾性，李蓮花似乎很熟，卻不知道這位神醫何時與四顧門有舊？

只聽李蓮花繼續道：「第二，他對皇陵頗有研究，知道史書所載，地宮入口多半在明樓之中。據我所知，彼丘本人深中孔孟之毒，讀書萬卷，正因為他讀書成痴，惹得李相夷厭煩，讓他立下誓言，他門下弟子，決計不許讀書。所以彼丘門下，多半都不識字；縱是識字，也不太可能通讀史書經典。」

方多病大笑：「這位李大俠有趣得很，不過你是怎麼知道四顧門這許多內幕的？」

李蓮花微微一笑，繼續道，「第三，方才張慶獅被殺……」他說到張慶獅之死，語調變得沉重，「六枝火把同時熄滅，而能夠同時熄滅六枝火把的人，唯有手裡沒有火把的人。」

楊秋岳被點中穴道，四肢麻痺，頭頸還能動彈，情不自禁點了點頭。

張青茅「啊」了一聲：「我明白了！」

六枝火把同時被暗器擊中，同時熄滅，如果打滅火把之人手裡也握著一枝火把，那麼他自己那枝火把熄滅的時間必定和其他五支略有不同，而且手持火把發射暗器，很容易被人發現。當時手裡沒有火把的，只有在探路時把火把丟掉的「葛潘」。既然打滅火把的是「葛潘」，那麼趁著黑暗一掌劈死張慶獅的人必是「葛潘」，既然殺死張慶獅的人是「葛潘」，那麼殺害張慶虎的人是誰已昭然若揭。

「殺死張慶虎的人，是『葛潘』。」李蓮花慢慢地說，「要開啟熙陵地宮入口，必須有能舉千斤的臂力，若要引誘多人入地宮，那幕後主使必要有一位門夫。我猜……張家兄弟必有一人是最近幾年專管開門的人。張慶虎擅使鐵棍，只需對鐵棍稍加整理，便能作為撬棍。張慶獅擅長羅漢拳，假冒張慶虎時以鐵鉤開門，鐵鉤尖細不堪重負，若無方多病的短棍相助，他說不定還開不了門，如果真是他和『葛潘』勾結，豈非要用去十來把鐵鉤開門？所以我猜測是張慶虎。但張慶獅既然和他是同胞同住，不可能無所察覺，所以『葛潘』和我們到達熙陵那日，張慶獅臉色怪異，或許是他認出了『葛潘』就是時常和張慶虎接觸的人。若果真如此，『葛潘』當然要殺張慶獅滅口。而張家兄弟本是孿生，或許『葛潘』在黑夜中，一時不察，殺錯了人。張慶獅一發現哥哥被殺，只怕立刻想到『葛潘』殺人滅口，所以砍去張慶虎的頭顱，以免大家認出死人並非自己，而後又在臉上點痣，假冒張慶虎。」他頓了一頓，「而砍去張慶虎頭顱的人，是楊秋岳。」

方多病大吃一驚：「楊秋岳？」

張青茅張著一張大嘴，已全然不知該說什麼好。楊秋岳卻點了點頭：「不錯……可是你怎知……」

李蓮花微微一笑：「那斷頭一劍功力高深，料想張慶獅使不出來。張慶獅既然說夜裡在你房裡賭錢，顯然你和他串通好了，少林弟子不善劍術，武當弟子卻精通劍法。」

楊秋岳又點了點頭：「可是你怎知張慶虎是『葛潘』所殺？」

李蓮花道：「那很簡單。張慶虎顯然是在毫無戒備下死的，而明樓裡大家的房間順序，左邊是你、張家兄弟、古風辛，右邊是我和方多病、張青茅、『葛潘』。那晚雪光相當亮，從左往右映，如果有人經過走道，走入張家兄弟的房間行凶，一定會有影子映在右邊的房間。我們八人都是練武之人，縱然武功有高有低，但怎麼可能毫無所覺？所以凶手並沒有走到張家兄弟的房間裡。」

張青茅軟癱在地，喃喃道：「我什麼也沒看見……」

李蓮花微微一笑：「沒有走入張家兄弟的房間，卻能殺人，而且殺錯了，我想只有一種可能——」

方多病腦筋一轉，失聲道：「暗器！」

楊秋岳也脫口道：「原來如此！」

「不錯。」李蓮花頷首，「凶手是以某種細小暗器，自房門口射入，很可能是射入腦中，使張慶虎當場斃命，因此連動也沒有動過一下。而後張慶虎的頭被砍了，於是身上無傷。」

方多病喃喃道：「你對著無頭屍看了幾眼就看出這許多門道。就算張慶虎是被暗器所殺，那和『葛潘』又有什麼關係？他以飛鏢射傷張統領，打熄六枝火把，確實是暗器好手，不對啊，這些都是後來的事，你卻一早就知道他是凶手？」

李蓮花嘆了口氣，「要用暗器殺人，講究角度，所以住在張家兄弟兩側的兩人不是凶手，楊秋岳和古風辛都無法不走到門口而將暗器射入門內。只有住在對面的人，才可能從張家兄弟打開的門窗射入暗器，殺人於無形。我自己和方多病當然沒有殺人，張統領若是凶手，何必請來『佛彼白石』調查？何況『葛潘』本就不是葛潘，所以他就是凶手。」頓了頓，他慢慢又道，「只是我沒有想到他竟然鋌而走險，發現張慶獅未死就再度動手，而且嫁禍楊秋岳。」

方多病怒道：「你一早料定他是凶手，我問你的時候你為何不說？」

李蓮花歉然道：「我怕告訴你，你眼睛一瞪，他就跑了。」

方多病惡狠狠瞪了他一眼：「本公子如此沒有城府？」

李蓮花心不在焉地應了一聲：「嗯……」

方多病越發大怒。

楊秋岳長長呼出一口氣：「我和慶獅雖然猜測是『葛潘』所殺，卻不敢定論。」

李蓮花上上下下看了楊秋岳幾眼，小心翼翼地問：「現在楊……少俠……可以告訴我們，為什麼你寧受不白之冤，也不敢說明真相？」

方多病心裡補了一句：還有貴為武當白木老道的徒弟，有那麼高的江湖地位，卻跑到這裡當看守死人的士兵，到底是為了什麼？不會也是為了什麼熙陵地宮裡的寶貝吧？

「我一直在尋訪失蹤多年的黃七師叔的下落。」楊秋岳道，「十一年前，他在熙陵附近失蹤，我尋查到此，冒充一名守陵軍，探詢熙陵之祕。」

方多病「哎呀」一聲：「黃七老道竟是失蹤的十一人之一？啊啊，聽說此老精通奇門八卦，說不定因此被誘來這裡，哎呀，難道他也被人吃了？」

楊秋岳臉上略有惱怒之色，但他為人陰沉，並不發作，只淡淡地道：「我在熙陵三年，遍觀熙陵碑刻，閱讀前朝史典，發現了一些線索。」

「可是和熙成皇帝之死有關？」李蓮花問。

楊秋岳點了點頭：「熙陵似陵非陵，貌似皇陵，卻設有『回』字重門，明樓之中設有房屋，而且曾飼養遠遠超過駐陵士兵人數的馬匹。從碑刻和史書來看，熙成是暴斃身亡，其子當即登基，登基未久突然失蹤，以至於朝政紊亂，國力大衰。」

方多病插嘴：「我只知道熙成皇帝的兒子芳璣帝長得歪眉斜眼難看至極。」

楊秋岳道，「芳璣帝身有殘疾，相貌醜陋，登基後很少上朝，唯恐朝臣暗自譏笑。但他並非天生醜陋，根據史書記載，芳璣帝出生時並無缺陷，他自小聰明伶俐，於國事政務上頗有見地，深受熙成寵愛。有起居錄記載，他少年時『風度瀟灑』，『磊磊然眾人之上』。他是在十七歲那年突然得了面部抽搐之症，以至於口角歪斜，相貌變得極其醜陋。而也是從熙成三十五年，也就是芳璣帝十七歲那年起，熙成皇帝屢遭刺客襲擊，有一次甚至受了重傷。曾有人大膽進言是芳璣派人行刺，熙成震怒，竟下令將芳璣推出斬首。熙成有十一個兒子，卻唯寵芳璣帝一人。」頓了頓，他繼續道，「芳璣帝十七歲到二十七歲，十年間熙成賜予他封號、數不盡的寶物，甚至佳麗，奇怪的是，芳璣對熙成頗為不敬，據史載曾有辱罵之事，熙成也不追究。在熙成暴斃之後，芳璣帝登基雖說並無遺旨，卻無人有異議，人人皆知皇位非芳璣莫屬。」

「果然古怪。」方多病喃喃道，「這兒子和老子的事很彆扭……」

楊秋岳的視線轉到李蓮花身上：「李先生乃當世神醫，可否為我證實一事？」

李蓮花「啊」了一聲：「什麼事？」

楊秋岳沉吟一下問：「這口角歪斜、面部抽搐之症，是否也可能是因為中毒或者受傷？」

李蓮花為之瞠目，方多病心底大笑這位假神醫碰釘子了，還未笑完便聽到李蓮花文質彬彬地回答：「當然。」

這個回答聽得他嗆了一聲，這騙子只說「當然」，卻沒說是「當然可能」，還是「當然不可能」。

楊秋岳渾然不覺李蓮花在耍滑頭，繼續道：「如果芳璣帝貌醜確是因為中毒或者受傷，那麼，是誰下的毒手？」

方多病一怔：「難道你想說是他老子害了他？」

楊秋岳搖了搖頭：「我不知道。」

隨即他抬頭看向掛在門上的「葛潘」道：「熙成帝與芳璣帝的祕密，那十一人的死亡之謎，一切的答案，都在這扇觀音門內。」

李蓮花卻慢慢道：「楊少俠，我問你為何寧願蒙受不白之冤，也不敢與『葛潘』辯駁，你還沒有回答我。」

楊秋岳臉色突然又變得青白：「我……」

「『葛潘』敢當眾嫁禍於你，你卻不敢辯駁，說明什麼呢……」李蓮花喃喃道，「你是白木高徒，甘心潛伏駐陵軍中三年，當真只為了尋訪黃七老道的下落？何況尋訪師叔下落並非壞事，若不是被『葛潘』逼出『蒼狗指』，你根本不願承認是白木弟子。你熱衷熙陵之祕，精讀前朝祕史，都可說是你嗜好古怪，但有一件事不能用嗜好古怪解釋。」

他突然抬起頭盯著楊秋岳，目光穩定得出奇，透出絕對的信心，和他平時表露的樣子完全不同，只聽他一字一字地問：「方才我說張慶虎是被暗器所殺，你說『原來如此』，可是張慶虎的頭是你砍的，你怎會不知他是被暗器所殺？」

剎那間，楊秋岳的臉色慘白異常。

方多病看著楊秋岳，瞠目結舌。只聽李蓮花緩緩說下去：「你砍了張慶虎的頭，究竟是為了幫張慶獅隱瞞身分，還是為了替『葛潘』毀屍滅跡？只要屍體沒有頭，誰也不知他是怎麼死的，不是嗎？」

楊秋岳默然。

「你沒有告訴『葛潘』張慶獅未死，而是助張慶獅假扮張慶虎，是不是為了留下對付『葛潘』的棋子？而『葛潘』之所以嫁禍於你，是不是因為他發現張慶獅未死，而對你非常不滿？」李蓮花慢慢說，「『葛潘』究竟有你什麼把柄，讓武當白木的弟子縛手縛腳，淨做一些鬼鬼祟祟之事？」

楊秋岳深吸了一口氣，靜默不答，就此閉嘴。他被李蓮花問得無言以對，竟寧願默認也不願解釋。

「白木道長的高徒，即使和『葛潘』合作，也不至於泯滅良心，我相信你並未殺人。」

李蓮花說完，隨即伸手推拿，解了「葛潘」所點的穴道。

他說了上百句楊秋岳都沒有回答，說了這一句，楊秋岳卻渾身一顫：「我……」

方多病嘆了口氣，「你有苦衷就說，難道我和死蓮花還會害你不成？」他拍了拍胸脯，「有我方氏為你撐腰，你怕什麼？」

「我早已不是武當弟子。」楊秋岳抑制住波動的情緒，淡淡道，「三年前便被師父逐出師門，如何敢妄稱白木門下？」

方多病「啊」了一聲：「你的武功不錯，白木為什麼把你趕出門？」

楊秋岳別過頭去：「我盜取武當金劍，當了五萬兩銀子。」

方多病奇道：「五萬兩銀子？用來幹什麼？」

楊秋岳沉默了好一會兒，簡單地道：「賭錢。」

方多病和李蓮花面面相覷，不想楊秋岳武功不弱、相貌斯文，居然沉迷賭博，以至於被逐出師門。

楊秋岳又道：「我知道自己改不了賭性，也不望見容於師門，但金劍卻是要還的。被當掉的金劍被金鋪熔為首飾，已經無法要回，要還武當金劍，唯有尋訪黃七師叔的下落。」

武當金劍是上代武當掌門兵器，乃是一對短劍，現任掌門存有一把，被楊秋岳盜走；另一把在失蹤的黃七手中。

楊秋岳又道，「我在熙陵三年，曾二入地宮……」李蓮花和方多病都「啊」了一聲，只聽他繼續說，「……都無法破此門而入。雖然尋訪金劍和黃七師叔下落不成，我卻在這裡娶了個老婆。」

方多病一怔，忍不住笑了起來：「恭喜恭喜。」

楊秋岳仍然沒有半點高興的模樣：「我老婆姓孫，叫翠花。」

方多病還沒笑完，差點咬到舌頭：「曉月客棧老闆娘？她不是個寡婦嗎？」

楊秋岳陰沉沉地道：「我們沒有拜過天地，不過她終歸是我老婆，她失蹤了。」

方多病在心裡道：原來你是她姘頭。

李蓮花嘆了口氣，喃喃道：「我就覺得老闆娘去買醬油大半天不回來，比『殺手無顏』的死更有趣，你們卻偏偏不信。」

方多病哼了一聲：「放屁！你要是真有那麼聰明，為什麼不一開始就抓住『葛潘』？」

李蓮花苦笑。

楊秋岳道：「他抓了我老婆，答應我如果進入地宮，不但歸還我武當金劍，還給我十萬兩銀子。」

方多病從鼻子裡哼了一聲：「有這種好事，換了我也會答應，怪不得你默不作聲和他合作。」

楊秋岳淡淡道：「抓了我老婆的人說要給我十萬兩銀子，這種好事我可不信，但不管銀子是真是假，老婆總是自己的。」

方多病心下一樂：此人雖說陰沉可厭，兼有賭博惡習，倒是重情重義。

「這扇門裡不知藏著什麼東西，不打開來看看，只怕以後都睡不著了。」李蓮花愁眉苦臉地嘆氣。

方多病忍不住好笑：「我看是有人三十年以前就睡不著了。裡面不管有什麼寶貝，如果你找到了，不要忘記分我一半。」

李蓮花微笑道：「當然，當然。」

四人隨即商量了一下，把「葛潘」從門上拽了下來，方多病賣弄手法，以十七八種點穴法在他身上封了十七八處穴道。張青茅眼見滿地人骨早已沒了進門的勇氣，連聲說他要出去召集人手清查此地，方多病先送他回明樓，再返回地宮；古風辛被嚇破了膽，逃得無影無蹤，不知上何處去了。

五　觀音垂淚

等方多病返回地宮的時候，李蓮花已把地上的人骨收拾好，挖了個淺坑埋了，這人喜歡打掃的毛病到墳裡也改不了。

楊秋岳從門頂的那道裂縫擲進去幾枝火把，門後的光線逐漸明亮，裡面空氣流通，似乎便是真正的陵寢。

「蓮花，你進去。」方多病推了李蓮花一把，李蓮花往前踉蹌了一下，大驚失色：「方大公子武功高強，學富五車，才高八斗，當然是方大公子先進去，何況以你那『頎長』的身材，爬裂縫再合適不過。」

「本公子就把你從那洞裡丟進去。」方多病大怒，他一向自詡病弱貴公子，李蓮花卻說他瘦得像根竹竿。

說話間，楊秋岳已默不作聲地爬上兩三丈高的門頂，鑽進了縫隙裡，李蓮花和方多病頓時不再推諉，只聽楊秋岳在門後靜默半晌，淡淡地道：「裡面相當奇怪。」

方多病一把抓住李蓮花，他身子瘦削，手勁卻大，像抓小雞一樣把李蓮花提了起來。他鑽過縫隙，順手把李蓮花如抹布般拖了進來。在地上幾枝火把的微光映照之下，眼前的情景瞬間讓他瞠目結舌。

那豈是「相當奇怪」四字所能形容的，在方多病心裡，那是稀奇古怪、匪夷所思、莫名其妙、亂七八糟、妖魔鬼怪……

觀音門遠遠不止兩尺五寸厚，而足足有五尺二三，越往下越厚，竟似圓形一般。這「門」其實根本不是門，是原本就牢牢生在地下的一塊巨石，熙成帝命人在巨石上鏤刻觀音像，鑿作門面，卻是扇永遠打不開的門。當年修陵人在巨石頂部的土層挖了條通道，進入巨石後方繼續修建陵墓，陵墓建好之後，工匠用石板封起入口，和隧道頂端的所有石板一模一樣，看起來天衣無縫，毫無破綻。但這堵住入口的石板畢竟和其他石板不同，後面沒有泥土，乃是空的，數百年後那風化的石縫偶然被李蓮花看出端倪。

而觀音門後，是一間宮殿模樣的房間。

讓方多病目瞪口呆的是這宮殿裡既沒有棺材，也沒有陪葬的金銀珠寶，卻有桌椅板凳床鋪，甚至地上還滾著一個酒壺、兩個酒杯。

李蓮花喃喃道：「果然相當奇怪，皇帝的陵墓裡沒有棺材，卻有死人，死人居然要喝酒……」

那宮殿裡垂縵委地，有一張象牙雕紅木大床，牆上懸掛江南織錦山水圖，圖上有人書「大好河山」，落款「大琅主人」。圖下一張紫檀方桌，桌邊兩把紫檀木椅，上面刻有龍紋。地上丟著一個扁式馬形銀酒壺，兩個素銀盃，房間的角落放著焚香茶几，茶几旁有琴臺，琴臺上卻擱著一把金刀刀鞘。東西雖然不多，卻樣樣極其精緻，顯然都是皇家之物。熙陵最深處居然是這副模樣，實在怪哉，但怪的不只是房間布置成這般模樣，而是房間裡還有兩具骷髏。

一具骷髏張大嘴巴，仰身靠在紫檀椅上，身披黃袍，一把金刀掉在地上。顯然他本在喝酒，突然有人用金刀一刀將他刺死。另一具骷髏位在觀音門後一個洞穴裡。觀音門上的斑斑血跡至今仍可辨認，他雙手握著一把短劍，已在門下掘了一個深深的洞穴，全身都在土中。只是這觀音門巨石體積龐大，石質堅硬非常，他只能沿著巨石往下挖掘，卻鑿不穿石頭，而那巨石不知深入土層幾許，想要挖一條通道出去，幾乎是不可能的事。

「原來想要開門的不只是外面的人，裡面的人也想開門。」方多病嘆了口氣，「這兩個人是誰？」

楊秋岳道：「這兩個人穿的都是皇袍。」

方多病苦笑：「莫非這兩個死人就是熙成帝和芳璣帝？這對老子兒子在搞什麼鬼？」

李蓮花幽幽道：「這情形一目了然，顯然是後死的人殺了先死的人。你看那椅子上的骷髏，牙齒都掉得差不多了，應該就是老子，兒子殺了老子以後，在地上挖了個坑把自己埋了。」

這話一出，連楊秋岳都險些笑出來，方多病「呸」了一聲：「這兩人都是皇帝，怎麼會造個墳把自己關在裡面？尤其是這兒子，都已身登大寶權傾天下，居然跑到這裡來挖坑，是什麼道理？」

「這道理我雖然不知道，」李蓮花微微一笑，「他卻是肯定知道一些。」這個「他」，指的便是「葛潘」。

方多病解開「葛潘」啞穴：「小子，你處心積慮假冒葛潘，潛入熙陵地宮，圖的是什麼？」

「葛潘」的目光冷冷地落在李蓮花臉上，李蓮花滿臉歉然，看在他眼中更是分外刺眼，可恨至極。「李蓮花好大名氣，第三流的武功、第九流的膽量，我本該覺得有些奇怪。」他淡淡地道，「可惜你的確太像小丑了些。」

方多病忍不住笑：「他本就是個小丑。」

李蓮花道：「慚愧、慚愧。不過關於這對老子兒子的事，還是要請教你。」

「葛潘」冷笑一聲：「你自負聰明，料事如神，何必問我？」之後閉起嘴巴，任憑方多病怎麼喝問，就是一言不發。

楊秋岳在陵墓中四下敲打，這個「房間」比尋常房間大得多，不過皇宮他沒見過，不知皇帝住的房子是不是本就如此空曠，在那象牙雕紅木大床後面還有另一個房間，裡面置一座屏風，另有一個琴臺，一具「連珠飛瀑」放置在琴臺之上。

李蓮花踏進紅床後面的房間，看向屏風之後，一個東西陡然映入眼簾。他頓了頓：「方多病，這裡有個有趣的東西。」

方多病再度封住「葛潘」啞穴，興沖沖地進來。「什麼——啊！」他被嚇了一跳，屏風之後，赫然又是一具骷髏。

「這是個女子的房間。」楊秋岳道，「看這骷髏身穿綾羅綢緞，說不定是熙成帝或者芳璣帝的嬪妃。」那屏風後的骷髏和前面房間的骷髏不同，穿著一身雪白綢緞衣裙，歷經數百年而絲毫無損，頭上髮髻挽得整整齊齊，不戴首飾，頭微微歪向一邊。人已化為骷髏，但餘下的白骨卻依然給人一種妍媚嬌柔、儀態萬狀的感覺，不知生前是怎樣的傾國絕色。

方多病目不轉睛地看著那骷髏：「她很美，居然死了幾百年還是很美。」李蓮花輕輕扯了一下那白色衣裙，那衣裙貼身而著，即使血肉化盡，仍然包裹著骨骼，難以輕易解開。回頭細看這只有一琴一屏風的房間，後方已然沒有出路，這裡就是熙陵最深處，四壁都是厚達數丈的泥土岩石，誰知道莊嚴堂皇的熙陵之下，隱藏得最深的祕密，居然是個女子的房間。在她的門外，年輕的皇帝殺死了自己的父親。

這位女子究竟是誰？

「噔」的一聲輕響，楊秋岳和方多病嚇了一跳，是李蓮花撥動了那具「連珠飛瀑」的琴弦，隨後又撥了一下。

方多病被他嚇了兩次，怒道：「李蓮花，你幹什麼？鬼吼鬼叫的難聽死了！」

楊秋岳「咦」了一聲：「這琴上寫了字。」

李蓮花正在細細端詳琴身上的墨跡：「淫漫則不能勵精……」筆力蒼勁，最後一筆拖得很長，一直延續到琴腹，顯然是書寫之人寫到最後把筆摔了出去。這具瑤琴本是古物，琴身漆黑光亮，染了墨跡也不易看出。

三人在房間裡轉了幾圈，沒有再看見什麼新鮮事物，便回到前廳。

「葛潘」的目光死死盯著匍匐在地的那具屍體，方多病念頭一轉，一把將鑽在土裡的那具骷髏拉了出來。

那具骷髏骨骼已經散開，憑藉他那一身千瘡百孔的皇袍，才勉強「拉」了出來，方多病把那「一袋」零散的「東西」倒了滿地。一陣劈啪掉落之聲響起，塵土飛揚，三人看見除了骨骼之外，地上尚有印鑑一枚、玉瓶一只、琴譜一本，以及金銀觀音各一小座。那對觀音的神態和門上所鏤極其相似，觀音面容端正秀麗，衣著線條流暢柔和，雖然多有破損，卻是罕見的珍品，相比而言，門上的觀音雖雕琢精細，卻少了一股端正慈悲之氣，顯然是工匠模仿此二尊觀音而鏤。

方多病拾起那個印鑑，翻轉一看：「這真的是玉璽，我雖然沒見過皇帝的印，但這塊玉卻是極品好玉。」

楊秋岳道：「看這模樣，熙成帝是被芳璣帝所殺，但是史書記載，他是暴斃之後，按照朝儀隆重下葬的，怎會背後中刀死於此地？」

李蓮花微微一笑：「熙陵建成這種古怪模樣，我想本來這裡當真是要建皇陵，但後來不知出於什麼原因，改成了一處祕宮。熙成帝將自己的陵墓改建為祕宮，怎能無所圖謀？」

方多病瞪眼：「什麼圖謀？」

楊秋岳也淡淡道：「勢必與芳璣帝有重大關係。」

「你們真的不明白？」李蓮花嘆了口氣，「熙成在地宮入口刻了那篇囉囉唆唆、洋洋灑灑的〈醫子喻〉，那故事主要在說什麼？是說老子為了兒子好，就算詐死也不算騙人，不是嗎？」

方多病和楊秋岳情不自禁「啊」了一聲：「熙成詐死？」

李蓮花指指後面那個女子的房間：「那具瑤琴上寫『淫漫則不能勵精』，琉璃影壁畫著鯉魚化龍……」

方多病恍然大悟：「啊！那是諸葛亮〈誡子篇〉的一句話。〈醫子喻〉、〈誡子篇〉，看來熙成老子對他兒子寄望很深，皇帝老兒也望子成龍。」

楊秋岳微現詫異之色：「芳璣帝做了什麼，居然讓熙成決定詐死？」

李蓮花輕咳一聲，慢吞吞地道：「我猜……芳璣帝迷上了裡面房間的那個……女人。」

方多病哼了一聲：「那女人是誰？」

「她可能是熙成帝的嬪妃。」李蓮花道，「芳璣帝迷上了他老子的小老婆，讓他老子痛心疾首。」

方多病又哼了一聲：「你怎麼知道她不是芳璣的女人？」

李蓮花縮了縮脖子：「這裡是熙陵……熙成皇帝在自己的墳裡詐死，和他在一起的怎會是芳璣的妃子？而且……而且……」

楊秋岳忍不住脫口問：「而且什麼？」

「而且這個女人……」李蓮花慢吞吞道，三人又走到女子房間，「在熙成和芳璣死去之前，她就已經死很久了。」

方多病越聽越稀奇，「你是說——」他指著那具骷髏，「你是說這個女人，在熙成還活著的時候，就已經死在這裡，死很久了？」

李蓮花點頭。

楊秋岳不得其解，茫然搖頭，渾然覺得不可思議。

李蓮花嘆了口氣：「她與外面熙成和芳璣的骷髏完全不同，你們沒有發現嗎？她的衣著不亂、髮髻整齊，比熙成和芳璣的骷髏要乾淨得多。」

方多病點頭：「那又如何？」

李蓮花又嘆了口氣，似乎對方多病冥頑不靈頗為失望。「皇帝穿的衣服，材質肯定是最好的，為何熙成和芳璣的皇袍破破爛爛，千瘡百孔，頭髮散亂，骷髏也很是難看？不一定是因為這個女人長得美，所以骨骼也特別美。」頓了頓，他慢慢道，「有一種可能啊……那是因為熙成和芳璣的肉身在這裡腐爛，衣服被蛆蟲啃食，以至於千瘡百孔，而她的衣裳沒有受到蛆蟲騷擾……」

方多病皺眉問：「你想說她美得連蟲子都捨不得吃她？那她的肉到哪裡去了？」

李蓮花看方多病的目光越發失望：「說到這裡你還不明白？我想說她很可能一開始就是個骷髏，她早就死了，只不過被擺在那裡，衣服和頭髮是她化為骷髏以後別人為她穿戴上的。她既然早就是個骷髏，當然不會有蛆蟲吃她，所以她的衣服比熙成和芳璣乾淨得多，骨頭也漂亮得多。」

楊秋岳瞠目結舌，呆了半晌：「這也太荒謬了。」

李蓮花指指那具瑤琴，「這琴聲難聽得很，若是有人彈過，怎會沒有調弦？真是愛琴之人，絕不會在琴面上寫字，所以琴必定不是給熙成的。何況她頭上那髮髻是假髮，她若不是禿頭或者尼姑，為何會戴假髮？她原來的頭髮呢？還有那身衣服——」他再度拉扯了一下那骷髏的白衣，「這衣服分明是按照這具骷髏的尺寸量身而做，活人再瘦弱纖細，也絕不可能化為骷髏之後，衣服還穿得如此合身。」

方多病毛骨悚然：「你是說，熙成皇帝在自己的墳裡詐死……還供著……一具女骷髏……他莫非瘋了？」

楊秋岳輕輕提起那女骷髏的頭頂髮髻，那烏髮果然是以人髮盤結，底下鉤了個髮箍，戴在頭上，也因為是假髮，所以挽得很結實，並不散亂。

「她是被握碎頸骨而死的。」方多病細細端詳那具骷髏，突然道。

李蓮花點了點頭：「一個女人死後有人替她裁製衣裳、盤結假髮、處理骨骼，居然還被熙成帶進熙陵祕宮之中。無論是不是嬪妃，她定是熙成心愛之人。」

方多病和楊秋岳都點了點頭。

李蓮花繼續道：「那麼她會被誰握碎頸骨而死？誰敢？為何前朝史書從未提及此事？」

楊秋岳緩緩道：「因為她是熙成所殺！」

李蓮花微微一笑，笑得很文雅：「我猜……這女人必定美得讓人無法想像。熙成帝納她為妃，芳璣帝長大之後，迷戀上父皇的妃子，難以自拔。一開始熙成想必非常憤怒，芳璣帝之所以突然變醜，說不定真是熙成帝下手所致。但自從芳璣變醜之後，做老子的卻突然後悔了。他一直寵愛芳璣，芳璣聰明好學，是他寄望有大成就的兒子。這個兒子竟然迷戀女人，荒廢功業，令他十分痛惜。他遷怒愛妃，認為紅顏禍水，於是掐死了心愛的女人。芳璣就此深恨熙成，要殺他為情人報仇。而老子愧對兒子，思念愛妃，又擔驚受怕，日子過得很是痛苦，所以……」

「所以他皇帝也做得不快活，帶著這個骷髏跑到自己的墳墓裡裝死，把皇位讓給兒子做。結果兒子無心做皇帝，還是跑到墳裡殺了他。」方多病接口。

李蓮花微笑道：「嗯……說不定老子本是希望兒子做了皇帝之後，能體會他的苦心，了解老子殺死紅顏禍水是為了他好，就像〈醫子喻〉裡的那個神醫，兒子終於體諒他的心意。可惜這位兒子一點也沒被感化，熙成想必傷心失望不已。」

楊秋岳沉聲道：「不對！如果真是如此，芳璣帝大可以從容離去，為何被關在此地，以至於死在這裡？」

三人邊說邊踱回前廳，李蓮花指了指門上那個通道：「這通道口很高，沒有武學根基很難上去，上去也下不來，何況地宮入口的機關如此沉重，若非外家橫練高手，無法打開。所以在熙成帝詐死、芳璣帝殺父一事裡，至少有一位高手輔助，這裡卻沒有見到第四人的屍體。通道口被封，必然和第四人有關。縱然熙成和芳璣父子糾纏於孽情恩怨，無心國事，不代表前朝朝局之中，就沒有人覬覦皇位。熙成有十一子，芳璣不過是其中之一而已。」

楊秋岳動容：「那就是說，有人從頭到尾都知道熙成帝詐死，也知道芳璣帝和熙成的恩怨，只是一直隱匿在旁，等到最好的時機，便收買芳璣帝隨身侍衛，下手封死觀音門，害死芳璣，造成失蹤假象，然後……」

方多病這次搶到了話：「然後兩個皇帝都沒了，自然由第三個人繼承皇位。」

李蓮花微笑道：「芳璣帝失蹤兩個月之後，代理朝政的宗親王繼位，不巧，這位皇子正是修築熙陵的總管事。這墓道裡有眾多機關，古怪的倒石球門，還有這無法開啟的觀音門，讓人進得來、出不去的種種設計，都是出自宗親王之手。」

話說到此處，楊秋岳和方多病都長長地吁了一口氣。地上的「葛潘」臉上微現駭然之色。李蓮花對他一笑，「葛潘」臉色白了白，竟是有些怕他。

方多病瞟了眼地上零散的東西，嫌惡地道：「我們還是快走，以免外面有人把通道口一堵，這裡的死人從三個變成七個。」

李蓮花連連點頭：「甚是，甚是。」

「葛潘」卻突然流露出滿臉焦急，雙眼瞪著地上那一堆七零八落的「東西」，發出「呵呵」之聲。

楊秋岳舉起手掌，淡淡道：「你告訴我我老婆的下落，我就讓你說話。」

李蓮花又連連點頭，像是對忘了詢問孫翠花的下落深感抱歉。

「葛潘」立刻點頭，竟毫不猶豫，楊秋岳手起拍落，「葛潘」深吸了口氣：「玉璽、玉璽……好不容易進到此地，要帶走玉璽……」

方多病故意氣他：「這塊玉雖然是好玉，本公子家裡卻也不少，你要是喜歡，本公子可以送你幾塊。這個實在晦氣，不要也罷。」

「葛潘」怒極，卻是無可奈何，狠狠地道：「我是芳璣帝第五代孫，這塊玉璽乃是我朝之寶……」

李蓮花微微一笑：「奇怪，宗親王把芳璣帝害死在這裡，怎會沒有拿走玉璽？」

「葛潘」道：「那時我先祖把玉璽放在身上，宗親王並不知情。後來……因為侍衛笛長岫出走江湖，他再也打不開這地宮之門。直到三十年前，我爺爺從家傳筆記中得知先祖的祕密，才知道玉璽的下落。只是宗親王所修地宮機關複雜，四處陷阱，我爺爺和我父都死在隧道之中……」

方多病心裡一跳——如果還有兩人死在隧道中，以那些人骨來算，失蹤的十一人中可能有人從熙陵逃生！

只聽「葛潘」繼續道：「引誘而來的各路高手也都死在墓中，自我父死後，十幾年來我對玉璽之事已經絕望，卻突然得知慕容無顏和吳廣的屍體出現在雪地上，那是絕對不可能的事！除非——除非——」

他咬牙道：「除非有人進入熙陵深處卻全身而退！這兩人死在觀音門前，被石球門封閉在內，若無人啟動機關，絕不可能打開。我實在想不出有誰能震碎數千斤重的石球，打開鬼門，將兩人的屍體帶出去丟在雪地上。如果真有人能震碎那石球，說不定他能打開觀音門，所以才……」

「所以才假冒葛潘，可惜那震碎石球的人沒有找到。」方多病惋惜地道，「其實只需打開觀音門上方的牆壁就能進去，結果大家都想開門，門卻是永遠都打不開。」

李蓮花喃喃道，「有一個人，說不定真能……」他突然大聲問，「張青茅說一品墳裡有『觀音垂淚』，乃是稀世靈藥，是嗎？」

方多病和楊秋岳都被他嚇了一跳，不知為何他突然如此激動。

「葛潘」點了點頭：「那是熙成帝打傷芳璣，為了恢復芳璣的容貌，特地找名醫配製的，就在那寒玉瓶中。」

李蓮花一把拾起玉瓶，打開瓶塞。方多病和楊秋岳一起探頭過來——瓶內空空如也，並沒有「觀音垂淚」的影子。

李蓮花沒有絲毫意外之色，頓了頓，輕嘆一聲：「他果然沒死。」

「誰？」方多病詫異地問。

李蓮花搖了搖頭：「這裡面已經有人進來過了，拿走了『觀音垂淚』。那門上的石板，不是偶然裂開，而是被人用掌力震鬆的，因為已經被人打開過一次，我才能看出裂縫。」

方多病和楊秋岳駭然失色：「究竟是誰，居然有如此功力？」

李蓮花淡淡一笑，仍是搖了搖頭。

地上的「葛潘」卻大聲叫了起來：「笛飛聲！金鴛盟盟主笛飛聲！除了笛飛聲『悲風白楊』之外，還有誰能有這等功力？即使是四顧門門主李相夷，也絕不可能有震裂千斤巨石的內力修為！」

方多病嗤之以鼻：「哼，胡說八道，誰不知道笛飛聲早就和李相夷同歸於盡了，人都死十年了。」

「葛潘」為之一滯：「但是他說不定有傳人，何況笛飛聲和當年芳璣帝侍衛笛長岫都姓笛，如果他們是同宗，笛飛聲自然知道觀音門的入口在哪裡。」

李蓮花若有所思，喃喃道：「去者日以疏，生者日已親。出郭門直視，但見丘與墳。古墓犁為田，松柏摧為薪。白楊多悲風，蕭蕭愁殺人……在這裡重見『悲風白楊』，倒是應景。」

方多病奇怪地看著他：「你認識笛飛聲？」

李蓮花「啊」了一聲，漫不經心地答：「不大認識。」

方多病皺起眉頭，不知「不大認識」到底是算認識還是不認識。

此時，楊秋岳已經問出孫翠花被「葛潘」關在熙陵寶頂山下朴鋤鎮一處民房之中。四人便從觀音門上的通道匆匆而出。

六 雪地疑雲

幾人出了熙陵，張青茅正領著幾十個守陵兵心驚膽顫地等在外面。得知陵內情形，張青茅大喜，叫人快快找個師爺，把在熙陵發現的東西寫封信報上去——發現了前朝陵寢的祕密，也算不大不小的功勞一件。

李蓮花、方多病和楊秋岳帶著「葛潘」下山去找孫翠花。熙陵內留有十一張羊皮地圖，但死者究竟幾人卻算不清楚，其中並沒有黃七道長的武當金劍。

地上積雪足有尺許，皎潔光亮，杉樹枝幹蔥蘢，山頭的空氣分外清新，三人不約而同地深呼吸了幾下，展開輕功身法往鎮中掠去。

三人尚未到達朴鋤鎮，半途便突然停了下來——在兩片杉樹林之間，有兩個人站在雪地之中。

一個是古風辛，另一個人竟是孫翠花！

「你——」方多病恍然，他還當古風辛與此事毫無關係，原來他和「葛潘」也早有勾結。說來「葛潘」既然和楊秋岳合作，又怎會放棄古風辛？此人也是武當弟子，只是武功高低及為人如何他看不出來。

李蓮花卻不覺得奇怪——在熙陵地宮入口開啟的時候，他以石子試探楊秋岳、古風辛、張慶虎和張青茅四人的武功，除了張青茅毫無所覺外，其他三人都避過了小石子，可見三人武功耳力都不弱。

古風辛挾持孫翠花，楊秋岳臉色沉了沉，竟不驚詫。他雖然不知古風辛也被「葛潘」收買，但此人雖號稱武當弟子，武當門下卻並無此人，楊秋岳心裡早有懷疑。

「葛潘」嘿嘿一聲冷笑，對方多病道：「方公子，你放了我，我就讓師弟把孫翠花還給楊秋岳，怎麼樣？」

方多病想也不想，很乾脆地回答：「那又不是我老婆，不幹！」

李蓮花微笑得很和氣：「這位古……大俠……武功高強，剛才在地道裡和方公子過了幾招，方公子十分佩服。」

方多病一怔，暗忖：六枝火把熄滅的時候和我動手的人不是「葛潘」，怪不得「葛潘」能一掌劈死張慶獅，原來不是本公子武功不行。他心裡一樂，又是一懍，剛才交手三招，他和此人未分勝負，古風辛的武功不僅「不弱」，反而高明得很。幸好李蓮花莫名其妙制住了「葛潘」，否則這師兄弟聯手齊上，他和李蓮花非逃之夭夭不可。

古風辛手中一把兵刃架在孫翠花頸上，陰惻惻地道：「你們放了玉璣，我就放了她。我數到三，你們不放，我就砍了她。」

他手上兵刃是一把馬刀，顯然並非真的武當弟子。楊秋岳叫道：「翠花，孩子呢？」

孫翠花被古風辛以馬刀抵住咽喉，無法說話，只能以眼睛猛瞪李蓮花。李蓮花柔聲道：「孩子我已託在安全的地方，兩位不必著急。」

方多病在心裡暗笑：託給了怡紅院老鴇，不過你生的是兒子，倒也不必害怕。此時古風辛馬刀一揮，倏然轉到孫翠花後頸：「你們不放玉璣，我砍了這女人的頭！」

他大刀一揮，勢道凌厲，竟是真砍。

方多病眼見事急，一腳把玉璣踢了過去，叫道：「還你！」

古風辛一刀轉向，唰地以刀背斬在玉璣背上，竟以刀背之力解穴。「玉璣，怎麼樣？」

那玉璣受他一刀，仍舊跌倒在地。方多病以十七八種點穴法在他身上點了十七八處穴道，不是那麼容易解開的。

玉璣咬牙道：「你給我殺了李蓮花！奪回玉璽！我朝玉璽在他身上！」

李蓮花嚇了一跳，連忙躲到方多病身後：「玉璽給你。」

他把玉璽塞進方多病衣袋裡。

方多病飛快從懷裡掏出來，再塞回李蓮花懷裡：「不必客氣。」

李蓮花連連搖手：「不不，這是你找到的東西，當然是你的。」

方多病笑得奸詐：「我們不是說好了找到寶貝一人一半？這玉璽好歹也算寶貝，當然是一人一半，我那一半就送給你了，真的不必客氣。」

李蓮花還來不及說什麼，古風辛一腳踢在孫翠花肩上，孫翠花往前摔倒，楊秋岳急步上前接住她，就在這一剎那，放開手腳的古風辛已一刀砍到李蓮花頭頂。這一刀「太白何蒼蒼」來勢洶洶，方多病揮出袖中短棍，替李蓮花擋了一刀。

楊秋岳抱起孫翠花轉身就逃，他的輕功不弱，轉眼間在雪地裡只剩下一個黑點。方多病在心裡破口大罵此人無情無義，一回頭，不但楊秋岳逃之夭夭，連李蓮花都調頭就跑，只不過他跑得比較慢，仍在七八丈外。

「李蓮花！」方多病氣得七竅生煙，「你居然棄友而逃……」

一句話還沒說完，古風辛馬刀當頭直劈，方多病只得閉嘴，和古風辛纏鬥在一起，一時只聞馬刀與短棍交接之聲不絕於耳。

方多病心中大怒，李蓮花一溜煙奔進杉樹林躲了起來，此時，玉璣從地上一躍而起，他的武功不在方多病之下，加之古風辛一刀之力已為他解開數處大穴，一口氣運氣直沖，十七八處穴道豁然貫通。他一躍而起，一聲不響地一掌往方多病後心按去。

方多病心裡叫苦連天，側身急閃，左手「空江明月」把玉璣那一掌引開。

古風辛大喝一聲，馬刀翻手倒撩，刀刃自下而上猛抽，竟是要把方多病自襠下剖為兩半！

方多病大吃一驚，縱身而起。

古風辛一撩未中，翻腕橫砍。這兩刀絕非武當劍法，剛強狠辣。

方多病人從半空往下落，要是落得快些，就是攔頭一刀，落得慢些，就是攔腰一刀，不得已短棍斜伸，硬是接下古風辛馬刀橫砍，人在半空吃虧至極，只聽「噹」的一聲巨響，方多病半身麻痺，斜撲出去丈許，勉強站定，變色叫道：「『斷頭刀』風辭！」

「古風辛」嘿嘿冷笑：「方公子好眼力。」

方多病深吸一口氣，心頭卻仍怦怦直跳。「斷頭刀」風辭乃是江湖有數的刀法大家，他出道以前就已成名多年，怎會是「葛潘」的「師弟」？他雖然家學淵博、年少有成，卻萬萬不是「斷頭刀」的對手。這人殺人如麻，仇家遍地，幾年前突然銷聲匿跡，江湖中人都以為他被仇家所殺，卻居然潛伏在熙陵，做了一名守陵兵。

風辭一刀震傷方多病，玉璣隨即奔入林中找李蓮花，那玉璽在李蓮花與方多病之間轉來轉去，到底最後在誰身上他也不清楚。

方多病驚怒交加，李蓮花雖然棄他而逃，但本來他就對李蓮花沒什麼期待，此人膽小如鼠、貪生怕死，武功又不高，調頭就跑實屬正常，但是玉璣入林一追，李蓮花非死不可。他被風辭震傷半身經脈，能握住手中短棍已是勉強，萬萬救不了李蓮花。

風辭緩步走近，馬刀上映著雪光閃爍，直照到方多病雙目之間，他倒抽一口氣，從來不曾覺得雪光這麼難看。

突然，樹林中玉璣一聲驚呼：「誰──」接著「啪啦」一聲，有人撲到林中。

方多病和風辭都是一怔，僵持半晌，林中再無半點聲音，風辭略一猶豫，見方多病已無還手之力，一個倒躍，進入杉樹林。

方多病見他離開，鬆了口氣，東張西望，四下白雪皚皚，不知要往何處逃跑才妙。正當方多病打算向西逃去之際，樹林裡，風辭陡然大喝一聲：「誰？你──」接著，杉樹轟然倒下一棵，積雪揚起半人多高，方多病眼睜睜看著風辭那把馬刀砍斷杉樹飛了出來，「噹」的一聲，插入他身側兩丈開外處，直沒至柄！

此後再無聲息。

雪地寂靜，樹影都定若磐石。

方多病覺得自己呆了至少有兩炷香時間，直到樹林裡一個雪團突然動了兩下，一個人從雪堆裡爬出來，叫了一聲：「方多病？」

他反應過來，定睛一看，那從雪堆裡爬出來的人是李蓮花，看情形他是進了樹林就找了堆雪，把自己埋起來躲在裡面。

方多病嘆了口氣，邁著他麻痺未消的腿，心驚膽顫地走到樹林裡一探頭，只見杉樹林裡玉璣和風辭姿勢僵硬，一個以驀然回首的姿勢站著，另一個撲倒在雪地裡，在倒地的瞬間飛刀出手，砍斷了一棵杉樹。

李蓮花小心翼翼地從他藏身的雪堆走過來，一步一腳印，在玉璣和風辭身邊卻沒有腳印，是誰在剎那間制服了這兩個人？

「這是怎麼回事？」方多病一個頭快要變成兩個大，「你看到是誰了嗎？」

李蓮花連連搖頭：「我什麼也沒看見。」

方多病大步上前，再次點了雪地上兩人十七八處穴道。

李蓮花道：「幫手來了。」

方多病也聽到有人靠近的聲音，他抬起頭，只見一群人快步往這邊趕來，領頭之人正是楊秋岳。原來這人並非只顧著逃命，方多病一個念頭沒轉完，「哎呀」一聲，他失聲道：「你是——」

跟在楊秋岳身後的一人，布衣草履，骨骼寬大，模樣忠厚老實，那左腮上一個圓形胎記讓人一眼認出，此人正是「佛彼白石」門下武功最高的門徒，入門前已是赫赫有名的「忠義俠」霍平川。

霍平川拱手道：「在下霍平川，我等幾人在途中發現葛師弟的屍體，一路追查，才知有人假冒葛潘來到此地。本門疏忽，導致葛師弟慘死，兩位遇險，實是慚愧。」

霍平川說話誠懇徐和，方多病心裡大為舒暢，叫道：「那兩個人已經抓住，霍大俠施展一手四顧門絕學，拆了這兩個渾蛋的筋脈如何？」

霍平川眉頭一皺：「『拆筋斷骨手』過於狠辣，不可濫用，你擒住了『斷頭刀』風辭和『碧玉書生』王玉璣？」言下甚是奇怪。

方多病乾笑一聲，指了指林中僵直的兩人，心中卻是暗叫僥倖。原來假冒葛潘的是「碧玉書生」，這人出了名的陰毒狠辣，武功也不弱，以他方大公子的本事是萬萬抓不住的，如果沒有人暗中相助，只怕他和李蓮花早就死三五回了。

霍平川看著杉樹林裡被制服的兩人，越看越是驚駭。王玉璣是在有所警覺、轉身之際，被人自身後點中穴道，但既然王玉璣察覺身後有動靜，且已轉過身來，那人又怎會點中他背心？而風辭分明是已經看到人，迫不得已飛刀出手，他驅刀一擊何等剛猛，居然落空砍中杉樹，這人的武功身法，實在可驚可怖！

方多病忍不住拍開王玉璣的啞穴：「到底是誰？你看見了嗎？」

王玉璣仍舊滿臉駭然：「我……我什麼也沒看見。」

霍平川解開風辭的啞穴：「竟有人能迫使『斷頭刀』飛刀出手，後又點中你後心『胥俞』，你可看見究竟是何人？」

風辭臉色鐵青，「嘿」了一聲：「婆娑步！婆娑步！」

霍平川和方多病同時發出「啊」的一聲，充滿驚詫。「婆娑步」是四顧門門主李相夷獨步江湖的一項絕技，為各類迷蹤步法之首，蹈空躡虛、踏雪無痕，雖然不宜長途奔走，但在單打獨鬥中卻是一等一厲害。只是李相夷已死十年之久，怎會在這杉樹林中出現「婆娑步」？

霍平川失聲問道：「你可看見人了？」他入門也晚，李相夷早已失蹤，此刻乍聞「婆娑步」，心頭大震：難道門主失蹤十年，其實未死？如果確是如此，那真是四顧門最大幸事。

風辭卻冷冷道：「既然是『婆娑步』，我怎麼可能看到人？不過你也不必做夢，李相夷早就死了，剛才那人絕不是李相夷。」

方多病忍不住問：「為什麼？」

風辭陰森森地道：「以李相夷的身法內力，施展『婆娑步』豈會讓人發覺？剛才若真是李相夷點中我後心『腎俞』，以他將『揚州慢』練至十層的真力，我那一刀絕發不出去。」

霍平川一懍，風辭在重穴被點之後仍有餘力發出驅刀一擊，證明點穴之人內力虛乏，以至於勁道難以侵入氣血交會處，雖然令風辭全身麻痺，卻不能阻止他真力運行。若不是自己來得快，只消再過一會兒，他必能解開穴道，恢復元氣。但若點穴之人不是李相夷，那會是誰？難道門主生前留下了傳人？

方多病斜眼看著李蓮花：「你剛才躲在雪裡？」

李蓮花有些汗顏：「嗯。」

方多病指著地上兩人：「你真沒看到是誰撂倒了他們兩個？」

李蓮花「啊」了一聲：「我看到一些白白的影子，不知道是人，還是下雪，還是別的什麼。」

方多病白了他一眼：「不中用。」

李蓮花連連點頭，「慚愧、慚愧。」他從懷裡拿出玉璽，遞給霍平川，「這東西帶在身上很是危險，不如霍大俠做個見證，我們毀了它如何？」

霍平川甚是贊同。王玉璣叫了起來：「你們可知有那玉璽就能號令『魚龍牛馬幫』，那是——」

方多病一掌拍落讓他住嘴，笑道：「我管你『魚龍牛馬幫』還是『牛頭馬面會』，本公子說毀就毀，來來來，霍大哥一掌劈了它。」

霍平川合掌一握，那玉璽應聲而碎，化為簌簌粉末。王玉璣臉色陡然變白，委頓在地。

霍平川雖然握碎玉璽，心下卻不覺輕鬆。魚龍牛馬幫是近兩年合併黃河、長江水道數十家幫、寨、會、門而成的一個大幫，人數與丐幫不相上下。幫內魚龍混雜，良莠不齊，乃是近來江湖中最為混亂、最易生事的幫派，如果幫中首領是前朝遺老，存著什麼復辟之心，要以這玉璽為信物，那江湖勢必大亂。此事非同小可，絕非握碎一個玉璽就能解決的，「佛彼白石」必要有所準備才是。

方多病卻沒有霍平川謹慎的心思，只對他握碎玉璽的掌力嘖嘖稱奇。李蓮花嘆了口氣：「現在是什麼時候？我餓了。」

幾人抬頭一看，原來已過午時，自早晨進入地宮直到現在，猶如過了數日。方多病一迭聲催促回曉月客棧吃飯，一行人和張青茅告別，帶著王玉璣和風辭往朴鋤鎮而去。

七 武當金劍

朴鋤鎮雖然不怎麼繁華，不過寥寥數百人家，但至少有酒店，對幾個剛從墳墓裡爬出來的人來說如登仙境。

霍平川派遣「佛彼白石」弟子先將王玉璣和風辭快馬送回清源山，了卻心頭一件大事。而後在朴鋤鎮「逢見仙」酒店，由孫翠花請客，她那張不怎麼美貌的臉上喜孜孜的，眼神在楊秋岳臉上一飄一飄，對這個夫君顯然是滿意到了極點。

方多病和李蓮花拿起筷子埋頭就吃，唯有霍平川比較客氣，和楊秋岳一搭一搭地聊著黃七道長的下落。

「黃七師叔的確到了朴鋤鎮，但熙陵之中沒有武當金劍，也許黃七師叔已從一品墳中逃脫。」楊秋岳淡淡地道。即使老婆在旁邊亂拋媚眼，他也不怎麼領風情，這人只好賭，不好女色，又或許是孫翠花沒有什麼「色」的緣故。

霍平川點頭：「黃七道長得武當上代掌門贈予武當金劍，武功才智、道學修為都是貴派上上之選，何況他失蹤之時正當盛年，從一品墳中逃脫，也在情理之中。」

方多病吃了一隻雞腿，突然抬起頭來，看了李蓮花很久。李蓮花正在夾菜，眉頭微蹙：「什麼事？」

方多病道：「我有一件事想不通。」

李蓮花皺眉問：「什麼事？」

方多病道：「本公子的武功也不是很差，剛才杉樹林離我就那麼一點距離，除了你們三個人，為什麼我沒聽到第四個人的聲音？我既沒看到人進去，也沒看到人出來。」

李蓮花眉頭皺得更深：「你是什麼意思？」

方多病怪叫道：「我的意思是，剛才用什麼『婆娑步』摺倒那兩人的，不會就是你吧？你李蓮花的話萬萬不能信。你說黑的，十有八九是白的；你的武功是三腳貓，但說不定是裝的；你說沒看見，說不定其實就是你自己。」

李蓮花嗆了一下，咳嗽起來：「我如果會『婆娑步』，一開始知道王玉璣是凶手就抓住他了，何必等到現在？」

方多病想了想：「也有那麼一點點道理……」

幾人各自閒聊著，有個綠衣女子嫋嫋婷婷地走了進來，在孫翠花映照之下，她的膚色白皙，雙眉淡掃，是位清秀纖柔的美人。

孫翠花瞟了她一眼，笑吟吟地道：「如姑娘幫客人買酒？」

那綠衣女子眉心一顰，頗有愁容，微微一笑，點了點頭。

方多病悄悄地問：「她是誰？」

楊秋岳答道：「她是怡紅院的小如。」

「看起來不像。」方多病嘖嘖稱奇，這女人是個妓女，渾身上下卻沒一點風塵味，倒是難得。

楊秋岳對女色絲毫不感興趣，倒是孫翠花悄悄答道：「人家運氣好，被個男人養著，供得像個小姐似的。那男人在鎮東邊買了個院子，把如丫頭養在裡面，自己從來不露面。」

方多病大笑：「養女人又不是什麼丟臉的事，光明正大，何必──」

女人，不要臉！」他還沒說完，孫翠花「呸」了一聲：「就是因為有你們這樣的男人，才會有像她那樣的正胡扯間，李蓮花突然低低地「啊」了一聲：「武當金劍。」

同桌幾人一愣，霍平川低聲問道：「哪裡？」

李蓮花筷子一端抬起，輕輕指著那綠衣女子的腰際。

眾人看去，只見她腰間有一塊木雕，刻作劍形，不過兩三寸長，以青色繩結繫在腰上，隨步履輕輕搖晃。

楊秋岳全身一震，那劍形木雕雖然簡陋，劍身卻刻有「真武」二字，的確是武當金劍的模樣。

霍平川道：「聽說黃七道長是在熙陵附近失蹤的，難道這女子見過武當金劍？」說話間，小如已買好了兩斤酒，蓮步姍姍地出了門。

楊秋岳作勢欲起，李蓮花筷子輕輕一伸，壓在楊秋岳手腕上。方多病起身跟在小如身後，也出了店門。

霍平川微微一笑，他接到彼丘飛鴿傳書，一則追查葛潘被害一事，二則留意「吉祥紋蓮花樓」李蓮花此人。一開始他看不出這位名震江湖的神醫有何過人之處，膽子也太小了些，但此時筷子一壓，他便知李蓮花心思細密，並非魯莽無能之輩——方多病乃是生人，衣著華麗，由他跟蹤小如，別人只當紈褲子弟起了好色之心，比楊秋岳尾隨更不易惹人懷疑。

方多病跟著那綠衣小如穿過整個朴鋤鎮。小如踏著搖搖擺擺的碎步，從鎮西走到鎮東足足走了半個時辰，方多病若不是看在她長得清秀可人的分上，早已不耐而去，好不容易走到鎮東，只見她推開一戶人家的大門，走進去，帶上了門。

方多病正要趁人不備掠上屋頂看看，突然門又開了，小如從裡面出來，手裡已沒了那兩斤酒。他大覺詫異，原來她來回走一個時辰的路，就是為了來送酒？這屋裡住什麼人？正想翻牆進去，不料路人卻多了起來，青天白日下他不敢公然亂闖民宅，便在那戶人家四周轉了兩圈，那門又開了，從裡面走出來一名女子。

那女子一身紅衣，眼圈紅腫，似乎剛剛哭過，一路拭淚離去，她衣裳凌亂，頸上布滿吻痕的模樣，不用說也知道剛剛裡面發生了什麼。

方多病奇怪至極——方才小如還往裡面送酒，難道這屋的主人不止小如一個女人？剛轉到庭院後門處，他突然嗅到一股古怪的香味，大吃一驚：這是江湖中最為人不齒的下三濫東西，催情迷香！這屋裡的勾當昭然若揭。

方多病頓時大怒，撩起衣裳，一腳踢開後門，衝了進去：「誰在這裡強……」一句話說不到第六個字已說不下去，門內一股掌風撲面，尚未劈中門面，那掌風已逼得他氣息逆轉，一個字都說不出來。

方多病揮掌相抵，心裡駭然——這小小朴鋤鎮藏龍臥虎，這麼一間民宅裡，居然也有如此高手！

一念剛剛轉完，手掌與屋內人掌風相觸，陡然胸口大震，血氣沸騰，耳邊嗡嗡作響，眼前天旋地轉，他往後跌倒，之後便什麼都不知道了。

方氏的少爺「多愁公子」方多病竟然連人也未看清楚，就傷在對方一掌之下，那屋裡人究竟是誰？有如此武功，居然還使用迷香姦淫女子，到底是什麼人物？

方多病被一掌震昏，屋裡人半晌沒有動靜，過了片刻，有人從屋裡披衣而出，把他提了起來，「撲通」一聲擲進庭院水井之中。

「逢見仙」酒店裡，幾人幾乎把店裡酒菜都吃過一遍，等了兩個時辰，太陽都下山了，午飯吃成了晚飯，方多病還沒回來。終於，霍平川濃眉深皺：「方多病莫非出事了？」

楊秋岳沉吟道：「難道鎮上另有什麼陷阱能困得住方公子？」

李蓮花苦笑：「難道他和如姑娘私奔了？」

孫翠花啐了一口：「他大概跟蹤去小如男人的房子了，我知道大概在哪裡，這就去吧，方公子莫是遇險了。」

幾人結帳出門，孫翠花帶著三人來到方才小如進去的那戶人家門口。此時天色已近深藍，星星閃爍，那戶人家大門緊閉，裡面沒有絲毫聲息。

霍平川整整衣裳，抬起門環敲了幾下，沉聲道：「在下有事請教，主人是否在家？」屋裡沒有半點回音，就像根本沒有人住，但縈繞屋中未散的淡淡迷香味，已使霍平川大抵猜到這是什麼地方。

楊秋岳冷冷地道：「做賊心虛！」

李蓮花點了點頭，眉頭皺了起來，這次和在一品墳不同，那時他在暗，敵人在明，而今天晚上完全是敵人在暗，大家在明，他們這四個人占不了絲毫便宜。

「翠花，妳先回去接孩子。」李蓮花柔聲道。

孫翠花嫣然一笑，揮手快步而去。這女人雖然並不貌美，卻乾脆得很。

三個男人在漸漸深沉的夜色中凝視這間毫不起眼的民宅，寂靜的庭院、空曠的屋宇、飄浮的迷香，這民宅之中，究竟隱藏著什麼祕密？和武當金劍有關，還是和怡紅院妓女有關？方多病當真陷在其中了嗎？

霍平川掌上使勁，輕輕震斷門閂，推開大門。放眼望去，門內花木齊整，青石地板乾淨清潔，院中天井以碎石鋪成一個「壽」字，其後屋宇門窗緊閉，並無出奇之處。

楊秋岳陰惻惻地問：「裡面有人嗎？」他聲音雖然不響，卻運了真力，遍傳民宅，這裡面如是有人，絕不可能聽不見。

霍平川大步當前，推開房門，門內被褥凌亂，果然已經人去樓空，床邊香爐仍冒著白煙，那迷香便是從香爐中來。

「這屋子住了恐怕也有十幾年了吧？」李蓮花輕輕推了一下窗櫺，窗櫺和他那蓮花樓一樣，如果不修，恐怕再過半年就會「哐噹」一聲掉下來，「主人好像……有點拮据。」那床邊的酒菜也很簡單，在朴鋤鎮東有一家有名的酒坊，他卻差遣小如到「逢見仙」去買，可見連一斤酒相差兩個銅錢也要計較。

霍平川微微一笑：「既然主人拮据，就算離去，也不會走太遠，終究是會回來的。」

李蓮花眉頭緊皺，喃喃道：「不過朴鋤鎮不過數百人家一條街道，他會去哪裡……而且他還帶著女人……糟糕、糟糕，只怕去的不是怡紅院，就是曉月客棧！」

楊秋岳頓時變了臉色，孫翠花豈非也正要去這兩個地方？一點地面，他縱身而起，掠上屋頂往怡紅院方向奔去。

霍平川疾快地道：「李先生暫且回『逢見仙』，此地危險。」接著他也掠上屋頂，隨楊秋岳而去。

李蓮花仰首看兩人離去，輕輕嘆了一聲，那一刻他的目光有些蕭索。他轉過身來，望著人去樓空的庭院。庭院中有幾叢劣品牡丹，在這個時節只餘幾枝枯莖，其上白雪蒼蒼，並未有什麼好看之處，他在院中靜立許久，往側踏了一步，轉身離去。緩步走出十餘步，李蓮花停了下來，背對花叢，淡淡地問：「誰？」

「你的耳力，」方才牡丹花叢中並沒有人，現在卻有一人負手站在那裡，似乎已經站了很久，語調沒什麼感情，既不像遇見朋友，也不像見到敵人，「猶勝從前。」

「是你落足重了一點。」李蓮花微微一笑，「即使服用了『觀音垂淚』，『明月沉西海』的傷，也不是一天兩天能好得了的吧……無怪你不肯在雪地上留下足跡，笛飛聲『日促』身法，便是販夫走卒也認得……」

牡丹花叢中那人靜默了一會兒：「即使變成這副模樣，李相夷畢竟是李相夷。」他的語氣沒什麼變化，但從語意而言，是真心讚嘆。

李蓮花噗哧一笑：「過獎、過獎，笛飛聲也畢竟是笛飛聲。我以為『明月沉西海』之傷無藥可治，怎知世上有『觀音垂淚』？人算不如天算，這句老話不信的人一定會吃虧。」

牡丹花叢裡，青袍布履的人有些淡淡的詫異：「這麼多年，你的性子變了許多。」

李蓮花微笑：「你的性子倒是一點也沒變。」

笛飛聲不答，過了一會兒，他淡淡道：「『明月沉西海』之傷，三個月後定能痊癒。而你卻不可能回到從前。」

「有些事……」李蓮花幽幽道，「當年豈知如今，如今又豈知以後，不到死的時候，誰又知道是好是壞？從前那樣不錯，現在這樣也不錯。」

「你能穩住傷勢，至今不瘋不死，『揚州慢』心法果然有獨到之處，不過至多十三年。」笛飛聲凝視著他的背影，緩緩道，「以你所學，至多得十三年平安，如今已過十年，還有三年。你若擅用真力，施展武功，三年之期勢必縮短。」李蓮花微微一笑，沒有回答。

笛飛聲突然從牡丹花叢中筆直拔身而起，落進井裡，隨著一聲「嘩啦」水響，他從井中提起一個溼淋淋的人。「兩年十個月之後，東海之濱。」說著把那溼淋淋的人擲了過來，他揚手擲人，隨一揮之勢拔身後縱，輕飄飄出了圍牆，沒了身影。

李蓮花接過那人，那溼淋淋、軟綿綿、昏迷不醒的人自然是方多病。他輕輕讓方多病平躺到地上，點了他胸口幾處穴道。

以笛飛聲的為人，自不可能以迷香姦淫女子。他擲回方大公子，便是以方多病之命為約，兩年十個月之後，東海之濱，當年一戰，勢在必行！

他再度幽幽嘆了口氣，自從受笛飛聲掌傷之後，他容顏憔悴不復俊美，一身武功廢去十之八九，李相夷早已不復存在，但為什麼大家就是不能接受李蓮花，定要尋找李相夷？說李相夷早已死了，大家偏偏不信；明明李相夷站在大家面前，卻又沒人認出。這真是奇怪之事，難道真是他變得太多？

他徐徐盤坐，雙指點在方多病頸後風池穴，渡入真力替他療傷。

十年光陰，無論是心境、體質還是容貌，都變了，從前目空一切的理由，如今看來，荒謬絕倫。

「揚州慢」心法極難修練有成，一旦有成，便能運用自如，這也是李蓮花受笛飛聲全力一掌卻未死的原因。以「揚州慢」心法療傷最是合適，不過一炷香時間，方多病氣血已通，傷勢無礙，「啊」的一聲，他睜開眼睛：「蓮花？」

李蓮花連連點頭：「你怎麼被扔進井裡？」

方多病摸了摸自己的腦袋，「我被扔進井裡？」他摸到一身溼，頓時大怒，「那該死的竟然把我丟進井裡？咳咳……」他胸口傷勢未癒，一激動立刻疼痛起來。

李蓮花皺眉：「你若不是如此瘦削，也不至於傷得……」

方多病又大怒：「本公子斯文清秀，乃是眾多江湖俠女的夢中情人，你根本不懂得本公子的手神！咳咳……你又怎麼知道我在井裡？」

李蓮花道：「我口渴到井邊打水，一眼就看到一個大頭鬼。」

方多病直到這時才想起受傷前發生的事，他倒抽一口氣，失聲道：「武當派的內力，那人是武當高手！」

李蓮花半點醫術不懂，否則早已驗出方多病是被武當派心法震傷胸口，此時聞言一怔：「又是武當？」

方多病從地上爬起來，一迭聲地叫：「當然是武當心法，難道本公子連武當心法都認不出來？那人哪裡去了？他的武功不在武當掌門之下，說不定還在白木之上！」

現任武當掌門是白木道人的師弟紫霞道長，武當派武功當下是白木第一，而還在白木之上的人……

李蓮花失聲道：「黃七？」

方多病連聲咳嗽：「很可能是，我們快去……救人……」

武當派上代掌門最鍾愛信賴的弟子黃七道長，居然在朴鋤鎮隱居十幾年，並且嫖宿妓女、迷姦女子，李蓮花這下真是眉頭緊蹙：「糟糕，如果真讓楊秋岳和黃七見了面，只怕黃七老道真會……」

「殺人滅口！」方多病按著胸口傷處，賭咒發誓，「咳咳……那老道真是瘋了……」

孫翠花趕回怡紅院去接兒子，在離院子不遠的地方看見了小如。她一人踟躕而行，腳步放得極慢，恍恍惚惚，似乎有什麼心事。

「如姑娘，」孫翠花在後招呼，「怎麼從鎮東回來了？」

小如一怔，駐足等孫翠花趕上來，才低聲道：「嗯。」

孫翠花奇怪地看了她幾眼，噗哧一笑：「怎麼？他沒有要妳陪過夜？」

小如白皙的臉上微微一紅，眼神卻頗有悽楚之色。

孫翠花本想旁敲側擊她腰間木劍之事，既然搭上了話，她索性直問：「如姑娘，妳這腰上掛的木劍是在哪兒刻的？十分別緻，我也想要一個。」

小如又是微微一怔：「這是我自己……」

孫翠花搶話：「自己刻的？怎麼會想刻一把劍？我覺得刻如意倒更好看。」

小如默然，過了一會兒，快走到怡紅院門口，她方才輕輕地道：「他……本來有這樣一把劍，不過因為養著我，所以把劍賣了。」

孫翠花愕然，如此說來，那個嫖妓的男人豈不就是……又聽小如低聲道：「雖然他不只對我一個人好，不過我……我心裡還是感激。」說完她緩步走入怡紅院，轉進右邊的一條卵石小路。

孫翠花見她如此，張大的嘴巴半天合不上——那喜好女色的嫖客讓小如動了真情也就罷了，他竟很可能是自家相公多年沒找到的師叔，那才讓她驚訝。

便在這時，楊秋岳和霍平川雙雙大步趕到，見她呆呆站在怡紅院門口，齊聲問：「妳沒事吧？」

孫翠花一怔，剛想說沒事，兒子還沒接到，突然後心一涼一痛，她低頭一看，不可置信地見到一根很眼熟的東西從自己胸前冒了出來。

那是一根筷子，滴著血。

「翠花！」楊秋岳臉色大變，失聲大叫，直奔過來。

孫翠花一把牢牢抓著他，腦子裡仍沒弄清楚是怎麼一回事，只道：「小如說……她的嫖客……有武當金劍……」

楊秋岳臉色慘白，連點她胸口穴道：「翠花，不要再說了。」

孫翠花困惑地看著從自己胸口冒出來的筷子：「兒子……還在裡……面……」

楊秋岳終於情緒失控，淒厲地大叫一聲：「不要再說了！」

孫翠花輕輕啐了一口：「是誰……亂丟筷子……」說著緩緩軟倒，氣息慢慢有些紊亂，她閉上了眼睛。

楊秋岳牢牢抱著妻子，雙眼狂亂迷茫地看著從怡紅院裡大步走出來的人：「黃七師叔……為什麼……」

那中年男子白面微髯，年輕時必是個美男子，他左手拿著個酒杯，右手的筷子只餘下一根，另一根到了孫翠花胸膛裡。

看了楊秋岳一眼，中年男子道：「原來是楊師姪，失敬、失敬。」似乎對以筷子射傷孫翠花一事渾不在意，不過像是踩死了一隻螞蟻。

霍平川方才不料他一出手便要殺人，未及阻攔，以致孫翠花重傷，心下後悔不已，此時上前三步，抱拳道：「在下霍平川，忝為『佛彼白石』門下弟子，前輩可是武當派失蹤多年的黃七道長？」

黃七道：「我俗家姓陳，名西康。」

霍平川沉聲道：「那麼陳前輩為何重傷這位無辜女子？她既非江湖中人，又不會絲毫武功，以陳前輩的身分、武功，何以對一個弱女子下如此重手？」

黃七淡淡道：「她竟敢在我面前向我的女人套話，你們說是不是罪該萬死？」

楊秋岳只覺不可思議，緩緩搖頭，慘澹地問：「黃七師叔，武當金劍呢……」

黃七仰天大笑：「哈哈哈哈，武當金劍？劍重五斤七兩，又是古物，賣給了江西語劍齋老闆，足足抵三萬兩銀子！真是好東西！」

霍平川眉頭一皺，這人只怕是早已瘋了。

楊秋岳手抱妻子，只覺渾身血液一陣一陣地發涼，猛然間憶起當年師父得知自己好賭，盜竊武當金劍時說出「逐出師門」四字的情景，這世道，難道是報應？

黃七一筷子重傷孫翠花，怡紅院前院的客人紛紛尖叫，自後門逃走，此時連老鴇都已不見，黃七一字一字冷冷道：「楊師姪，掌門要你來清理門戶是嗎？還叫上了『佛彼白石』的手下，不過紫霞師弟大概糊塗了，派你這種三腳貓貨色，是要給他師兄祭劍不成？」剩餘的那根筷子在他指間轉動，不知何時便會彈出，他雖然隱居多年，功夫卻日益精進，沒有半點落下。

霍平川眼見形勢不妙，一掌攔在楊秋岳面前：「陳前輩，請隨我回『佛彼白石』百川院一趟，失禮了。」

黃七衣袖微擺，「砰」的一聲，居然有如火藥爆破一般，發出劈啪聲響。楊秋岳叫道：「『武當五重勁』！霍兄小心！」

霍平川自然知曉「武當五重勁」的厲害，據說此功自太極演化而來，太極勁只有一重，圓轉如意，而「武當五重勁」卻有五重真力如太極般圓轉，各股真力方向、強弱不同，即使是功力相當之人也難以抵抗。

就在楊秋岳叫出「武當五重勁」之際，黃七第一重勁已經纏住霍平川的手掌。兩人袖手相交，霍平川雖然入「佛彼白石」只有八年，自身修為卻不弱，黃七連運三重勁都無法引開他的手掌，一聲冷笑，第四重勁突然往奄奄一息的孫翠花胸口彈去。

霍平川和楊秋岳雙雙驚覺，大喝一聲，聯手接下黃七右袖一擊，就在這時，一根不知什麼東西凌空激射，直打霍平川胸口「膻中」、「氣海」，竟是黃七剛才握在手中的筷子。

霍平川手肘往內一壓，「啪」的一聲，將筷子夾在肘窩，卻聽身邊楊秋岳一聲悶哼，黃七的第五重勁筆直撞在他胸口，傷得不輕。

「武當五重勁」奧妙在於以袖風激盪，無形無跡，黃七的「武當五重勁」已練到爐火純青，江湖上難尋敵手。霍平川雖有一身武功，卻難以招架。

楊秋岳抱著妻子踉蹌跑出數步，放下孫翠花，他拔劍出鞘，一劍往黃七額頭刺去。他是武當門下，雖未曾練過「武當五重勁」，但對這門內功心法卻相當熟悉，這一劍疾刺黃七眉心攢竹穴，正是破解太極勁的捷徑。太極拳講究以眼觀手，以眼帶手，眼手神韻一致，劍刺眉心，視線受阻，太極圓融協調之勢失衡，眼手一分，「武當五重勁」威力便減。

然而他一劍刺去之際，黃七眼中陡然滑過一絲冷笑，楊秋岳心裡一動：不妙！但他劍勢已發，撤不回來了。霍平川本要上前夾擊，可楊秋岳劍取「攢竹」，他不明其意，便站在一邊壓陣，並沒有看到黃七那一抹冷笑。

便在此時，遙遙有人道：「放火燒房子真過癮，尤其是燒別人的破房子，真是過癮啊過癮。」

另一人嘆了口氣：「你也太缺德了些……」

兩人似乎只在閒聊，卻說得很快。黃七臉色乍變，楊秋岳猛然劍刃急轉，一劍往他右手砍去。黃七雙手勁力本來蓄勢待發，分了心神，反而被楊秋岳奪去先機，他大袖一揮，竟以雙手去抓楊秋岳的劍刃。

楊秋岳思及妻子生死未卜，陰沉沉的臉上沒什麼表情，一劍加勁往黃七手腕砍去。黃七雙手十指與楊秋岳劍刃相觸，突然扭曲彈動，一時間只聽指甲與劍刃交鳴之聲鏗鏘不斷。楊秋岳全身大震，直欲脫手放劍，豈料那劍柄被黃七內力倒侵而入，竟然牢牢吸附在他手上。

指甲和劍刃敲擊之聲傳入人耳，霍平川首先感覺雙耳刺痛，噁心欲嘔，他屏住呼吸，一指「一意孤行」點向黃七背後脾俞穴。

楊秋岳手中劍被黃七連敲數十下，待到黃七獰笑放手，他已雙眼翻白，一劍往霍平川胸口刺去。黃七這怪異至極的彈劍之術，竟似操縱心神的邪術。

方才胡說八道的兩人自是方多病和李蓮花，兩人堪堪趕到，猛然見到楊秋岳竟和霍平川動起手來，都是一怔。

黃七衣袖一甩正欲脫身而去，方多病大喝一聲，袖中短棍揮出一招「公庭萬舞」，短棍發出一陣嘯聲，往黃七肩頭敲去。

李蓮花調頭就逃，遠遠躲進怡紅院裡。方多病心中又大怒：他傷勢未癒，這死蓮花居然又棄友而逃！這個該死的……一句咒罵還沒想完，黃七一記叩指彈在他短棍之上。

霍平川變色大叫：「小心他施展迷惑人心的邪術！」

方多病的短棍被叩，發出的卻是一連七響。方多病只覺胸口傷處猶如被連撞七下，劇痛非常，臉色大變。黃七卻在一怔之後忍不住狂笑：原來方多病那枝短棍是一枝結構精巧的短笛，他彈指一扣，震動機簧，那短笛發出聲響，令黃七的「法引」之術威力陡增數倍！

旁邊霍平川也大受笛聲影響，竟被楊秋岳搶得先機，孫翠花躺在地上生死不明，怡紅院外形勢岌岌可危。

千鈞一髮之際，怡紅院裡倉皇走出一名女子，方多病手忙腳亂之中斜眼一看，那女子滿臉胭脂，唇紅如血，卻是不識。只見她先奔向孫翠花，跪在地上雙手顫抖地打開一張白紙，從紙包裡拿出一個小瓶，給孫翠花服下。頓了頓，她顫抖著聲音看著白紙開始念：「『四神聰』、『印堂』、『翳明』、『十宣』……『四神聰』、『印堂』、『翳明』、『十宣』……」

方多病不假思索，一笛往黃七頭頂「四神聰」點去。

那女子大吃一驚，滿臉驚惶，「不對不對，不是你……不是你……」她指著霍平川，念道，「『四神聰』、『印堂』、『翳明』、『十宣』……」

方多病哭笑不得，不知是誰指使這個妓女出來的，這錦囊之計實在不怎麼高明。

霍平川一指點在楊秋岳百會穴側「四神聰」之一。楊秋岳眼神轉動，行動頓時大緩。

方多病眼見「錦囊」有效，連忙問道：「那我呢？」手下仍舊短笛飛舞，招架黃七的招式漸漸散亂，胸口越發疼痛，只盼那「錦囊」裡也有一條給他的妙計。

那女子卻搖搖頭，茫然舉起白紙念道，「梅小寶已經被我救走；張小如知道你姦淫幼女，在後院跳井；何寡婦得知你原來有三個女人，到官府擊鼓去了……哈哈哈……陳西康你好色如命，就要惡母滿……滿……」她念得驚慌失措、顛三倒四，居然還有字不認識，「惡母滿血……」

方多病忍不住哈哈大笑。

黃七先是一怔，越聽越是憤怒，聽到最後一句應是「惡貫滿盈」，他一手向女子頸項抓去：「無知娼妓，也敢愚弄於我——」他心神一亂，那「法引」之術便施展不出。

方多病精神一振，短笛一招「明河翻雪」，泛起一片笛影，掃向黃七背後。黃七哼了一聲，左袖後拂，右手便去抓那女子頸項。

霍平川此時已連點楊秋岳「四神聰」、「印堂」、「翳明」、「十宣」等十六處穴位，見狀正欲上前相救，那女子手一抬，護住自己頸項，霍平川心念一動：這女子的動作倒也敏捷……

「啪」的一聲，黃七右手已然連那女子的雙手一起抓住，壓在她頸項之上！霍平川心下大奇。此時黃七眼中流露出的竟不是得意之色，而是無法言喻的驚恐駭然。「噗」的一聲，方多病的短笛扎扎實實擊中他背心，黃七一口血噴出，噴得那女子滿頭滿身，委頓於地。

方多病收回兵器，古怪地看著那個被黃七一把抓住的「女子」，半晌瞪眼嘆了口氣：「我早該想到剛才那情形，怎麼會有女人敢從裡面跑出來念錦囊妙計？果然是你這個舉世無雙、騙人騙鬼的大騙子！」

霍平川足足凝視那「女子」一炷香時間，才長長嘆了口氣：「李先生聰明機敏……果然名不虛傳……」

那「女子」雙手十指微妙地扣在黃七右手「商陽」、「二間」、「三間」、「合谷」、「陽溪」、「偏歷」、「溫溜」、「下廉」、「上廉」、「手三里」十個穴位上，這十穴受阻，黃七右手麻痺，自不能傷人分毫。「她」本是跪在地上，黃七撲來之時，「她」傾身後移，變側臥在地，足尖微蹺，踢中黃七「陰陵泉」，而後膝蓋一頂，撞他小腹丹田，再加上方多病背後一笛，如此一來饒是黃七一身驚人武功，一念輕敵之間，也已動彈不得。

這滿臉胭脂、怪模怪樣的「女子」，正是一溜煙逃進怡紅院的李蓮花，他慢吞吞地舉袖擦掉臉上的胭脂和血跡，仍是滿臉驚恐、心有餘悸的模樣：「我……我……」

方多病一屁股坐在地上，大口喘氣：「你個頭！你這手點穴功夫……呼呼……了不起……哪裡學來的？」

他和李蓮花認識六年，還是第一次看他出手制敵，雖說剛才這一次成功全是因為黃七掉以輕心，但是十指扣十穴、一踢、一撞，這一連串動作行雲流水，幾乎讓人察覺不出，那絕非僥倖——絕不可能是僥倖！

李蓮花極認真地道：「這是『彩鳳羽』，一位破廟老人教我的……」

方多病懶洋洋地揮揮衣袖，全然不信：「我要是信你，我就是豬。說不定是你跳崖以後掛在樹上，樹下山洞裡一位絕代高人教的。」

李蓮花滿臉尷尬：「真的……」

方多病翻白眼：「你小子這手『拔雞毛』的功夫還不錯，可惜內力太差，如果不是本公子背後來這麼一下，你是萬萬抓不住他的。」

李蓮花連連點頭：「正是、正是。」

霍平川以「佛彼白石」特有的鎖鍊將黃七鎖了起來。

楊秋岳「啊」了一聲，這才恢復神志，他抱起氣息全無的孫翠花，臉色慘白至極，眼望李蓮花。

李蓮花嘆了口氣，柔聲道：「她已服下停止血氣的藥，一兩日內猶如死人，你若不想她死，在她醒過來之前找個好大夫治療她的傷口。」

方多病噗哧一笑，差點嗆到，正想嘲笑這位不會醫術的神醫，卻見他突然走到黃七面前：「陳前輩。」

黃七被霍平川以鎖鍊鎖住，他對李蓮花恨之入骨，見他過來「呸」了一聲，只是冷笑。

李蓮花在黃七面前坐下，平視這位武當首徒的眼睛：「前輩在十幾年前得到了熙陵藏寶地圖，進入熙陵地宮，而後自地宮生還，自此便留在朴鋤鎮。當年前輩在地宮之中經歷了什麼？」

黃七冷冷地看著他：「黃口小兒，又知道些什麼？要殺便殺，多說無益。」

李蓮花微微一笑：「可是和迷香、女子有關？」

黃七眉心一跳，李蓮花很和氣地慢慢道，「十幾年前，前輩正當盛年，武功人品都為人稱道，突然性情大變，留在此偏僻小鎮以女色為樂，勢必有些理由。以前輩的相貌武功，即使是喜愛女人，似乎也不必以迷香為餌。如小如姑娘那般真心愛你的女子也有不少，當年熙陵之中，你是否……」他嘆了口氣，「你是否……」

你是不是遇到了一個滿身迷香、美麗妖嬈的女人？李蓮花沒有說完，方多病替他在心裡補完：害得你道行喪盡，從武當首徒變成了衣冠禽獸！

霍平川亦仔細聆聽，自行思索。

黃七盯著李蓮花，突然大笑起來：「哈哈哈哈，你當真想知道？」李蓮花尚未點頭，方多病已經替他點了十下。

「年輕人，你想知道我告訴你也無妨，的確有一個女人……熙陵地宮之內機關遍布，兼布奇門八卦之陣，我進去打開鬼門之後，觀音門前站著一個女人，她腳下都是被她吃剩的男人屍體，殘肢斷臂，血肉模糊……」黃七嘴邊仍然噙著一絲冷笑。

「她吃人？」方多病只覺雞皮疙瘩自背後冒了起來。

黃七仰天大笑：「她被關在鬼門之後，不吃人，難道等別人吃她？她正在吃人，可我卻覺得她出奇得美——不，她本就出奇得美，美得讓我相信那些男人是心甘情願為她而死，心甘情願淪為她的食物。我把她救了出來，關在這鎮中民宅之內，天天看她，只要每天看她兩眼，就算被她活生生吃了，我也甘願。」

李蓮花和方多病面面相覷，不約而同地想到觀音門後那具死了數百年依然嬌柔妍媚的白骨，如若那白骨復生，大概就是如此媚惑眾生的絕色。

霍平川目光微微一亮，似乎黃七說及的這名女子讓他想到了什麼。

只聽黃七繼續說道，「我當她是仙子，她卻整天想著要從這裡逃出去。她逼我再下地宮，逼我去打開觀音門，她想要前朝皇帝的玉璽和寶物，可我不會去的，如果得到了那些東西，她絕對會從這裡出去，所以有一天夜裡我……」他雙眼突然發出奇光，伴隨一種怪異而又得意的刺耳笑聲，「我用了藥，得到了她……」

他哈哈大笑。李蓮花和方多病幾人卻都皺起眉頭。霍平川脫口問道：「那個女子後來如何了？」

「她？」黃七頓時不笑了，惡狠狠地道，「她還是逃了出去，就算我用鐵鍊把她鎖在房間裡，她還是逃了出去。像她那樣的女人，只要有男人看見她，都會為她而死……」

方多病張大嘴巴：「這女人根本是個女妖！她現在還活著嗎？」

黃七冷冷地道：「她當然還活著。」

李蓮花皺眉問：「這位女……俠……叫什麼名字？」

黃七嘲笑道：「江湖上，竟還有人不知道她的名字？」

霍平川終於沉聲問道：「前輩說的女子，可是姓角？」

「『虞美人』角麗譙，聽說近來弄了個什麼牛馬羊的幫派，還當上了幫主。」黃七大笑，「你們真該見她一面。年輕人，我真想看看你們看見她第一眼的表情，哈哈哈哈……」

方多病失聲道：「魚龍牛馬幫？」

霍平川點了點頭：「看來熙陵之事，絕非擒住王玉璣和風辭二人就能了結，那顆不見蹤影的『觀音垂淚』，杉樹林裡不知何人的『婆娑步』，從地宮生還的角麗譙，雖不知和前朝熙成、芳璣二帝之事有何關係，但並不簡單。」

李蓮花點了點頭，喃喃道：「壞事、壞事。」

「二位，」霍平川沉吟了一下，對李蓮花和方多病拱手，「事情緊急，頭緒萬千，在下愚鈍，熙陵之事要盡快報於大院主和二院主知曉，我這就帶人回去了。」

方多病連連揮手：「不送不送，你快點把人帶走，本公子雖然喜歡美人，平生卻最討厭淫賊。」

李蓮花看方多病點頭，他也跟著點點頭，方多病揮揮手，他也揮揮手，漫不經心地不知在想些什麼。

霍平川深深看了他一眼，抱拳道別，抓住黃七肩頭，大步往鎮外行去。看著霍平川走遠，楊秋岳二話不說抱起老婆直奔鎮上大夫家。

李蓮花「啊」了一聲，醒悟過來：「大家都走了？」

方多病斜眼：「你留戀？」

李蓮花搖搖頭，方多病哼了一聲：「那你在想什麼？」

李蓮花微微一笑：「我在想，那位角麗譙角大姑娘，果然美得出奇。」

方多病一怔：「你見過？」

李蓮花幽幽道：「嗯……」

方多病仰天狂笑：「李蓮花說的話，我要是信，我就是豬！」

八　醫術通神

十數日後。

清源山百川院。

紀漢佛接到有關熙陵一品墳最終的消息：王玉璣、風辭假冒葛潘與守陵兵，妄圖借方多病與李蓮花之力，找到埋藏在熙陵之中的前朝玉璽。此二人在帶回百川院的路上被人劫走，十餘名「佛彼白石」弟子死傷；玉璽毀於霍平川之手，熙陵地宮的祕密已上報朝廷；霍平川押著黃七回到院裡，正為彼丘講述一品墳之事；朴鋤鎮上楊秋岳之妻孫翠花因傷後操勞，引發高熱而亡；方多病傷，李蓮花安然無恙。

葛潘在去熙陵的路上被人暗算而死，霍平川去的時候一品墳之謎已經解開，李蓮花在此事中究竟作用如何，依然模糊。但劫走王玉璣和風辭的人是誰，紀漢佛心裡卻一清二楚。

蓮花樓和笛飛聲的關係仍舊不明，但引人關注的已不是這些。

百川院西面有一棟獨立的小房，四面窗子開得很高，窗臺擺了些花草，和其他三處房屋毫無修飾的模樣有些不同。

霍平川換了一身乾淨的衣服，恭恭敬敬地抬起門環敲了幾下：「霍平川。」

屋裡響起闔上書頁的聲息，有人溫言道：「進來吧。」

霍平川推門而入，門內立著一個小小的屏風，百川院雖然清貧簡易，這屏風卻漆黑光亮，上繪百鳥朝鳳圖，邊角皆有破損，應是多年之物，但仍舊可見當年的精緻奢華。繞過屏風，屋內書籍堆積如山，桌椅板凳上都是書冊，堆放得凌亂至極，卻都抹拭得十分乾淨。書堆之中坐著一人，見霍平川進來，抬起頭：「聽說見到了『婆娑步』？」

霍平川點了點頭，在一疊書上坐了下來，仔細講述他在熙陵的所見所聞。屋中人聽得仔細，偶爾插言詢問一二，霍平川也一一回答。這人姓雲，名彼丘，乃當年四顧門中李相夷身邊的第一軍師。

聽完霍平川的講述，他長長吁了口氣，笑得很是溫暖：「江湖代有才人出，看來李蓮花此人並不僅是神醫而已……能生擒黃七道長，實是件了不得的大事。」

雲彼丘當年跟隨李相夷之時年僅二十三歲，號稱「美諸葛」，如今十年過去，已是年過三十的人了。他本人布衣草履，兩鬢微有白髮，雖然氣質徐和溫厚，卻比真實年齡看來更為憔悴。

「弟子關心的，是取走『觀音垂淚』之人和杉樹林中出手救人的人究竟……」霍平川沉吟一下，「究竟是否為同一個人？」

雲彼丘道：「杉樹林中施展『婆娑步』之人若有震碎千斤巨石的功力，便不會封不了風辭的氣脈，應該不是同一人。」

霍平川嘆了一聲：「短短數日之間，在熙陵彈丸之地，居然出現兩位高手。」

雲彼丘微微一笑，轉了話題：「黃七當真說他在熙陵遇到了角麗譙？」

霍平川點頭：「傳聞此女色能惑眾。」

雲彼丘的臉色有些蒼白，輕輕咳了兩聲，「咳咳……當年和門主在金鴛盟大殿上見過一面，她的確……的確……」他頓一頓，不知想到什麼，住口不言。

霍平川關心問道：「二院主的寒症好些了嗎？」

雲彼丘淡淡一笑，笑中頗有自嘲之意：「不礙事。熙陵此事非同小可，今日我修書兩封，你替我寄給武當紫霞掌門和魚龍牛馬幫幫主角麗譙。」

霍平川稱是。

雲彼丘緩緩道：「與其敲擊試探，不如請兩位到百川院一坐，究竟武當楊秋岳、黃七，『碧玉書生』王玉璣、『斷頭刀』風辭，以及魚龍牛馬幫與熙陵有何關係，一問便知。」

霍平川凜然：「二院主說得是，『佛彼白石』中人不必拐彎抹角，應直言相問才是。」

雲彼丘一笑：「四顧門門下不必拘禮，你雖天性如此，但附和之言仍是越少越好。」霍平川想稱是，卻又不能稱是，滿臉尷尬。

「那位李蓮花李神醫，平川覺得如何？」雲彼丘問。

霍平川沉吟道：「平川實是有些……摸不著頭腦，他有時似是聰慧絕倫，有時又似是十分糊塗。武功似乎極差，卻又似乎時常能克敵制勝。恕平川愚鈍，判斷不出此人深淺。」

雲彼丘眼神微微一亮：「他可使用兵器？」

霍平川搖頭：「不曾看見。」

雲彼丘一皺眉，李蓮花與他之前設想的不符，連他也猜不透：「這倒是有些奇……你看不出他武功門派？」

霍平川反覆思慮良久：「似乎沒有什麼門派，只是認穴奇準，但內力卻極差。」

雲彼丘點了點頭：「他既然號稱醫術通神，認穴奇準也在情理之中。」

此時，方氏客房裡，被當年「美諸葛」判定為「醫術通神」的李蓮花正聚精會神地為人把脈，臉上帶著文雅從容的微笑，似乎對來人的病情十分有把握。

方多病坐在他身邊為煎藥的炭爐搧火，悻悻然看著他的小姨——「武林第三美人」何曉鳳，嬌滴滴地讓李蓮花把脈。

這位比他媽小十歲的小姨一聽說「吉祥紋蓮花樓」的主人到了，突然就得了一種說暈就暈的怪病，暈倒在李蓮花懷裡，此刻她正用水汪汪的眼睛瞟著李蓮花的臉。方多病還看出她目光中有一絲遺憾之色——這位傳說中的神醫雖說長得還可以，卻沒有她想像中風流倜儻、俊美無雙。

「何……夫人……何姑娘的病情……」李蓮花溫和地看著何曉鳳，「沒有什麼大礙，只要服一帖藥物就好。」

方多病連連點頭，越發用力地搧著那火爐。他其實不明白，一向自負精明的小姨，竟然沒有發覺把脈都還沒把完就在煎藥這種醫術的奇異之處，她一心一意打量著那位神醫，盤算著不知什麼念頭。看著火爐上那黑乎乎的藥汁，他又忍不住想起前不久他問過李蓮花的一個問題。

「死蓮花，你怎麼知道中了黃七的邪術，要點『四神聰』、『印堂』、『翳明』、『十宣』來解？」

「啊……」李蓮花那時漫不經心地答，「我好像見過有人那麼治瘋子。」

方多病目瞪口呆。

李蓮花很認真地看著他，誠懇道：「我真的好像看過有人那麼治瘋……」

他話還沒說完，方多病抱著腦袋一聲呻吟：「我永遠不要再聽你說一個字，永遠不再信你說的半句話！」

繼續瞪著眼前逐漸變焦的藥汁，他在心裡祈禱小姨把這些藥喝進肚子裡，兩個月後才能下床，並記住暈倒在李蓮花懷裡是件多麼危險的事。

第三章

石榴裙殺人有四

一 嫁衣不祥

一品墳事件後，李蓮花在方多病家住了兩天，後來因為想念他的蓮花樓而告辭離去。他離開之後，方多病的小姨何曉鳳上吐下瀉了三個月，卻不敢對人說她是吃了李蓮花開的藥，吃壞了肚子。

然而等方大公子交代完一品墳之事，優哉游哉地回到屏山鎮去找李蓮花的時候，竟然看到一片青山——因為他的視野突然開闊了許多——那地方本來有棟房子，現在不見了。

過了一會兒，屏山鎮的人看到一位骨瘦如柴的白衣公子指著一片空地，暴跳如雷地大罵：「該死的李蓮花，又背著烏龜殼跑了！」

路人皆以同情和好奇的目光看著他，那棟木房子的主人前幾天剛剛雇了兩頭牛把房子拉走了，鎮裡一些好心人還幫了他的忙。

問他為什麼要搬走，那房子的主人說因為有個要找他報恩的人硬要把家產給他，他受不起，不得不連夜搬走，只是滴水之恩，萬萬不可要人湧泉相報。這很是讓鎮上的讀書人唏噓了一把，這般高風亮節，世上很少見了。

方多病指著吉祥紋蓮花樓搬走後的那塊空地罵了一炷香時間，仰天長嘆。這隻背著烏龜殼的死蓮花，除非他自己高興，否則要找到他難若登天，他已習慣了。

薛玉鎮是個熱鬧的地方，從此地過去十里就是採蓮莊。說起薛玉鎮，附近百里之內未必人盡皆知，但說起採蓮莊，卻是無人不知無人不曉。那附近有一處名勝，山巒清秀，池水如藍，有四條溪流灌入此池，終年氣候溫暖，蓮花盛開，並且此處蓮花顏色奇異，花瓣呈淡青色，清雅秀麗，為文人雅士所青睞，時常有達官貴人來此採蓮，故名「採蓮池」。

約莫五十年前，有人以重金買下採蓮池方圓十里之地，修建起一座莊園，把「採蓮池」納入自家地界，自名「採蓮莊」。現任莊主姓郭，名大福，名字雖然俗氣了點，卻自詡是個雅客。

郭大福以經營藥材為業，生財有道，衣食無憂，他近來最煩惱的事，就是他兒子郭禍。郭禍，字兮之，寓意為「禍兮福所倚」，是個吉利的名字。他三歲會背《詩經》，五歲能讀《論語》，是郭大福心頭的一塊寶。在郭禍十一歲那年，郭大福送郭禍上百川院學武，拜在「佛彼白石」四人中最為風雅的「美諸葛」雲彼丘門下，只盼他能讀書學藝，向他師父好好學學，即使日後不能成為一代俠客，也能做個不俗之人。但月前郭禍學成回家，卻讓郭大福煩惱不已。除了舞刀弄槍，喊喊殺殺，這孩子居然把小時候識的字忘得一乾二淨，看著「蓬萊」念「蓮菜」，聽著「孔子」自稱「郭子」，氣得郭大福差點用廚房那口「鍋子」狠狠砸向郭禍的頭。郭大福的兒子不學無術，委實家門不幸，讓祖宗蒙羞。

也因為如此，郭大福早早為郭禍娶了房知書達禮的媳婦，好好教導他這個不肖子，只盼家門薰陶，能令郭禍有所改進。他以數萬兩銀子下聘，迎娶薛玉鎮最有名的才女顧惜之入門。結果這位才女體弱多病，未等到入門就一命嗚呼，令郭大福幾萬兩銀子付諸流水。不得已求其次，郭禍最終娶了薛玉鎮最有名的青樓名妓蒲蘇蘇。這位蒲蘇蘇雖然出身青樓，卻是清倌，又大有詩名，何況既然是名妓，自是比才女美貌許多，於是郭禍也樂呵呵地迎娶這位新娘過門。不料不到一月，蒲蘇蘇竟在蓮花池中溺水而死。一個月之內，與郭禍相關的兩名女子接連死於非命，薛玉鎮的人不免議論紛紛，剋妻殺妻之說街巷流傳，讓郭大福煩惱至極，而採蓮池發生命案，來此的達官貴人大幅減少，更讓郭大福惱上加惱。

五月中旬，正是青蓮盛開的時節，採蓮莊卻冷清非常，完全不見昔日熱鬧的景象。郭禍喪妻之後熱衷練劍，把後院郭大福精心栽種的銀杏斬去不少，重金購買的壽山石打裂了幾塊，還沾沾自喜練武有成。

郭大福這幾日對著冷清的院子和帳本長吁短嘆，他幼時喪母、少年喪妻，如今又不明不白死了兒媳婦，莫非他年輕時販過一次假藥報應在妻兒身上？那也不對啊，郭大福苦苦思索，若是報應，怎會連他那沒有記憶的親娘都遭報應？他老娘死的時候，他還在吃奶，尚未販過假藥哩。

「老爺，」丫鬟秀鳳端著杯熱茶過來，「莊外有位公子說要看蓮池，本不想讓他進來，但最近來的人少，老爺您說……」

郭大福聽到她說「本不想讓他進來」就知道敲門的多半是個窮鬼，想了想，不耐地揮揮手：「啊……進來吧進來吧，自從蘇蘇死在裡面，還沒人下過水，去去晦氣也好。」

「這裡是……哪裡啊？」郭大福腳邊的蓮花池裡突然「嘩啦」冒出一個人頭，那人茫然四顧，「爬上來的臺階在哪裡？有人在嗎？」

秀鳳「啊」的一聲尖叫，杯中熱茶失手跌落，水裡的人急忙縮進池中。郭大福這才看清蓮葉蓮花底下是一個人，一個男人，不禁一迭聲叫喚家丁：「來人啊！有賊！有水賊啊！」

「水賊？」蓮花池裡的人越發茫然，東張西望了一會兒，突然醒悟，「我？」

秀鳳驚魂未定地連連點頭，突然認出他是誰：「老爺，這就是剛才在莊外敲門的李公子。」

郭大福將信將疑地看著那個渾身溼淋淋的人：「你是誰？怎麼會在水裡？」

蓮花池裡的人尷尬地咳嗽了一聲：「莊外那座木橋有點滑……」

秀鳳和郭大福一怔，原來此人摔進莊外溪流，被溪水沖入蓮花池，倒也不是水賊。

「你是來看蓮花的？」

水池裡的人連連點頭：「其實是……因為我那房子的木板少了一塊……」

他話還沒說完，郭大福面露喜色：「你可會作詩？」

水池中人「啊」了一聲：「作詩？」

郭大福上下看了他一遍，這被水沖進來的年輕人一副窮困讀書人的模樣：「這樣好了，我這採蓮莊非貴人雅客不得進，你若是會作詩，替我寫幾首蓮花詩，我便讓你在莊裡住三天如何？」

水池中人滿臉迷茫：「蓮花詩古人寫了很多啊……」

郭大福滿臉堆笑：「是、是，但那寫的都不是今年的青蓮，不是嗎？」

水池中人遲鈍僵硬的腦筋轉了轉之後恍然大悟：原來命案以後採蓮莊名聲大損，郭大福冀望傳出幾首蓮花詩，喚回採蓮莊的雅名。

「這個……那個……我……」水池中人吞吞吐吐，猶豫了好一會兒，終於下定決心，「我會作詩吧。」

郭大福連連拱手：「來人啊，為李公子更衣，請李公子上座。」

水池裡溼漉漉的年輕人「會作詩」之後儼然身價百倍，「水賊」搖身變成了「公子」，李公子在水裡溫文爾雅地拱了拱手，好像他千真萬確就是七步成詩的才子一般。

這位掉進水裡的水賊，正是剛剛搬到薛玉鎮的李蓮花。他那吉祥紋蓮花樓被牛拖拉的時候掉了塊木板，雖有補救的木材，卻苦無花紋，不得已，李蓮花打算親自補刻，於是四處尋找蓮花為範本。這日來到採蓮莊，他一不小心摔進水裡，冒出頭來就成了會作詩的李公子，倒也是他摔進水裡之前萬萬沒有想到的。

「李公子這邊請。」秀鳳領著李蓮花往採蓮莊客房走去，「客房都備有乾淨的新衣，李公子可隨便挑選。」

李蓮花正點頭，突然腳下一絆，「哎呀」一聲往前摔倒，秀鳳及時將他扶住：「莊裡的門檻有些高，小心些。」

李蓮花低頭一看，果然採蓮莊的門檻都比尋常人家高了那麼一寸，不習慣的人很容易絆倒：「慚愧、慚愧。」

很快秀鳳引他住進一間寬敞高雅的客房，開窗便可看見五里蓮花池，風景清幽怡人，房內懸掛書畫，窗下有書桌一張，筆墨紙硯齊備，以供房客揮灑詩興。

秀鳳退下之後，李蓮花打開衣箱，裡面的衣裳無不符合方多病的喜好，皆是綢質儒衫，偶爾小繡雲紋，十分精緻風雅。他想了想，從裡面挑了一件最精緻的白衣換上，對鏡照了照，欣然看見一個才子模樣的人映在鏡中，連他自已也十分滿意。李蓮花起身環視這間雅房，牆上裱褙的字畫龍飛鳳舞，「人面蓮花相映紅」、「蓮花依舊笑春風」，甚至是「千樹萬樹蓮花開」等絕妙好詞比比皆是，落款都是某某知縣、某某莊主、某某主人等貴人。李蓮花著實欣賞了一番，轉目往窗外望去，青蓮時節，窗外蓮葉青青，飄搖不定，淡青色小蓮隱匿葉下，煞是清白可愛，比之紅蓮青葉別有一番風味。

突然，這靜謐幽雅的蓮池中升起一股黑煙，李蓮花探頭張望窗外，只見一位穿著褐色衣裳的老婦划著小船在蓮池裡緩緩穿梭，嘴裡念念有詞，船頭上擺著一個爐子，裡面一疊冥紙燒得正旺。燒完了冥紙，老婦坐在舟中對著滿池青蓮長吁短嘆，又突然碎碎咒罵起來。她罵的都是俚語，李蓮花聽不懂，他翻過窗戶，在池邊與那老婦打了招呼，便很順利地登上船，與她攀談起來。

這位老婦姓姜，是郭大福的奶娘，在郭家待了五十多年，她正在為蒲蘇蘇燒紙錢。李蓮花從昨天醬油的價錢開始和她聊起，可能是很久沒有人和她一起咒罵醬料鋪老闆短斤少兩，姜婆子頗喜歡這個新來的讀書人，李蓮花也很快知道了郭家一些雞毛蒜皮的小事。

郭大福的祖父是個苗人，入贅郭家，很早就在薛玉鎮定居。郭家從郭大福的祖父開始，做的就是藥材買賣，一直生意興隆，但不知是什麼緣故人丁單薄，且從郭大福的父親那一輩起，郭家連續三個媳婦都死得古怪，和這池蓮花脫不了關係。郭大福的祖父生了兩個兒子，郭大福的父親郭乾和郭大福的叔叔郭坤。郭乾和父親一樣精明能幹，把藥材生意經營得井井有條，郭坤一出生便是痴呆，由哥哥供養，一家稀鬆平常，並無什麼出奇之處。郭乾娶了媳婦之後，舉家搬到採蓮池，建立起採蓮莊，莊子建好不過一個月，郭乾的妻子許氏就墜池而死，留下出生未及一月的郭大福。郭乾對夫人之死傷心欲絕，遣散僕人，閉門謝客十餘年，只留下少數幾個奴僕。郭大福長大後娶妻王氏，婚後一年，王氏又墜池而死，留下郭禍一子。如今郭禍新過門的妻子蒲蘇蘇再次墜池而死，姜婆子越發懷疑郭家中了邪，要不就是招惹了什麼水鬼。

「郭夫人死的時候，是婆婆先發現的？」李蓮花小心翼翼地問，眼神充滿好奇。

姜婆子頓時伸直脖子：「蘇蘇就淹死在你房間窗口下面。」

李蓮花大吃一驚：「我房間窗口下面？」

姜婆子點頭：「那間客房五十三年前是老爺的新房，但因為老夫人淹死在那窗口下的水池裡，所以大老爺都不住那裡，搬去了西廳，房間改為客房。」

李蓮花毛骨悚然：「那……那那就是說……郭家三位夫人都是淹死在……我房間窗口下面的水池裡？」

姜婆子嘆了口氣：「那裡的水也不過半人多高，老婆子我始終想不通怎麼能淹死人。要說有鬼，這些年在客房裡住過的大人也不下二三十位，卻從來沒出過什麼事。要說是別的什麼，老夫人的死和夫人的死，可相差了二十幾年，夫人和少夫人的死又差了二十幾年，她們三個互不認識，一個是秀才家的姑娘，一個是漁家的女兒，蘇蘇還是個清倌，八竿子打不著。」

李蓮花也跟著嘆口氣：「所以婆婆您在這裡燒點冥紙作法超渡？」

姜婆子的嗓門大了些：「三位夫人都是好人，性子也都體恤下人，若是真有什麼水鬼妖魂，老婆子拚了命也要讓它下地獄去！」

李蓮花滿臉敬佩，頓了頓，站起身來：「婆婆，三位夫人都是淹死在蓮花池中，那郭大老爺又是怎麼過世的？」

「老爺？大老爺被兒媳婦的死嚇壞了，一個月後大老爺就過世了。」姜婆子一怔，喃喃地說，「一定是想起了大夫人，大老爺真是可憐。」

李蓮花又跟著嘆了口氣：「……真是可憐。」

那日晚間，郭大福遣了秀鳳過來問候李公子住得可好，李蓮花連忙拿出寫好的「詩」，秀鳳滿意地收下，說老爺請李公子去偏廳吃飯。李蓮花作揖稱謝，隨著秀鳳走向採蓮莊的西邊。

郭大福先接過李蓮花作的「詩」，抖開一看，大為滿意，連聲請上座。

李蓮花滿臉慚色，彆彆扭扭地坐了上座。這偏廳窗戶甚大，四面洞開，窗外也是蓮池，涼風徐徐，十分幽雅，李蓮花眼觀滿桌佳肴，鼻嗅蓮香陣陣，除卻郭大福高聲誦讀他作的「詩」一大煞風景之外，此地此時稱得上美景良辰，令人如痴如醉。

「郭門青翠滿塘紗，十里簪玉伴人家。煞是一門林下士，瓜田菊酒看燈花。」郭大福搖頭晃腦地讀罷李蓮花的「詩」，十分讚賞，「李公子文氣高絕，郭某十分佩服，他日必當高中，狀元之才啊！」

兩人文縐縐地舉杯，開始夾菜。

「聽說蘇蘇過世了？」李蓮花咬著雞爪問。

郭大福一怔，心裡不免有些不悅，這位李公子一開口就問他最不想提的事。「家門不幸，她出了意外。」

李蓮花仍然咬著雞爪，含含糊糊地道：「幾年前進京趕考，和蘇蘇有過一面之緣……」

郭大福又是一怔，只聽李蓮花繼續道，「此番回來，她已嫁給郭公子，正為她從良歡喜，不料出了這等事。」他似是甚為幽怨地輕輕嘆了一聲，「能告訴我她死時的模樣嗎？可還……美嗎？」

郭大福心下頓時有些釋懷：原來這位李公子倒也不全是為了採蓮池而來，蒲蘇蘇美名遠揚，有過這等心思的年輕人不在少數，現在人死了，他倒是有些同情李蓮花。

「蘇蘇是穿著嫁衣死的，那孩子活著時極美，死的時候也像個新娘子，極美。」殊不知，李蓮花那番話若讓方多病聽見一定笑到肚子痛，打賭李蓮花根本不認識蒲蘇蘇。

「穿著嫁衣？」李蓮花奇道，「她過門已有十數日，為何還穿著嫁衣？」

郭大福臉上泛起幾絲得意之色，咳嗽了一聲：「郭某祖父乃是苗人，從苗疆帶來一套苗人嫁衣，那衣服懸掛金銀飾品，織錦圖案，價值千金。幾位大人幾次向我索要，甚至有人出十萬兩銀子向我求購，我都不給不賣，那是家傳至寶。當年我那髮妻，一有空就會從衣箱裡拿出來穿，無論是什麼女人，都會迷上那件嫁衣。」

李蓮花「啊」了一聲：「世上竟有如此奇物？」

郭大福越發得意，拍了拍手掌：「翠兒。」

一位年方十六、個子高挑的丫鬟伶俐地上前：「老爺。」

郭大福吩咐：「把禍兒房裡那套少夫人的嫁衣取來，我和李公子飲酒賞衣，也是雅事一件。」

翠兒應聲退下。

「這嫁衣雖是家傳之寶，不過我那髮妻也是穿著這身衣裳死的，唉……」郭大福突然有些意興闌珊，喝了杯酒，「我娘是穿著這嫁衣死的第一人，絕世珍寶往往不祥……」

李蓮花嘆了口氣，突然悄聲道：「難道員外郎沒有想過，說不定──」

郭大福被他說得有些毛骨悚然：「什麼？」

李蓮花咳嗽一聲，喝了口酒：「說不定這蓮花池裡有鬼！」

郭大福皺眉：「自從家母死後，這池裡每一寸每一分都翻過了，池裡除了些小魚小蝦，什麼都沒有，絕沒有什麼水鬼。」

李蓮花鬆了口氣，欣然道：「沒有就好、沒有就好。」

兩人轉而談論其他話題，郭大福對李蓮花的「詩才」欽佩有加，囑咐他次日再寫三首。李蓮花滿口答應，恍若是李白重生、杜甫轉世、曹植附體，莫說是三首，便是三百首他也是七步成詩，萬萬不會走到第八步。

二　半張鬼臉

與郭大福飲酒回來，已是三更。

李蓮花微醺，心情十分愉快，郭大福此人雖然是個「雅人」，心眼卻不多，而且景色幽雅，菜肴精緻，今天那一跤跌得大大值得。尤其見到郭家祖傳嫁衣，那套喜服確實精細華麗，人間罕見，比之漢人的鳳冠霞帔，另有一種難以抗拒的瑰麗之美。

那是一套寶藍色的嫁衣，通體以織錦法繡有樹木花叢、鑿井者、喝酒歡唱者和圍圈跳舞者，地上布滿瓜果，天空日月星辰之間飛舞著兩隻似鳳非鳳的大鳥，每一分每一寸都閃耀著錦緞鮮豔的色澤，即使在沒有光照的情況下仍舊閃閃發亮。收束的頸口懸掛七串銀飾，胸口另掛有一片以銀珠金珠串成的碩大花朵，花芯以黃金鑄就，十分華美燦爛。嫁衣上下寶藍錦繡之間綴滿金絲銀線，其上穿有極細的水晶珠子，光彩盎然。腰間以玉珠為帶，裙身極窄，如桶狀，平整的裙面上一群歡樂的人圍圈跳舞，正好繞裙一周。裙襬底下又有銀鍊為墜，上有鈴鐺。從男人的眼光來看，是成堆的金銀珠寶；以女人的眼光來看，即使再醜，只要年輕，穿上這嫁衣後定能看見自己與平日不同的風采。

但在李蓮花眼裡，那是一件奇異的裙子，其上掛滿金銀珠寶，還有，裙襬很窄。

一件三個女人都穿過的嫁衣，三個女人都死於非命，難道真的只是巧合？他躺在床上，面對著蓮池的大窗，打了個呵欠，念頭轉到他寫給郭大福的那首「詩」上，也不知郭大福看出「詩」裡的玄機沒有？正當他望著窗外星光，昏昏欲睡之際，窗外突然出現半張臉，幽幽地看著他。

他呆呆地看著那張稀奇古怪的臉，很長一段時間他以為自己在做夢，然而那張臉動了一下，緩緩往窗邊隱去……

李蓮花突然清醒過來，那是一張不知為何物的臉，黑黝黝的臉頰和鼻子，毛髮亂飛，一隻出奇明亮卻布滿血絲、毫無感情的眼睛。窗下是蓮池，只有一片很小的溼地，窗外那半張臉的主人，是站在哪裡呢？他聽到離去的腳步聲。那東西不管是什麼，至少是用兩條腿走路，就像人一樣。

鬼？李蓮花嘆了口氣，他雖沒見過鬼，但窗外那個東西卻是活的，不像鬼。要說是人——他相信人扮成鬼要比鬼扮成人像得多——可是郭家有誰會在半夜三更扮成這副模樣，無聲無息地在他窗前看他？要是他睡著了沒看見，豈不是對不起煞費苦心的「它」？真是怪哉！

他從床上下來，到窗邊看了一眼：窗外溼地上的確留下一行腳印。

那究竟是什麼東西？三更時分在他窗外看他，究竟是為了什麼？郭家五十幾年來三起命案，和這深夜出現的黑面怪人有什麼關係？他聽著窗外的蛙叫，想著想著，矇矓地睡了。

第二天一早，李蓮花立刻知道深夜那半張臉和命案的關係——翠兒死了。

她又死在李蓮花窗下，身上赫然穿著昨日李蓮花和郭大福欣賞過的那件嫁衣，只是胸口價值連城的金珠銀珠大花不見了。

郭大福無比震怒，重金邀請軍巡鋪前來調查，而官府老爺們一來就先把李蓮花給銬了起來——此人身分不明，住在凶案現場卻自稱沒有聽到任何聲音，他剛到採蓮莊，採蓮莊就發生命案，按照官老爺們多年辦案的經驗，十有八九就是這個外地人幹的。

「大膽刁民！竟敢私自解開枷鎖！來人啊！把犯人給我押回衙門大牢！」薛玉鎮的知縣王黑狗王大人剛剛得知採蓮莊出了命案便乘轎趕來，豈料卻看見那犯人手持木枷鎖，很認真地往上面繞鐵絲。

「啟稟大人，」蹲在犯人身邊看他繞鐵絲的衙役連忙道，「木枷壞了，他正在修補，一旦修好，立刻讓他戴上。」

王黑狗大怒，踢了那衙役一腳：「笨蛋！你不會自己修嗎？」

那衙役在地上一滾：「啟稟大人，小的修不來。」

王黑狗大步走到那犯人身邊，卻見木枷朽成了兩段，那犯人極認真地用鐵絲將斷口兩端箍在一起，見他過來，歉然道：「快要好了。」

王黑狗不耐地道，「快點快點！」又回頭問衙役，「這犯人姓甚名誰，哪裡人士？」

衙役道：「他姓李，叫蓮花，是個窮書生。」

王黑狗又問：「他是如何殺死翠兒的？」

衙役道：「小的不知。」

王大人問案之際，李蓮花已把木枷修好，自己戴在腕上。可他腕骨瘦小，那木枷隨時會從他手腕上滑下來，王黑狗看得滿臉不耐，揮揮手：「算了算了，本大人在此，諒你不敢造次，不必戴了。」

李蓮花道：「是、是。」

王黑狗往椅子上一坐，大剌剌地問：「昨日你究竟是如何殺死翠兒的？從實招來，否則大刑伺候。」

李蓮花茫然問：「翠兒是誰？」

王黑狗氣得從椅子上跳起來，又重重坐下：「翠兒是採蓮莊看茶遞水的小丫頭，你是不是看中她年輕貌美，意欲調戲，她不從你便溺死了她？」

李蓮花怔怔地看著王黑狗，滿臉迷惑，似乎全然不知他在說什麼。

郭大福在一旁賠著笑臉：「雖然這位李公子是生人，但依小民之見，應該也不是這等窮凶極惡之人。」

王黑狗喝了一聲：「昨夜情形究竟如何，給我從實招來！」

李蓮花愁眉苦臉：「昨夜……昨夜……草民都在睡覺……實在是……什麼也……」

王黑狗拍案大怒：「你什麼也不知道？那就是說，翠兒怎麼死的你也不知道了？大膽刁民！來人啊！給我上夾棍！」

李蓮花連忙道：「我知道，我知道！」

王黑狗怒火稍熄：「你知道什麼？統統給我招來！」

李蓮花稍稍有些委屈：「我要見了翠兒的屍身方才知道。」

王黑狗腦筋一轉：「也罷，罪證在前，諒你不敢不認。」

他隨郭大福領著李蓮花來到昨日二人飲酒的那間偏廳，翠兒的屍身正溼淋淋地放在地上，身上的嫁衣尚未解下。

李蓮花目不轉睛地看著那具屍體，小姑娘身上的嫁衣穿得很整齊，胸口的掛花不見蹤影，全身溼淋淋的，表面上看起來並無傷痕，只是脖子稍微有些歪，讓他想起一品墳中的那具白骨，此外，下巴那裡有些輕微的劃傷。

「她……她明明是……」他喃喃道，抬起頭迷茫地看著王黑狗，「她明明是折斷頸骨而死……」

王黑狗眉毛一挑：「胡說八道！她分明溺死在你窗戶底下，你竟敢狡辯？」

李蓮花噤若寒蟬，不敢辯駁，倒是那衙役走過去踢了踢翠兒的頭顱：「大人，這翠兒的頭只怕是有點古怪，她只往右邊扭。」

王黑狗頓了頓：「骨頭當真斷了？」

衙役嫌惡地用手轉了一下翠兒的頭：「沒有全斷，只怕是錯了位。」

王黑狗大怒：「李蓮花！」

李蓮花嚇了一跳，怔怔地看著王黑狗，只見王黑狗指著他的鼻子破口大罵：「對如此一個柔弱女子，你竟扭斷她脖子，再將她溺死水中！簡直是殺人狂魔！」

李蓮花愁眉苦臉：「我若扭斷她脖子，她已死了，我為何還要把一個死人溺死在我窗下的水中？」

王黑狗一怔，滿偏廳霎時靜悄悄的，李蓮花的問題不易回答。李蓮花慢吞吞地又補了一句：「何況……」

廳中忽然有人大聲問：「何況什麼？」

此人聲音洪亮，中氣十足，又把李蓮花嚇了一跳。

只見來人身材高大、面目武勇，竟是郭大福的兒子郭禍。

「何況……何況……有件事我一直想不通。」李蓮花喃喃道，「聽說五十幾年來採蓮莊曾發生三起命案，都是夫人墜池而死，可是……可是郭老爺的髮妻是漁家女子，」他茫然地看向郭大福，「難道漁家女子也會在蓮池中溺水而死嗎？」

郭大福大吃一驚，半晌說不出話，他的髮妻確實是漁家女子，只是嫁入郭家之後遠離漁舟，他竟忘了此事。

李蓮花繼續道：「如果郭老爺的髮妻並非溺死……那麼……那麼……」

郭大福失聲道：「難道郭家三人，都是被人謀害而死？」

王黑狗眉頭又是一挑，李蓮花思忖，他可沒說郭家女子都是為人所殺，是郭大福自己說的。

王黑狗道：「即使本案存有疑點，李蓮花你的嫌疑還是最大！休想借口舌之辯，推脫殺人之罪。」

李蓮花愁眉苦臉。郭禍卻大聲道：「如果真有凶手，我定會將他擒住！我是『佛彼白石』的弟子，捉拿凶手是本門弟子的職責所在！」

雲彼丘若聽見他高徒這般解釋「佛彼白石」，只怕寒症又要嚴重幾分。

這時有個衙役快步走來，報告那塊丟失的金銀掛花在李蓮花住的客房裡找到，就放在他窗前的桌面上。王黑狗斜眼看李蓮花，嘿嘿冷笑不已。

李蓮花滿臉困惑，搖了搖頭，那掛花怎麼到他桌上了？真是稀奇古怪，他早上起來的時候明明沒有看見，念頭一轉，他問：「我放在桌上的『詩』呢？」

「詩？」那衙役奇道，「什麼詩？桌上就擺著這個掛花，沒有什麼詩。」

李蓮花苦笑，他早上起來明明寫了一首「詩」放在桌上，卻不見了。

正疑惑間，姜婆子手持掃把趕了進來，以俚語指著那衙役咒罵了一頓。李蓮花聽不懂，王黑狗和郭大福此時才知道，那金銀掛花是姜婆子今早清理蓮池敗葉的時候拾回來的，蓮舟划過李蓮花窗口，她以為李蓮花在房裡，順手擲了進去還喊了聲叫他拿去給老爺，卻不知李蓮花已被王黑狗押了起來。但李蓮花桌上那首「詩」，確實不知是誰拿走了。

王黑狗接過那個金銀掛花。掛花本是由苗家胸牌變化而來，乃是一朵大花，其下掛有銀質蝴蝶吊飾，相當沉重，他掂了掂，少說也有二十兩重。花朵上仍掛著些水池裡的汙物，似是從水底撈起來的。

「姜婆子，這東西妳從哪裡撿回來的？」

姜婆子看了眼東面：「雜貨房後面，大老爺給大夫人的那面銅鏡那裡。」

郭大福的祖父曾為妻子立了一面與人等高的銅鏡，鑲嵌在採蓮莊內一處雜有劣質玉脈的大石上。那大石就在雜貨房不遠處，周圍景色清幽，樹木和花叢完全把雜貨房遮住，只能看到兩間雜貨房之間的小路。

「雜貨房？」郭大福奇道，「那裡離客房很遠，掛花怎麼會掉在那裡？」

郭禍已大步往外走去，直奔雜貨房。眾人不約而同地跟著他，一起往採蓮莊東邊走去。

採蓮莊方圓十里，兩間雜貨房曾用以儲藏掃帚、書籍等物，但空置已久，只因搭建之時未曾想到離主房太遠。

「這裡的房子沒有蓋好。」郭大福道，「聽說是劃地時劃錯了，這池邊空地沒有那麼大，房子建好以後中間的小路就只剩這麼一點。」

兩屋之間只留下極窄的小道，約莫一人寬，而且此地地勢傾斜，那條小路幾乎是個陡坡，一直通到池邊。

「我就是在這裡撿到的。」姜婆子指著池邊，「就擱在很淺的地方，伸手就能拿到。」

李蓮花敲了敲雜貨房的門，意外地，房門竟開了，連郭大福都怔了一下。房裡布滿灰塵蛛網，很久沒有人來過的樣子，地上有一些紛亂的腳印，但因為腳印太多太雜，辨認不清。

還有幾張紙片，其中一張顏色枯黃，似乎年代久遠，落在角落，其餘幾張尚新，似是新近之物，其中一張最為眼熟，竟是李蓮花不見了的那首「詩」。

是誰把他早上胡謅的「詩」小心翼翼地放到這裡來了？李蓮花比衙役快一步拾起那幾張紙，只見枯黃色的那張上面以正楷寫著：晶之時，境石立立方，嫁衣，立身覓不散。其下卻未署名，只畫了一輪月亮。另外幾張，一張是李蓮花的「詩」，另一張卻似帳簿，上面零碎寫了某某東西幾錢銀子、某某東西幾吊錢，都是些瑣碎的東西，也不見什麼奇處。其餘幾張新的白紙，也寫著「晶之時」那幾個怪字。

李蓮花瞧了幾眼，眼睛瞟了瞟王黑狗，小心翼翼地道：「王大人，這個殺人凶手，好像專殺穿了那套嫁衣的女人。」

王黑狗不耐地道：「廢話！」

李蓮花頓了頓：「那麼……如果有人充當誘餌，說不定他還會出現。」

王黑狗皺眉：「這等性命攸關之事，誰敢擔此重任？」

李蓮花說：「我。」

現場眾人都是一怔，郭大福痴痴地道：「你？」

郭禍大聲道：「如此危險之事，本門弟子義不容辭，還是由我……」

王黑狗突然一拍桌子：「也罷，就是你了！本官派遣衙役埋伏採蓮莊，嘿嘿，若是沒有凶手出現，便是你殺了翠兒，這次你可抵賴不掉。」

郭禍仍在堅持他要孤身涉險，郭大福扯了兒子一下，白了他一眼——那嫁衣李蓮花穿得上，你穿得上嗎？郭禍卻半點沒有理解老子的心意，仍口口聲聲稱他要降妖伏魔。

眾人當場細細商討了捉拿凶手的方法，不外乎一旦李蓮花發現凶手便大聲喊叫，眾衙役一擁而上，將他抓住。王大人對此方案十分滿意，英明神武青天再世前呼後擁地先行離去，待晚間再來。

郭大福愁眉不展，雖然李蓮花這誘敵之計有那麼一點點道理，可是方才幾乎整個郭家的人都在，若是凶手真在家中，耳目如此眾多，全盤計畫也都聽到了，怎麼可能還如此之笨，仍舊前來殺人？難道此凶手並非莊內之人？那他是如何知道何時莊內有誰穿了那身嫁衣，又怎樣及時趕來殺人？

郭禍卻想：李蓮花乃一介書生，手無縛雞之力，無論如何他也要潛伏在此，將凶手立刻拿下。

三 凶手

當天夜裡，李蓮花吃過晚飯以後，面對四個女人穿過的那件嫁衣，委實有些毛骨悚然。四個女人，都已死了，有些還死了很久。

足足過了一炷香時間，他才慢吞吞地開始穿那身衣服，又足足花費了一頓飯時間，才把那套花樣繁複的衣服穿戴完畢。而後他沉吟了一下，推開窗戶，在房裡坐了一會兒，喝了杯茶，然後往雜貨房鏡石那邊走去。

時間不算太晚，在客房門外埋伏著四個衙役，他聽見衙役們拔蓮蓬嚼鮮的聲音，以及啃著雞爪偷偷咒罵的聲音，還有拍打蚊子的聲音。雜貨房那邊也埋伏了幾個衙役，等他慢吞吞走到預定地點，只聽到一陣陣「噭——噭——」，他嚇了一跳，半晌才領會那是鼾聲，不禁嘆了口氣。

走到鏡石旁，他對著鏡裡的人看了一會兒，寶藍色嫁衣光彩閃爍，鏡中人若是個女子，倒也華麗，但此刻李蓮花只覺鏡裡站的是人妖，遠遠不及他平日英俊瀟灑。他左看右看，不見凶手的影子，打了個呵欠，本想在地上坐坐，卻發現裙身太窄根本坐不下去，只得繞著兩間房屋轉了幾圈。那幾個衙役躺倒在地上橫七豎八地睡覺，李蓮花從他們身上跨過兩次，心裡很是抱歉。

郭禍躲在鏡石後面，睜大眼睛看著李蓮花穿著那身嫁衣在兩屋之間繞來繞去，心裡大惑不解。要說他在誘敵，未免太過悠閒；要說他不是誘敵，那他又在做什麼？正迷惑之際，他突有所覺，猛然回頭，只見身後不遠處，樹後蓮池之上，一張毛髮亂飛的漆黑臉龐正在搖晃，一雙空蕩蕩的眼眶陰森森地看著他——那眼眶竟是空的，裡面什麼也沒有。

郭禍看著突然出現在身後的這張臉，喉頭咯咯作響，全身冰涼，他本想大喊，卻發現自己什麼也喊不出來，他原以為世上絕無鬼怪，眼前卻出現了個活鬼！

在他全身僵硬之際，那張臉慢慢往遠處移開了。郭禍仍然動彈不得，眼睛直勾勾地瞪著那張鬼臉，直到那張臉移到兩丈之外，他才驀然驚覺——那其實不是鬼！而是一個人，背著一個袋子，袋子裡不知裝著什麼東西，露出一蓬毛髮和兩個類似眼窩的窟窿。那人其實是背對著他，背後背的那袋東西正對著他的臉，把他嚇了個半死。而那人之所以能無聲無息地靠近又離開，是因為那人坐在木盆裡。江南水鄉，兒童多乘木盆穿梭於蓮池之間，採摘蓮子香菱，那人就坐在這樣的木盆裡。採蓮池本有溪流灌入，潛流之中不生蓮藕，木盆被潛流推動，以至於移動時無聲無息。

這人是誰？郭禍心神稍定，咽喉仍舊咯咯作響，發不出絲毫聲音，他受驚過度，身體也做不出任何動作，眼睜睜看著那木盆緩緩漂遠，在兩間雜貨房中間的那條小路盡頭停了下來。那個人佝僂著背，背著那袋東西，動作似是十分遲緩地走了過來。郭禍心中大疑，這人的行動很是眼熟，難道是——

只見那人走到鏡石前，似是在鏡子上貼什麼東西，然後退到鏡石旁邊的樹叢裡躲起來。李蓮花恰巧從房屋中間繞回來，「咦」一聲，他走到鏡子前查看：「晶之時……」

郭禍恍然大悟，那人又在鏡子上貼了那張奇怪字條，看來這人幾十年前就做過這種事。殺害郭家幾代女子的凶手，的確是他！可是，怎麼可能？怎麼會呢？他怎麼可能做出這種事？毫無道理啊……

突然「呵呵」一陣低沉的怪叫聲響起，躲藏在樹叢裡的怪人倏地衝出來，把背後的東西從包裹裡拔出來，帶著怪異恐怖的笑聲，舉著那東西衝向李蓮花：「呵呵呵……他死了……他死了……你永遠不能和他飛！永遠不能和他飛！」

郭禍大吃一驚，那人手裡舉著的東西，赫然是一顆骷髏頭！那東西並非「好似」有一蓬亂髮和兩個眼窩，而是一顆真的骷髏頭！有骷髏就有死人，這個死人是誰？怎麼會出現在他手裡？

李蓮花顯然被嚇得魂飛魄散，「哎呀」一聲調頭就跑。從這裡要回主屋，有兩條路：一條是繞過兩間雜貨房，穿過鏡石旁邊的樹叢小道，再途經花園回到主屋；另一條是穿過兩間雜貨房，徑直從後門奔進廚房，然後穿過小徑，回到主屋。李蓮花想也沒想就奔向雜貨房，顯然奔向廚房要比繞道花園快得多，而且這怪物就是從樹叢裡跳出來的，誰知道花叢草叢裡還有沒有同夥？

郭禍這時終於緩過氣來，從鏡石後面爬了出來，正要喊叫，突然看到讓他全身再度僵硬冰涼的一幕——

李蓮花從第一間雜貨房的正門奔了進去，邁過第一間房的後門門檻時被裙襬絆到，整個人往前跌倒，他雙手本能地要去撐地，可這兩屋之間的道路卻是往下傾斜的，李蓮花左手撐住地面，右手卻沒有撐住，失衡之下，「砰」的一聲摔倒在地，頸項撞在第二間雜貨房的門檻上，然後順著傾斜的小路滾進蓮池，隨即不動了。

郭禍全身發冷，他好像看見好幾個女子跌倒的身影，包括他的妻子蒲蘇蘇……她們一個接一個，在這門檻之間摔倒、受傷，然後滾進蓮池溺死。而凶手，竟是這個拿著骷髏頭，將她們趕向陷阱的人！

他突然能發出聲音了，驚天動地般大喊了一聲：「來人啊！快救他！快點救他！」

隨著一聲大喊，他渾身氣力似都恢復了，縱身而起，一把抓住仍在揮舞骷髏頭的人，在他鐵臂之下，那人猶如一隻小雞，束手就擒。

郭禍不可置信地看著他，這樣的人……怎麼可能想得出這種事？怎麼做得出這種事？

那個被他一把抓住的人，竟是他痴呆的叔公郭坤！

難道潛藏在他家中五十幾年的殺人惡魔，就是這個出生即痴呆的叔公郭坤？在樹叢後睡覺的衙役被驚醒，一陣驚叫混亂之後將郭坤牢牢縛住。有人到池邊想把李蓮花撈起，但那身嫁衣有二十多斤重，加上李蓮花的體重，一兩個人根本撈不起來，即使池水不深，也極可能將他淹死。

王黑狗和郭大福聞訊匆匆趕到，王黑狗大喜過望，郭大福卻是滿腹疑惑。郭禍等衙役抓住郭坤後，轉頭一把將池中的李蓮花撈起，只見他全身無傷，卻雙眼緊閉，不省人事。

「看來殺死郭家四個女子的凶手，就是郭坤！」王黑狗喜上眉梢，「本官破獲五十多年陳案，當真是還民以公正的清官啊！」

郭大福呆呆地看著郭坤，仍然不敢相信這個到了七十歲仍舊神智不清的人會是凶手，但他卻被當場抓獲。一群衙役在老邁瘦小的郭坤身上扣了七八條鐵鍊，壓得他彎下腰去。

郭坤突然大哭起來，抓著郭大福的褲子，一副受了委屈的模樣。

王黑狗大怒，撩起官袍踢了郭坤一腳：「殺人不眨眼，竟還敢哭哭啼啼，給本官掌嘴！」

「是！」有個衙役立刻走上前去，「啪」一聲給了郭坤一個耳光。

「我說……王大人，未經升堂審案，私設刑罰，毆打犯人是違法的喲……」有人悠悠道，「何況……其實郭坤並不算元凶。」

王黑狗嚇了一跳，左右一瞪：「誰？」

他突然明白是誰在說話，大怒道：「李蓮花！虧本官為你擔憂，你竟敢裝死恐嚇本官？來人啊——」

李蓮花慢吞吞地從地上坐起來，池水自他衣襟滴落，流了一地，他卻笑得很愉快：「大人難道不想知道郭坤手裡那個骷髏……究竟是誰嗎？」

「這個……這個……」王黑狗滯了一滯，瞪起眼睛，「你知道？竟敢戲弄本官！來人啊——」

李蓮花縮了縮脖子：「豈敢、豈敢。」

這回王黑狗學聰明了，冷笑道：「本官還真看不出你不敢。」

李蓮花又微笑道：「過獎、過獎。」把王黑狗氣得七竅生煙，郭大福聽得目瞪口呆。

李蓮花端正坐好，有些惋惜地看著被池水和泥漿弄髒的衣服，對著目瞪口呆的眾人非常溫和地微笑，好似他一貫如此品行端正。

「其實從一開始姜婆婆告訴我郭家三代夫人墜池而死的事，我就知道凶手可能是郭坤。」他指了指郭坤，「採蓮池池水有深有淺，但在客房下的淺水中溺死，未免有些奇怪，何況死者之中有人是漁家姑娘。倘若不是溺水而死，那便有兩種可能：其一，她意外溺死之前受了傷，以至於無法掙扎；其二，她是為人所殺，再假裝成溺死在水裡。接連幾人都是這般死法，我和常人一樣都會想——是不是有人謀害？」

他微笑著繼續道：「只不過大家或許都對『連續五十幾年』和『命案發生的時間相隔二十幾年』感到疑惑，覺得不可能有人埋伏郭家五十幾年，只為殺這幾個不相干的女人，所以便又會想到意外。可是我卻以為……這事如果是有人謀害，凶手是誰再清楚不過——那就是在採蓮莊住了超過五十幾年的人。那是誰？姜婆婆？不，五十三年前，她侍候郭大福祖父的時候只有十三歲，還是個小姑娘，之後嫁給姜伯，她要是夜裡出門，姜家老小豈能一無所知？那麼還有誰呢？除了姜婆婆，在五十幾年前便住在採蓮莊內的人，能自由走動且不管做什麼大家都不覺得奇怪的人，還有一個，就是郭坤。」

郭大福失聲道：「可是坤叔他天生痴呆，怎會做出這種事……」

李蓮花微微一笑：「他不明白自己在做什麼，我說他不是元凶，因為這殺人之事一開始不是他做的，他也許是偶然看見了，便模仿著玩罷了。」

王黑狗全身一震：「模仿？」

郭禍和郭大福面面相覷：「模仿？什麼意思？」

「意思就是說……」李蓮花慢慢道，「第一個死的女人，並不是郭坤殺死的，他只不過是看見了殺人的過程。而後他一旦看見相同的情景，就會模仿凶手的行為，當作遊戲。」

他一字一字道：「誘發他行凶的『情景』，只怕便是嫁衣。郭家家傳嫁衣價值連城，瑰麗至極，但凡女子都很喜愛，偶爾夜深穿上嫁衣，偷偷在鏡石前攬鏡自賞，想必郭家的幾個媳婦，包括侍女都做過。而郭坤卻看見了穿著嫁衣的女人被殺，所以每當有女子穿上嫁衣來到鏡石前，他便模仿元凶的方法，將她們追趕到雜貨房裡，讓她們絆倒在門檻之間，然後摔入蓮池溺水而死。」

「門檻？」郭大福駭然看著那相距一人寬的門檻，「這門檻又怎麼了？」

李蓮花提了提那件溼淋淋的嫁衣的裙襬：「這裙子很窄。」

郭大福和郭禍都點了點頭，李蓮花指了指門檻：「這兩個門檻本來就比莊裡的門檻高，而後門檻甚至比前門檻還要高一寸。」

王黑狗遣人一查一量，果真如此。

李蓮花繼續道，「我剛才跑進屋裡時，已經估算到門檻很高，卻仍舊跨不過去。前門的門檻給了我錯覺，彷彿後門的門檻也剛好能跨過去，但事實上，後門的門檻卻比前門高了一寸。若只是門檻高一寸，或者踉蹌一下，步伐本就邁得很大的人還是可以順利過去，但是——」他拉直裙角，「這裙子非常窄，裙襬下有鈴鐺銀鍊，一旦奔跑的腳步抬得太高，即使不絆倒在門檻上，也會被裙襬和銀鍊絆倒，一樣會摔倒在這門檻之間。」

郭大福感到毛骨悚然，如此說來，這兩個高門檻和窄裙如同凶器，就是凶手殺人的工具！

「這兩個門檻相距很窄，一個女子在此跌倒，如果她個子矮些，額頭就會撞在對門門檻上；如果她像翠兒那樣個子高些，脖子就會撞在門檻上。而這件嫁衣織錦厚實又窄得出奇，無論是怎樣的跌法，都不可能蜷縮起來，只能筆直往前倒，加上這些金銀之物沉重至極，弱質女子怎可能在跌倒的瞬間撐起二十六斤重的衣裳？她的體重、二十六斤重的嫁衣，以及摔倒的勢頭，這些力量一起撞在對門門檻上——」李蓮花嘆了口氣，「就算沒有腦袋開花，也會撞得昏死過去，頸骨折斷什麼的，都很正常。還記得翠兒死時掉落的那個掛花和她下巴上的傷痕嗎？她摔倒的時候約莫胸前掛花飛了起來，下巴撞在門檻上，竟把掛花銀鍊給撞斷了，所以掛花沿小路掉進水池，被姜婆婆撿到。」

頓了頓，他緩緩道：「至於人……這條路太斜了，摔倒的人會沿著小路滾進蓮池裡，如果本就受了重傷，身上又穿著這二十幾斤重的衣服，浸在水裡，當然會溺死。」

王黑狗皺眉仔細地聽，喃喃道：「不對啊，屍身為何會在客房窗下發現？怎會從這裡跑到客房去？」

李蓮花指指蓮池中的天然通道，「十里採蓮池並非死水，這水裡有潛流，人摔進水裡以後被潛流慢慢推走，最後推到客房窗下，那裡水流緩慢，蓮花盛開，阻擋了屍體，郭坤就是借著潛流來來往往，採蓮莊的人想必都很熟悉。」略微停了一下，他看著從郭坤背包裡拿出來的那個骷髏頭，嘆了口氣，「當然還有一種可能，她們溺死以後，郭坤模仿元凶抓著屍體，利用潛流帶到客房窗戶下面。」

「就算郭坤痴呆，你又怎麼知道他是在模仿凶手殺人，說不定是他偶然嚇死了第一個穿著嫁衣的女人，之後就依樣畫葫蘆，凡是穿著這身衣服的女人他都這般嚇她。」王黑狗身為知縣，雖然昏庸懶惰，卻不是傻子。

李蓮花指著鏡石上那張字條，「晶之時，境石立立方，嫁衣，立身覓不散。」他嘆了口氣，「這字條……」

郭大福終於忍不住道：「寫的是什麼？」

李蓮花對他露齒一笑：「這是約女人的情書，你不知道嗎？」

郭大福被他瞬息萬變的表情弄得一愣：「什……什麼……情書？」

李蓮花站起來，把鏡石上的那張字條扯下來，悠悠瞧了幾眼：「這寫的是什麼，你們當真沒有看出來？」

郭禍搖了搖頭，王黑狗和郭大福滿腹狐疑，眾衙役從後面擠上來，個個目光炯炯，大家都盯著那張字條。

「這個『晶』字寫得端正，若是寫得稍微潦草一點，寫成這樣，」李蓮花從地上拾起一塊石頭，在泥地上寫了幾個字，「這樣，豈不是比『晶之時』有意思得多？」

眾人凝目望去，只見李蓮花寫的是「月明之時」。王黑狗恍然大悟，又迷惑不解：

「這……這……」

李蓮花道：「假設郭坤不過是在模仿誰某天夜裡的行動，這張字條自然是他抄的，而他沒有看懂原先字條裡寫的是什麼，抄的時候抄錯了許多，就成了這張怪字條。」

郭大福連連點頭：「如此說來，這個『境石』也是他抄錯了，原來肯定是『鏡石』。」

郭禍呆呆地看著那張字條，苦苦思索：「鏡石立立方、鏡石立立方……」

李蓮花咳嗽一聲：「既然開頭是『月明之時』四個字，不妨假設後面也是四個字，『立立方』三個字，『立方』二字疊起來相連，很像一個字……」

王黑狗失聲道：「旁！」

李蓮花點了點頭：「如果『立方』二字本是『旁』，這句話就是『鏡石立旁』，就有些意思了。而『立』字若是寫得草些，豈不也很像『之』字？若是『鏡石之旁』，就更有些道理。」

王黑狗一跺腳：「月明之時，鏡石之旁，果然是有人約人到此，有理、有理。那『嫁衣』二字更加明顯，字條定與女子有關。」

李蓮花微微一笑：「既然『立』字很可能是『之』字，那麼『嫁衣，立身覓不散』，這七個字很可能就是『嫁衣之身，覓不散』。」

郭大福反覆念道：「月明之時，鏡石之旁，嫁衣之身，覓不散……不對，按道理，這最後一句也應該是四個字才對。」

李蓮花拿石頭在地上寫下一個大大的「覓」字，隨後緩緩在「覓」字中間畫了一條線：「這很簡單……」

郭大福見他一畫，全身一震，大叫一聲：「不見不散！」

眾人目光齊齊聚在那個被一分為二的「覓」字上，那張怪字條的原意清清楚楚：月明之時，鏡石之旁，嫁衣之身，不見不散。

李蓮花慢吞吞地道：「這是男人約女人夜裡出去見面的情書……」

這十六個字自不是郭坤寫得出來的，王黑狗看了好一陣子，頹然道：「那殺死第一個女子的凶手是誰？」

李蓮花也頹然嘆了口氣：「我怎麼知道？」

王黑狗尚未聽他回答，自己又喃喃道，「郭坤拿出來的那個骷髏頭又是誰的——不對啊！」他突然失聲道，「如果郭坤模仿凶手殺人，那就是說，在五十幾年前，那凶手手中已有一個人頭？那豈不是另有一起凶殺案，至今無人知曉？」

李蓮花很抱歉地看著他：「我不知……」

他「道」字還沒說出口，王黑狗已一把抓住他胸前衣襟，咬牙切齒地道：「本官不管你是知道還是不知道，三日之內，你若不知，大刑伺候！」

李蓮花心驚膽顫，連連搖手：「我不……」

王黑狗大怒：「來人啊！上夾棍！」

衙役一聲吆喝：「得令！啟稟大人，夾棍還在衙門裡。」

王黑狗跳了起來：「給我掌嘴！」

郭禍大怒，一把將王黑狗抓住：「你這狗官！我只聽過有人逼婚，還沒見過有人逼破案，你再敢對李先生胡來，我廢了你！」

郭大福叫苦連天，直呼「大膽」。

郭禍放開王黑狗，重重地哼了一聲，道：「師父平生最討厭你這等魚肉百姓的狗官！」

李蓮花奇怪地看了他一眼：「王大人……」

王黑狗對郭禍將他擒住之舉大為光火，指著郭大福厲聲道：「若是三日之內不能找出凶手，本官定要將你們關入大牢，統統大刑伺候！」

郭大福嚇得臉色蒼白：「這……這……」

郭禍大怒，一把提起王黑狗。

郭大福大驚失色，「撲通」一聲對著王黑狗和兒子跪下，一迭聲喝止，場面亂成一團。

採蓮莊眾人聽說要全部關進大牢，有些女子便號啕大哭，有些人磕頭求饒，有道是「雞飛鴨毛起，人仰狗聲吠」，便是這般情景。

李蓮花嘆了口氣：「那個……那個……若是郭大公子肯幫我做件事，說不定三天之內可以……」

眾人頓時眼睛一亮，郭禍遲疑了一下，放下王黑狗：「當然可以！」

李蓮花用景仰英雄的目光看著他，慢吞吞地道，「既然郭坤所作所為很可能是模仿而來，他又得到這顆骷髏頭，想必他知道藏屍地點。他若知道藏屍地點，說不定他也曾看見行凶過程。如果讓他看見當年的凶手，說不定郭坤便會重演他所看到的事，所以……」他用極其歉然的表情看著郭禍，「委屈郭大公子扮一次郭老夫人，我扮演這個骷髏頭……」

郭禍本是連連點頭，聽到這裡突然大叫一聲：「讓我扮奶奶？」

李蓮花極其溫和文雅地點了點頭：「郭大公子武功高強，若和郭大公子一起，即使遇到危難，想必也能逢凶化吉。」

郭禍呆呆地看著他，心裡想，只要李先生有求，我自當全力以赴，可他的法子也太奇怪了些……

在眾人疑惑不解的目光下，李蓮花很愉快地道：「給我三天時間，三日之後，月明之時，鏡石之旁，不見不散。」

眾人聽了他這句話，一股寒意自背後冒了上來，好似這鏡石之旁必定有鬼一般。

四 浮生三日

王黑狗和李蓮花經過一番討價還價，決定將郭坤暫時留下，三日之內郭大福等人絕不過問李蓮花的所作所為，一切靜候三日之後、月明之時。李蓮花雖信誓旦旦會有結果，別人卻是滿腹懷疑。王黑狗打定主意，若是沒有結果，便將郭坤往上頭一送，什麼五十多年前的案子，他一概不知；郭大福唉聲嘆氣，愁眉苦臉，一想起老母妻兒便煩惱不已；郭禍卻是熱血沸騰，亦步亦趨地跟在李蓮花身後，對他的一言一行深信不疑。

李蓮花回到客房裡睡了長長的一覺，直到第二天早上方才起床——三日之期已經過了一日半。郭禍在他房門口轉來轉去，急得猶如熱鍋上的螞蟻，卻又不敢破門而入。好不容易等到李蓮花起床，卻見他在衣箱裡翻了半天衣服。李蓮花挑了兩件白衣比較了許久，實在是選不定要穿哪件，閉起眼睛摸了一件，慢吞吞地穿在身上。客房窗戶沒關，郭禍那雙牛眼在窗外瞪得都快要掉下來了，李蓮花才終於開門出來。

他先去了郭大福的書房，這書房自採蓮莊建成以來就有，收藏著郭乾和郭大福收集的所有字畫古董。郭禍跟在他身後探頭探腦，李蓮花也不在意。

書房內有數個書櫃，最裡面一個為郭乾的父親所有，第二個是郭乾的，第三個才是郭大福的。李蓮花把三個書櫃一一打開，抽了些字畫出來看，有些是帳本，有些是行草，偶爾有些是水墨法描繪的採蓮莊景致，筆法佳妙，栩栩如生，還有許許多多紅蓮紫蓮、鴛鴦荷下圖，以及一些諸如「千樹萬樹蓮花開」的絕妙好詞。認真看了一會兒，他搖頭晃腦地捧著一幅行草，吟道：「幾行歸塞盡，念爾何獨之……郭大公子，這下面是什麼，我看不懂。」

郭禍皺著眉頭看著那首「詩」，勉勉強強念道：「暮箱呼夫……寒……一團一團的……」

他本就不識得幾個字，實在看不出那行雲流水般的行草寫的是什麼。

李蓮花也沒有笑他，和他一起並頭看了許久，興致盎然地道：「果然是一團一團的，你看這一團像不像鼻子？」

郭禍大笑了幾聲，突然想起李蓮花本該要去查明真相，不免笑岔了氣：「哈哈……哎喲……李先生，還是查案……」

李蓮花戀戀不捨地把那卷行草收了起來，細細查看這書房，打開窗戶，窗外也是蓮池，只是蓮花疏疏落落，沒有客房窗外好看。他聚精會神地對著窗外看了半日，郭禍跟著他東張西望，卻什麼也沒看出來。許久之後，只聽李蓮花喃喃道：「蚊子太多……」郭禍全然摸不著頭腦，李蓮花卻似已對書房興致索然。

走出書房，他施施然負手欣賞景致，考慮良久，又往鏡石那裡走去。

青天白日之下，這地方花草寂寂，鳥聲隱隱，兩間雜貨房掩在樹下，倒是陰涼舒適，渾不似夜間那麼陰森可怖。繞著兩間雜貨房，李蓮花又慢吞吞地開始踱步，四下無人，唯有郭禍亦步亦趨，李蓮花往東他也往東，李蓮花往西他也往西。突然李蓮花在鏡石之前停下腳步，皺著眉頭打量鏡後的那塊大石，那塊大石黑黝黝的，如鐵石一般，看不出所謂「玉脈」在何處，他伸手在石上摸了摸：「這塊石頭原是什麼模樣？」

郭禍苦苦思索：「聽姜婆婆說，莊子剛建成的時候發現這裡有玉，但是不值錢的雜玉，爺爺覺得有趣，就裝了面鏡子在這裡，夜裡月光很亮，十五的時候坐在銅鏡下，鏡裡映的月光可以讓人讀書。不過玉在哪裡，爹也一直沒看出來，姜婆婆說是灰色……一圈一圈的，好像被鏡子蓋住了。」

李蓮花點了點頭，似是很滿意，敲了敲那塊鏡石，然後優哉游哉地走到前夜郭坤跳出來的那片樹叢中，低頭一看，地上有厚達尺許的枯枝敗葉，頭頂大樹枝葉繁茂，樹下雜草不見光亮，生長甚少。這棵樹旁卻有成片天然的茉莉花叢，如此時節嬌白微微，香氣襲人，十分幽雅可人。茉莉花叢後稍高一些的地方長著大片開著點點黃白小花的雜草，幾棵樟樹生長在池邊，十分青翠。

「郭老夫人去世是什麼時候？」李蓮花問。

郭禍答道：「約莫七八月，姜婆婆說那時蓮花開得正盛。」

李蓮花又點點頭，滿意地從鏡石前轉開，倏地鑽進樹叢，往林子深處走去。郭禍急忙追上，心裡迷惑至極。採蓮莊本是建在十里採蓮池中的一塊水洲之上，從這樹叢再往前走，只怕要走到水裡了。李蓮花鑽過五六十丈的密林，早上挑選的白衣變得襤褸，眼前便是蓮池，他似是有些失望，皺著眉頭看著水面，不知在想些什麼。

郭禍打了個呵欠，蓮池裡的小魚受驚，「嘩啦」一聲四散逃開。

李蓮花不知想到了什麼，突然「噗哧」一聲笑出來，隨即對著望不見邊際的蓮池伸了個大大的懶腰：「哈——這其實是個好地方，有蓮蓬蓮藕，可以釣魚和捉青蛙。」

郭禍心不在焉地道：「還有野鴨。」

「這塊地有點高，」李蓮花站上坡頂，再慢步踱下來，「難怪那條路會突然斜下去。把房子建在這裡雖然風景甚好，可惜地形不佳。」

郭禍滿臉疑惑，隨聲附和，全然莫名其妙。李蓮花卻似已經看夠，負手悠悠地穿過樹林，走回客房。郭禍以為他已有什麼驚人之見，他卻搬了個木盆，關起門來，只聽裡面水聲陣陣，他洗了個澡，換了身衣服，舒舒服服地爬上床，手持一本閒書捲著讀了起來。

莫非李先生早上只是在散步？郭禍那頑固不化的腦袋終於想到這種可能性，他呆呆地看著李蓮花，難道其實對方不是在查案？那麼郭家老少大小二十餘口豈非就……懸在王黑狗的牢門口了？這怎麼可以！

三日之期，轉瞬即過。

李蓮花這日一直坐在書房裡看書，除了按時出來吃飯，並沒有做其他的事。郭大福派遣郭禍來試探了幾次，李蓮花一直在看一本醫書，而且連郭禍這等「練武之人」的眼力，都能看出他一直在讀同一頁。

好不容易到了晚間，月漸西起，日間青翠陰涼的樹木，夜裡變得陰森可怖。王黑狗如期而至，帶了十幾名衙役。郭大福把僕人遣走，在王黑狗身邊賠笑臉，眾人都躲在一邊。郭坤從下午就坐在草叢裡拔草，拔了幾個鐘頭也不厭煩，飯也不吃。

月色漸漸明亮，映照在銅鏡之上，銅鏡反射在林前空地上，讓月光更亮了一些。李蓮花備了一桶清水，在郭禍身前綁上那件嫁衣。郭禍本以為他要用那桶清水來洗手洗臉，結果卻「嘩啦」一聲，他把那桶水倒在身上，將全身潑溼，捲起衣袖褲管，便施施然走上前去，面對那鏡石搖頭晃腦地吟詩：「幾行歸塞盡，念爾何獨之？暮雨相呼失，寒塘欲下遲。渚雲低暗度，關月冷相隨。未必逢矰繳，孤飛自可疑……」他在鏡石旁來回踱了幾步，長吁短嘆。

眾人面面相覷，郭坤卻突然從喉頭發出「呵呵」的低沉怪叫，從草叢中拾起一根枯枝對李蓮花打去。

王黑狗本要大呼「大膽」，轉念一想還是忍下，只見李蓮花應聲倒下，郭坤將他拖進大樹之下，怪聲怪氣地叫道，「我讓你們飛！飛！你老實告訴我，你和她是不是……哎呀！」他這一聲「哎呀」叫得淒厲可怖至極，「妖怪！」

這一聲「妖怪」出乎所有人意料，只見郭坤目露凶光，將手上枯枝狠狠往李蓮花頭上砍去：「妖怪！妖怪！」

李蓮花顯然也始料未及，睜開眼睛。

郭禍眼見形勢不對，大步趕上：「你……」

他一句話還沒喊出，郭坤突然雙手抓著李蓮花的頭往前一扯，尖叫道：「妳看，他是個妖怪！他死了，他死了，妳永遠不能和他飛……」

李蓮花被他猛力一拉，脖子疼痛，「哎呀」一聲慘叫。

郭坤突然放手，呆呆地看著他，似乎對於一個「死人」居然還會說話感到迷惑不解。王黑狗對他叫的幾聲「妖怪」心有餘悸，連忙下令眾衙役將郭坤抓住：「李蓮花，你到底搞什麼鬼？」

李蓮花爬起身，似乎對郭坤的反應也大惑不解：「王大人，員外郎，敢問郭坤寫字是跟誰學的？」

郭大福困惑地道：「跟我爹學的。」

李蓮花點了點頭：「他和你爹感情如何？」

郭大福皺眉：「爹和叔叔的感情一直很好。」

李蓮花嘆了口氣：「你爹做過的事，他會模仿嗎？」

此言一出，用意呼之欲出。郭大福霎時瞪大了眼睛，王黑狗脫口而出：「你是說——」

李蓮花似乎很無奈地喃喃道：「我是說，我以為，只是我以為……你們可以不這麼想，我以為即使是痴呆，也不是見誰學誰，他能學的，應當是平日和他最親、最熟悉的人。這個人可能平時就教他一些事，也對他的模仿表達過讚賞。」

王黑狗皺眉：「這……」這可不能認定郭乾就是凶手。

李蓮花突然一笑：「姑且不說郭坤模仿的是不是郭乾，我們先從死人身上說起，有骷髏頭，就一定有死人。但無論是姜婆婆還是員外郎，都不記得五十幾年前採蓮莊有客人失蹤。如果當年確有其事，就算郭家有意隱瞞，人在採蓮莊失蹤也必會引起風波，怎可能毫無印象？換句話說，死者不是採蓮莊堂堂正正的客人，至少大部分人不知道他來過採蓮莊。」

郭大福點了點頭，在五十年前，採蓮莊並不盛行貴人雅士留宿，郭乾忙於生意，朋友不多，客人本就很少。

李蓮花繼續道：「那麼，沒有人知道他來採蓮莊，這個死者是怎麼進來的？」

眾人面面相覷。

李蓮花頓了頓，微微一笑：「很奇怪嗎？」

眾人不約而同地點頭，確實很奇怪。

李蓮花笑得很愉快：「那麼，李某是怎麼進來的？」

郭大福一愣，恍然大悟：「從水道！游進來！」

李蓮花點了點頭：「不管是捽進潛流，還是游泳而來，採蓮莊雖然有圍牆、莊門，但有些地方還是臨水，只要不是乘船，要悄悄進入莊裡並不困難。」

王黑狗怒道：「你說來說去說了半天，還不等於放屁，隨便哪個小孩都能游進來。」

李蓮花咳嗽一聲：「不是小孩。」

王黑狗哼了一聲：「你又知道？」

李蓮花悠悠道：「小孩子不會行草，不會背詩，更不會勾引女人。」

眾人「啊」了一聲，雙眼圓睜，郭大福脫口而出：「勾引？」

李蓮花回過身來，看了遠在樹叢庭院後方的書房一眼，微笑道：「員外郎……書房裡那些文才高雅的書畫卷軸想必看得很熟？」

郭大福一怔，張口結舌：「那個……那個只有……只有……」只有貴人的字畫他才看得很熟。

李蓮花心知肚明，對他露齒一笑：「那一堆雜放的無名字畫可是郭老爺生前所有？」

郭大福皺眉：「這個……這個……書房裡的字畫大多是我娘的。」

李蓮花早已想到，會為兒子取名「大福」的人，想必不是什麼斯文之輩，他咳嗽一聲，繼續道：「郭家字畫多以蓮花為題，無論是青蓮白蓮紅蓮紫蓮，凡是有蓮，大凡不會錯。其中有些以採蓮莊為題，看得出是女子手筆，大概就是令慈許荷月所作。」

郭大福又點點頭，眾人聽得茫然，或皺眉頭，或搖頭，或點頭，或不動其頭，目光呆滯，其意皆是莫名其妙。

李蓮花環視一周，微笑道：「貴人雅客的留墨想必是員外郎所收，在此之前的字畫，則是莊內人自己收藏或書寫的，但其中有幾幅字畫，和其他不同。郭乾是做藥材生意的商人，寫字唯恐不清楚，多寫正楷，教郭坤的也是正楷。他又不好琴棋書畫，書房裡的字畫多是郭夫人所為，郭夫人的字是小楷，秀雅纖麗，那麼字畫中的這幅東西從何而來？是誰所寫？」

他從婢女秀鳳手裡接過一個卷軸，展開來念道：「幾行歸塞盡，念爾何獨之？暮雨相呼失，寒塘欲下遲。渚雲低暗度，關月冷相隨。未必逢矰繳，孤飛自可疑……」就是那首被郭禍稱為「一團一團的」，崔塗的〈孤雁〉詩。

「首先，這是一幅行草；其次，這並非吉祥祝賀之言，也非名人之作，不像郭乾收到的禮物。何況郭乾並非文人，送如此一首冷僻的詩歌，他又有何用？這詩裡明明在自怨自艾流離失所，境遇冷清慘澹，若不是向人求救，便是自抒情懷。而採蓮莊中，當年會將此物收藏的人，若不是郭乾，便是郭夫人。」李蓮花緩緩道，「奴僕婢女，想必不會把這種東西藏在主人書房裡。」

「這……」郭大福想辯駁兩句，卻啞口無言，只得沉默。

李蓮花嘆了口氣：「那麼，這幅行草是從哪裡來的？是誰寫的？是誰向郭夫人求救，或是誰贈予郭夫人的禮物？採蓮莊裡，當年顯然有一個人，接近了郭夫人，他是郭夫人的朋友，將心事吐露與她知曉。而這個人究竟是誰，怎麼進入採蓮莊，顯然郭乾和莊裡奴婢都不知情……」

郭大福終於忍不住脫口而出：「你的意思是我娘和男人通姦？在莊裡藏了一個男人？怎麼可能？」

李蓮花搖頭：「不是，不是，當年之事，誰也無法斷言。我猜測，這個男人是偶然來到採蓮莊，被你娘遇見。不知出於什麼原因，你娘沒有告訴你爹，而是把他藏了起來。這個人寫了這幅行草博取你娘同情。你娘出身書香門第，可能覺得此人頗有才華，便把行草收了起來。我說他居心不良，勾引你娘，不是因為這幅行草，而是『月明之時，鏡石之旁，嫁衣之身，不見不散』那十六個字，那十六個字顯然也是此人所寫，就如這幅書法一樣讓人辨認不清，以至於郭坤抄錯許多。此人寫出那十六個字，邀約你娘月下相見，請她穿上嫁衣，頗有輕薄之嫌，至少對有夫之婦而言，並不合適。這張字條讓你爹看見了，他把字條拿走，帶到雜貨房……」

王黑狗恍然大悟：「我明白了，郭坤跟在郭乾後面，他看見郭乾從房裡拿起一張東西到這裡來，他也就跟來了。所以他常常會模仿那張字條，或者把別人放在桌面上的紙卷帶到雜貨房來。」

李蓮花點頭：「郭乾可能從種種蛛絲馬跡發現夫人私下約會男子，又看到字條，心情十分憤怒，於是攜帶刀具來到此地，將字條貼在鏡石之上，躲藏在雜貨房中。那神祕男子如約前來，多半仍是從水裡出來，郭乾用木棍將他擊倒，在抓住那人的時候不知發現了什麼，大呼『妖怪』……」

眾人想起方才郭坤狂呼「妖怪」，都忍不住毛骨悚然。

王黑狗喃喃道：「什麼『妖怪』？他自己才是妖怪……」

李蓮花繼續道：「而後郭乾將他的人頭砍下，就在這時，郭夫人身穿嫁衣而至，郭乾狂怒之下，拿著人頭向她追去，大呼『他已死了，永遠不讓你們比翼雙飛』之類的言語。郭夫人受到極大驚嚇，轉身奔逃時絆到門檻，滾入蓮池中溺死。」

郭大福聽得心驚肉跳，王黑狗失聲道：「如此說來，這門檻並非有意為之？」

李蓮花微微一笑：「多半是偶然，若要建造殺人機關，只怕磨把快刀、挖個坑什麼的，都比建兩間房屋快得多。」

王黑狗不知在喃喃自語些什麼，猛地問道：「那神祕男人頭被砍了，身體呢？怎麼沒人發現，莫非被狗吃了？」

李蓮花沉吟了一下，「這個……這個……如若我沒有猜錯的話，這……」他轉身走向鏡石，悠悠道，「郭大公子，你在這塊石頭上用力砍一刀。」

郭禍點了點頭，「唰」的一聲拔刀橫砍，刀光如雪，倒把李蓮花嚇了一跳。這郭大公子為人呆頭呆腦，武功卻練得純正，只聽「叮」的一聲，郭禍手中的刀應聲斷為兩截，那塊黑黝黝的大石卻只掉了塊表皮，幾乎無損。

王黑狗和郭大福都「咦」了一聲，連忙叫人高舉火把查看，被砍落一小片表皮的鏡石上露出灰色，質地細膩光滑，和表皮全然不同，這難道就是所謂的「玉脈」？

「這是一塊……瑪瑙。」李蓮花歉然道，「瑪瑙以紅色為上品，這是一塊灰色瑪瑙，所以不是很值錢，不過……不過瑪瑙嘛，聽說是地下極深處融化的岩石噴出來，一層層凝結在石頭空洞和縫隙裡，從外向內長出來的，所以像這麼大的瑪瑙，也許……大概……可能……中間是空的。」

「空的？」眾人失聲道，「這塊石頭裡面是空的？」

李蓮花連忙擺手：「我只是猜測，瑪瑙比鋼刀還硬，沒有打開以前，無法得知到底空還是不空？我只是說『也許……大概……可能……』」

他囉囉唆唆地還沒說完，郭禍大步走上前，雙手抓住鏡石上鑲嵌的那塊鏡子，吐氣開聲，猛烈搖晃兩三下，只聽銅塊扭曲「哢嚓」之聲，他竟硬生生把那塊銅鏡從鏡石上扳了下來！

「啊——」眾人的目光齊齊聚集在鏡石之上，隨著銅鏡剝離，那塊大石上果然露出一個洞。鏡石有八尺多高，六尺長短，七尺多厚，牢牢扎根土中。誰能料到如此一塊黑黝黝的大石，腹中居然是空的，非但是空的，在燈火映照之下，石腹內光彩閃爍，生滿水晶，只是在犬牙交錯的水晶之間，塞著一截截東西，一眼還看不出是什麼。

王黑狗撩起官袍，命衙役舉起火把，他往裡一探，大叫一聲：「人骨！」

郭大福臉色蒼白，在夜裡瑟瑟發抖。郭禍長吁一口氣：「這就是身體。」

王黑狗一迭聲命衙役把那些屍骨撿拾出來，與郭坤所拿的人頭拼在一起，果然是個完整的屍骨。鏡石之中除了人骨，還有一柄生鏽馬刀，以及幾塊腐朽得不成樣子的破布。

「咦？」李蓮花看著那屍骨，奇道，「這人怎麼有六根手指？」

聽他一問，眾人原本不忍卒睹的目光突然又集中在人骨之上，過不多時，忽有衙役大叫一聲：「他……他有兩個耳蝸！」

王黑狗仔細一看，果然發現屍骨頭顱兩側各多了一個耳蝸，這人生前豈非有四隻耳朵？

郭禍也大叫一聲：「這人有……尾巴……」

眾人又紛紛凝目去看屍骨的屁股，只見在胯骨下方確實生有一截奇異的骨頭，約莫三寸長短，的確像個「尾巴」。

李蓮花稀奇地看著這具屍骨：「我本來想不通為什麼只是看到有人寫情書給他老婆，郭乾就要殺人，他的火氣和醋勁未免太大，原來……原來……郭乾在夜裡突然看到這人長成這副模樣，只怕他不覺得自己在殺人，只怕他以為……以為自己是自衛，殺死了一個怪物。」

郭大福牙齒打顫：「這這這……這是什麼……妖妖妖妖怪……」

李蓮花很同情地看著地上那具屍骨，「你看他手指和腳趾都比常人長些，手指間有骨膜，想必擅長水下功夫。他也不過比常人多了一副耳朵、一條尾巴、兩根手指而已，但這副樣子想必讓他吃了很多苦，讓他遠離人群，潛藏在別人看不到的地方。採蓮莊地處採蓮池中心，東西各有數條溪流灌入，布滿潛流，又不出產什麼特種魚蝦，除了貴人雅客，普通百姓很少深入蓮池中心，所以這人來到薛玉鎮後，便悄悄潛入採蓮池，躲在這裡。」他跺了跺腳下的土地，「這地方臨水，有兩間人跡罕至的屋子，樹木掩映，外面有蓮藕香菱，還有鯉魚青蛙，如果有人躲在這裡，不缺食水。但這地方還有個特點，這人沒有想到，以至於他很快被人發現。」

「什麼特點？」郭禍好奇地道。

李蓮花指指茉莉花叢背後的大片雜草：「那種黃白小花的雜草，叫做白蓮蒿。」

眾人面面相覷：「白蓮蒿？」

李蓮花道：「這種雜草花葉氣味濃烈，有很強的驅蟲之效。採蓮莊地處淡水之上，蚊蟲眾多，唯有這個地方沒有蚊子。白蓮蒿喜歡陽光，生長在旱地，這裡因為地勢高，不被池水滲透，有一片乾旱之地，所以長著這種蒿草。莊裡的人如果討厭蚊子，想找個陰涼沒有蚊子的地方，說不定就會走到這裡。」

他微微一笑，笑得似乎很和氣，「我想那天郭夫人約莫來這裡讀書吟詩繡花畫畫什麼的，看到了這個人。她心地善良，沒有把他當成怪物，反而悄悄收留他。兩人在這裡讀書寫字，她欣賞他的才華。這男人愛上了郭夫人，某日悄悄在她房間留了字條約她相見，結果被郭乾看見……」說著李蓮花皺了下眉，「或者那字條根本是郭乾從郭夫人手裡搶來的，否則不能解釋為什麼郭夫人也依約而至。郭乾來到這裡，看到這怪人以後大受刺激，殺了他，卻又被老婆看見，郭夫人被他殺人的模樣嚇到，摔在門檻上，滾進蓮池。郭乾只當她逃走了，匆匆忙忙將死人分屍，藏進這瑪瑙中，但瑪瑙中水晶交錯，最後一個人頭沒能塞入，他又藏在了別的地方。等他處理好屍體，發現妻子已經淹死在蓮池裡，他當然不能讓郭夫人的屍體在這裡被發現，否則怪人之死很可能隨之暴露。於是他坐上木盆，把許荷月的屍體帶到自己房間窗外，裝作是在那裡溺死的。只是他萬萬沒有想到那天夜裡，他的所作所為全部被郭坤看見，還牢牢記住。」

李蓮花慢吞吞道：「他遣散僕人，哀悼亡妻，只怕有一大半是為了掩飾鏡石中的這具屍體，但是二十幾年後，員外郎的妻室竟然又在蓮池溺死，死後又被放在那個房間窗外，死法和當年郭夫人許荷月一模一樣。郭乾年紀老邁，想不到郭坤竟學他殺人，恐懼之下驚悸而死，也在情理之中。」

翠兒死去的那天夜裡，李蓮花看到的半張鬼臉，其實便是郭坤背著那個人頭從他窗外經過。

王黑狗和郭大福面面相覷，呆了半晌，長長吐出一口氣。李蓮花的猜測僅僅是「猜測」，但郭坤模仿殺人毋庸置疑。這鏡石之中的屍骨，如果不是郭乾所藏，又有誰能在其中藏匿屍體且五十餘年無人發現？凶手是誰，疑問不大。但當年許荷月何以留下這位怪人，兩人之間是否真的情投意合？這怪人究竟是誰，是善是惡？郭乾是因情殺人，還是驚嚇殺人？如今已無從得知。聽完李蓮花的猜測，眾人緊握拳頭，都不免再次感覺到鏡石旁的颼颼涼意。

當年那起因為偶然、意外、隱瞞、愛戀和恐懼引發的殺人事件，那分被隱藏的罪惡，竟透過奇異的方式，數十年間不斷報復著郭家的子孫……

五 第四日以後

採蓮莊的命案破了，王黑狗叫師爺洋洋灑灑寫了數萬字的摺子上報大理寺，儼然是由王大人親自帶領衙役埋伏採蓮莊三天三夜，才從郭坤言行中推斷出六指怪人被殺一案的真相。

郭大福受到驚嚇，躺在床上發了幾天高燒。郭禍孝心大發，拿著郭大福平生最喜愛的各個貴人佳作在他床前認字、誦讀。郭大福打起精神教導兒子欣賞佳作，這一日說到藏頭詩，郭禍突然念到李蓮花所寫的那首「詩」。

「咦？」郭禍呆呆地念道，「郭——十——煞——瓜——」

郭大福怔怔問：「你說什麼？」

郭禍放下那首「詩」，很認真地對郭大福說：「這是一首藏頭詩。」

郭大福喃喃念：「郭——十——煞——瓜——果是傻瓜……」

他突然倒回床上，又整整發了三日高熱，此後郭大福對貴人詩詞的興趣減了大半，藥材生意卻是越做越有先祖之風了。

以上都是後話，李蓮花在採蓮莊住了三日之後，第四日終於回到薛玉鎮，去找那棟被他辛辛苦苦用牛車拉到鎮上的房子。

他那烏龜殼，多日不見，還真是想念，不知門窗是否完好。

等李蓮花走到吉祥紋蓮花樓門前，赫然發現他那房子乾淨整潔得出奇，連掉了的那塊木板也被人工工整整地雕刻了花紋補上。

他思量了一會兒，整了整衣裳，斯斯文文地走到門前，面帶微笑，敲了敲門：「主人在家嗎？」

門「吱呀」一聲開了，一位灰色衣袍的老和尚當門而立，面容慈和，對李蓮花合十道：「阿彌陀佛，老衲普慧，已等候李施主多時。」

李蓮花報以文雅穩重的微笑：「普慧大師。」

普慧和尚雖然臉帶慈祥微笑，卻難掩焦急之色：「李施主醫術通神，我寺方丈偶得重病，群醫束手，情況危急，能否請李施主到我寺中一行，救我方丈一命？」

李蓮花看了煥然一新的蓮花樓一眼，嘆了口氣：「當然……貴寺是？」

普慧和尚深深合十：「普渡寺。」

李蓮花臉色微微一變，摸了摸臉頰，苦笑一聲，喃喃道：「普渡寺啊……」

「李施主？」

李蓮花抬起頭來，溫和一笑：「救人一命勝造七級浮屠，只要普慧大師有兩頭牛，我們就即刻啟程。」

普慧和尚愕然：「兩頭牛？」

李蓮花一本正經地指了指吉祥紋蓮花樓：「此地不吉，搬家、搬家。」

第四章

經聲佛火

一 出家人不打誑語

「阿發，最近沒看到阿瑞的影子，那丫頭又跑到哪裡去了？」一位頭髮斑白、身材矮胖的中年女子一邊揮刀剁著砧板上的冬瓜，一邊大聲嚷嚷，「幾天前賒的菜錢，那丫頭不想要了嗎？二院主剛發了這個月的菜錢，阿瑞呢？」

砍柴的年輕人應道：「前幾天聽說到隔壁廟裡去送菜了，可能拿到錢就先回家了。」剁冬瓜的中年女子瞇了瞇眼：「阿發，我告訴你件怪事。」

砍柴的年輕人眼睛一亮：「我最近也發現了件怪事，妳先說妳的。」

中年女子道：「我在藏書樓外面種的絲瓜，連開了幾天花，比去年整整提前一個月。」

阿發道，「這有什麼稀奇？我在藏書樓外面瞧見了古怪的東西。」他神神祕祕地說，「我看到那個人好幾次了，每次月圓之夜，在藏書樓那邊就會有一點紅紅的光，在裡面搖搖晃晃，昨天晚上也是……我大著膽子去偷看，妳知道裡面是什麼嗎？」他鬼鬼祟祟地湊近中年女子的耳朵，「裡面是一個只有半截身子的——女鬼！」

中年女子大吃一驚：「你胡說什麼？這裡是百川院，院裡多少高人，你竟敢說院裡有鬼？」

阿發對天發誓：「真的，我早上特地去看了，藏書樓裡乾乾淨淨，什麼都沒有，可昨天晚上真的有一個只有半截身子的女人在裡面走來走去，雖然我只見到一個背影，但如果不是女鬼，那是什麼？」

「那是你小子失心瘋做夢！」中年女子笑罵，菜刀一揮，「快去把阿瑞找來，發菜錢了。」

佛州清源山。

清源山是座小山，山上有樹，山下有水，山裡有兩處特別的地方，其中一處叫做「百川院」，是四顧門「佛彼白石」的駐地，是江湖中人敬仰不已、視為聖地之所在。

另外一處叫普渡寺，是座廟。

這座廟和普通的廟沒有什麼不同，廟裡都有個老和尚做方丈，普渡寺的方丈法號「無了」，是個慈眉善目、羅漢風菩薩骨的老和尚。普慧所說「偶得重病，群醫束手」的方丈，就是這位無了方丈。

無了方丈隱居清源山已有十餘年，聽說曾是叱吒風雲的人物。自執掌普渡寺後，以清修度日，平時甚少出門，每日只在方丈禪室外三丈處的舍利塔旁散步練武。無了方丈為人慈愛，此次突患重病，寺中上下都很擔心。

五丈多高的舍利塔在日光下散發著樸素、莊嚴、祥和的氣氛，舍利塔的影子映襯得房中清幽靜謐。寺中經聲琅琅，眾和尚正在做早課。

李蓮花瞪著滿面微笑、端坐床上的無了方丈，半晌吐出一口氣：「你知不知道有句話叫做『出家人不打誑語』？」

無了方丈莞爾一笑：「若非如此，李門主怎麼肯來？」

李蓮花嘆了口氣，答非所問：「你沒病？」

無了方丈搖了搖頭：「康泰如昔。」

李蓮花拍拍屁股：「既然你沒病，我就走了。」他轉身大步就走，真的沒有半分留下的意思。

「李門主！」無了方丈在後面叫道。

李蓮花頭也不回，一腳踏出門檻。

「李蓮花！」無了方丈迫於無奈，出言喝道。

李蓮花停了下來，轉身對他一笑，很斯文地走了回來，拍拍椅子上的灰塵坐下道：「什麼事？」

無了方丈站起身，微微一笑：「李施主，老衲無意打聽當年一戰結果如何，只是你失蹤十年，為李施主擔憂悔恨之人不下百十，你當真決意老死不見故人？」

李蓮花展顏一笑：「見又如何，不見又如何？」

無了方丈溫言道，「見，則解心結，延壽命；不見……」他頓了頓，「不見……」

李蓮花噗哧一笑：「不見，就會短命不成？」

無了方丈誠懇道：「當日在屏山鎮偶見李施主一面，老衲略通醫術，李施主傷在三經，若不尋訪昔時舊友齊心協力，共尋救治之法，只怕是……」

李蓮花問：「只怕是什麼？」

無了方丈沉吟良久，「只怕是難以度過兩年之期。」他抬起頭看著李蓮花，「老衲不知李施主為何不見故人，但老衲斗膽一猜，可是因為彼丘？其實彼丘十年來自閉百川院，他的痛苦也非常人所能想像，李施主何不放寬胸懷，寬恕他？」

李蓮花笑了笑，緩緩道：「老和尚很愛猜謎，不過……全部猜錯……」

就在這時，小沙彌端上兩杯茶。無了方丈微微一笑，換了話題：「定緣，請普神師姪到我禪房。」

小沙彌定緣恭敬地道：「普神師叔在房內打坐，定緣不敢打攪。」

無了方丈點了點頭，小沙彌退了下去。

「普神師姪自幼在普渡寺長大，乃本寺唯一一位精研劍術的佛家弟子，和『相夷太劍』一較高下乃是他多年心願。」無了方丈道。

李蓮花「啊」了一聲：「李相夷已經死去十年了。」

無了方丈道：「『相夷太劍』也已死了？」

李蓮花咳嗽一聲：「這就是李相夷的不是了，他活著的時候竟忘了寫一本劍譜。」

無了方丈苦笑，搖了搖頭。

突然窗外一聲震響，有什麼東西轟然倒塌，李蓮花和無了方丈抬眼望去，只見普渡寺後院一棵五六丈高的大樹自樹梢處折斷，如房屋般的樹冠轟然倒地，壓垮了兩間僧房。兩名僧人自房中奔出，仰望大樹，滿臉驚駭，渾然不解這樹怎麼倒了。樹冠之下很快聚集大批僧人，無了方丈和李蓮花也趕過去，瞧了瞧，樹冠似是遭蟲所蝕，又被風刮倒。

這雖然古怪，卻非大事，無了方丈要眾僧繼續去讀經掃地。李蓮花陪無了方丈在寺裡走了幾圈。無了方丈微笑道，普渡寺素齋甚好，廚房古師父一手素松果魚妙絕天下，不知李蓮花是否有興致一嘗。李蓮花正要答應，突然有小沙彌報說柴房冒煙，裡面少了許多柴火，可能起了悶火，已燒了一段時間。無了方丈不便陪客，李蓮花只得告辭出門，心下大嘆可惜。眾僧見奄奄一息的方丈瞬息間恢復如常，不免心裡暗讚李蓮花果然是當世神醫，醫術精妙無比，名不虛傳。

李蓮花出了普渡寺大門，不經意回頭一看，見普渡寺舍利塔上升起幾縷黑煙，他嘆了口氣，打了個呵欠，往蓮花樓走去。

普慧大師用四頭牛，花了十多天的功夫，把他從薛玉鎮請到清源山，那棟蓮花樓就放在普渡寺旁邊。他摸了摸新補上去的那塊木板，對普慧和尚的細心滿意至極，隨後舒舒服服地踩進修補一新的家，在裡面東翻西找，不知在找些什麼。

就在李蓮花踏進蓮花樓、關上大門之際，一騎奔馬從清源山山道上奔過，亦即從蓮花樓門口奔過，只是馬上乘客並不認識那棟房屋，徑直狂奔入百川院。

顯然來人是百川院弟子，如果李蓮花看到他或者他看到李蓮花，定會大吃一驚——這位策馬經過李蓮花家門口而不識的人，正是十幾天前在採蓮莊遇到的郭禍，郭大公子。

二 狹路相逢

「雲彼丘！雲彼丘！師父……」寂靜寥落的百川院突然響起一陣猶如獅吼虎嘯的聲音。

一個人先是衝進紀漢佛的房間，又從他的後門出來，再衝進白江鶉的房間，又從他的後門出來，再從雲彼丘的窗戶闖進去，一把抓住正在揮毫寫字的雲彼丘，大叫道：「師父！」

雲彼丘皺眉看著這個他遵照李相夷教誨帶大的徒弟，這個徒弟自然就是郭禍。郭禍在十一歲那年被送入四顧門，記名在他門下，但他自閉房中，既不能教他讀書，也無法教他武功，大多是四顧門其他師兄弟看他可憐，時不時指點一二。這孩子秉性耿直純良，悟性雖然不高，記性卻很好，十年間這麼東學一招，西學一棍，竟也練成一身扎實武功。或許是因為他對這孩子心存愧疚，加之李相夷最討厭人惺惺作態，所以他對郭禍的種種魯莽行為從不管束，現在不禁有些後悔——至少也該教教他，找人要從大門進來。

「你不是回家了嗎？」

「雲彼丘，我娶老婆了。」郭禍第一句先說這個。

雲彼丘苦笑之餘，眼中略帶一點暗淡之色：「那恭喜你了，為師確實沒有想到，否則也該送禮給你。」

郭禍洩氣：「可是老婆死了。」

雲彼丘一怔：「怎會……」

郭禍抓住他，大聲道：「我見到一個奇人！他叫李蓮花，我前天突然想起來，好像你和二師伯說過這個人。他是我家恩人，快告訴我他住哪裡，我和爹要帶禮物去謝他。」

「李蓮花？」雲彼丘尚未聽懂這位魯莽徒弟在興奮什麼，心裡卻隱隱有一根弦顫動——

又是李蓮花！

郭禍連聲催促、雲彼丘心中盤算之際，空氣中突然掠過一股焦味，一股淡淡的熱氣從窗口吹入。兩人往外一看，百川院一棟舊樓居然起火，那火起得甚奇，熊熊火焰自窗內往外翻捲，好似房裡的火勢已然很大，才剛燒到房外。

「南飛，拿水來。」窗外有聲音朗朗響起。

紀漢佛人已在火場，指揮門下弟子取水救火。白江鶉如游鴨一般鑽進房裡，有一人剛剛抵達，面容鐵青，鼻上一枚大痣，痣上長著幾根黑毛，這位相貌奇醜的男子便是石水。他不愧名「水」，數掌發出，掌風夾帶一股冰寒之氣，著火的房屋冒起陣陣白氣，火勢頓時被壓下。郭禍大喝一聲，自雲彼丘窗口跳出，和阜南飛一起手提裝著數十斤水的水桶救火。

過了大半個時辰，火勢熄滅，黑煙仍直沖上天。

「嘩啦」一聲，白江鶉自房裡出來，紀漢佛見他臉色有些異樣，眉心一皺：「如何？」

「你自己進去瞧瞧，我都快被煙嗆死了。」白江鶉大力搧著風，肥肥胖胖的臉上滿是煙灰，「有個人死在裡面。」

紀漢佛眉頭緊蹙：「有人？誰？」

白江鶉的臉色不太好看：「就一肉團，怎麼看得出是誰？也不知道是誰把死人皮也剝了，血淋淋的嫩肉被火一烤，都成燒雞了，鬼才認得出是誰！」

紀漢佛目中怒色一閃，白江鶉一抖——老大生氣了，他乖覺地閃到一邊。紀漢佛和石水大步走進慘遭祝融的房間。

這裡是一棟藏書的舊樓，雲彼丘少時讀書成痴，加之家境富裕，藏書浩如雲海。四顧門解散後，在百川院定居，他少時藏書已遺失許多，卻還有一樓一屋。比較珍愛的藏書都在他如今的房間，而其餘的書就藏在這棟樓裡，也是因為藏書眾多，所以火燒得特別快。紀漢佛踏進餘火未盡的房間，火焰是從地板下燒起來的，地面燒穿了一個缺口，下面是中空的，猶自閃爍著火光。紀漢佛往下一探，只見原本該是泥土的地板底下，似有一條簡陋的地道。火焰在地上蜿蜒燃燒，依據鼻中所嗅的氣息判斷，應該是油。而起火的那些油的盡頭，隱約躺著一團東西，滿身黑紅，果真是一個被撕去大半皮膚的死人。

石水突然開口：「不是被人剝皮，是滾油澆在身上，起了水疱，脫衣服的時候連皮一起撕去了。」此人相貌醜陋，開口聲音猶如老鼠在叫，吱吱有聲，即使是門下弟子，也是一見到他就怕。

紀漢佛點了點頭，地道裡火焰未熄，他五指一拂，五道輕風掠過起火之處，很快「刺啦」數聲，火焰全數熄滅。紀漢佛隨著一拂之勢從洞口掠下，輕飄飄落在油漬旁。白江鶉在後面暗讚了一聲「老大果然是老大」，他身軀肥胖，鑽不過這個洞，便在上頭把風，看著紀漢佛和石水下了地道，往前探查。

地道很簡陋，順著天然裂縫開挖。兩人凝視著血肉模糊的屍體，悚然而驚——這死者不但被剝了皮，還被砍去一隻手掌，胸口似乎還有一道傷口，死狀慘烈可怖。她胸前有乳，應是女子。

對視一眼，兩人頗有默契地往前摸索，並肩前行。往前走了二十多丈，身後的光亮已不可見，兩人即使內力精湛，也無法視物。地道裡餘煙未散，兩人屏住呼吸，憑藉耳力緩緩前進。如此前行了半炷香時間，前面不遠處突然傳來輕微的腳步聲。紀漢佛與石水雙雙一怔——這地道中居然還有人？兩人靜立地道兩側，聽著地道另一頭的人越走越近，鼻子裡哼著歌，似乎在為自己壯膽，走到兩人身前五尺處，那人突然問：「誰？」

紀漢佛和石水心頭一懍——此地伸手不見五指，來人步履沉重，顯然武功不高，他們二人閉氣而立，決計不可能洩露絲毫聲息，也絕無惡意，來人竟能在五尺之前便有所警覺，那是直覺，還是……轉念間，卻聽那人繼續哼著歌慢慢前進，再走三五丈，突又站定，又喝一聲：「誰？」

紀漢佛和石水不禁皺眉，這人原來並不是發現他們兩個，而是每走一段路就喊一聲，不免有些好笑。

紀漢佛輕咳一聲：「朋友。」

石水已掠了過去，一手往那人肩頭探去，那人突然大叫一聲「有鬼」，抱頭往回跑。石水那一探竟差了毫釐沒有抓住，只得青雀鞭揮出，無聲無息地把那人帶了回來。

剛照面就能讓石水揮出兵器的人，江湖上本有十個，這是第十一個，只是此人顯然絲毫不覺榮幸，而是驚惶失措，大叫「有鬼」。

「朋友，我們並非歹人，只是想向你請教幾件事。」紀漢佛對此人掙脫石水一擒並不驚訝，緩緩道，「第一個問題，你是誰？」

被石水的青雀鞭牢牢縛住的人答道：「我是路過的。」

紀漢佛「嘿」了一聲，淡淡問：「第二個問題，你為何會在這地道之中？」

那路過的道：「冤枉啊，我在自己家裡睡覺，不知道誰騎馬路過我家門口，馬蹄之重，震得地面搖搖晃晃，突然大廳地板塌陷下去，我只是下來看看怎麼回事……」

紀漢佛和石水皺起眉頭，石水突然開口：「你住在哪裡？」

他的聲音讓來人「哇」的一聲叫了起來，半晌才顫聲道：「我……我我我是新搬來的，就住在路邊，普渡寺門口。」

紀漢佛略一沉吟，方才的確有郭禍策馬而來，便勉強信了一分：「你叫什麼名字？」

那人道：「我姓李……」

石水突又插口，陰惻惻地道：「你的聲音很耳熟。」

那人賠笑：「是嗎？哈哈哈哈……」

紀漢佛淡淡道：「第三個問題，你若真的膽小，為何敢如此深入地道？」他雖然不知地道通向何方，但到普渡寺門口顯然還有相當一段距離。

那人乾笑了一聲：「我迷路了。」紀漢佛不置可否，顯然不信。

石水又陰森森地問了一句：「你是誰？」

那人道：「我姓李，名叫……叫……」

石水青雀鞭一緊，他叫苦連天，勉強道：「叫……蓮花。」

「李蓮花？」紀漢佛和石水俱是一驚。

石水青雀鞭一收：「原來是李神醫。」

他嘴上說「原來是李神醫」，語氣中卻沒有半點「久仰久仰」之意，彷彿在說「原來是這頭豬」。

李蓮花卻因說破身分，解開誤會，鬆了口氣，微笑道：「正是正是。」

紀漢佛淡淡道：「在下紀漢佛。」

石水跟著道：「在下石水。」

李蓮花只得道：「久仰久仰……」

紀漢佛道：「既然你我並非敵人，李神醫可否告訴我等，你是如何下到這地道之中，又是為何事而來？」

李蓮花嘆了口氣，讓紀漢佛抓住把柄，想要擺脫真不容易，索性直說，「其實是因為，我今日為無了方丈治病時，發生了一件事……」他把早上的事說了一遍，「我想……那樹倒得奇怪……」

紀漢佛淡淡道：「聲東擊西。」

李蓮花點點頭，忽又想到他看不見自己點頭，連忙道：「極是極是，紀大俠高明。」

紀漢佛皺起眉頭，李蓮花的聲音有些耳熟，卻想不起究竟是像誰的聲音，聽他說「紀大俠高明」，只覺彆扭至極。

李蓮花繼續說道，「普渡寺裡平日最引人注目的，就是方丈禪室外那座舍利塔。能將五丈多高的樹梢弄斷，一種可能是強風吹的，另一種可能是打下來的。而後者，只有在同樣五丈多高的舍利塔上，才可能把樹梢打斷，而不是整棵樹打倒。」頓了頓，他又道，「舍利塔內藏有高僧舍利子，位於普渡寺中心，平日塔邊人來人往，我不知道裡面怎麼藏人，但是如果真的有人，他要在光天化日之下，從只有五丈多高的舍利塔出來，不可能不被發現，所以——」

「你的意思是，有一個人，不知為何在舍利塔中，他想要從裡面出來，卻又不想被人發現，所以打斷大樹，引得和尚們圍觀。他就趁著和尚們注意力集中在斷樹上時從塔裡出來，然後逃走？」石水冷冷道，「令人難以置信，那人呢？」沒有抓住人，無論什麼理由都難以讓石水信服那舍利塔裡曾經有人。

李蓮花苦笑：「這個……這個……大部分是猜測……」

紀漢佛緩緩道：「這倒不至於難以置信，石水，這裡有一條地道。」

石水哼了一聲：「那又如何？」

紀漢佛低沉道：「你怎知這地道不是通向舍利塔？」

石水一懍，頓時語塞。

紀漢佛繼續往隧道深處走去：「如果有一個人，他從藏書樓入口下來，沿著這隧道能走到舍利塔，打斷大樹，從舍利塔逃出，再從百川院大門回去。你說不可能嗎？」

石水陰沉沉地問：「你說百川院裡有奸細？」

紀漢佛淡淡道：「我不知道。」

他突然問李蓮花：「李神醫單憑猜測，就能找到這條地道，倒也了不起。」

李蓮花「啊」了一聲：「其實是因為普渡寺的柴房在冒煙，我出來的時候看到舍利塔也在冒煙，便覺得這兩個地方是不是相通……後來又看到百川院好像有棟房子也在冒煙，就想這三個地方是不是都相通……」

紀漢佛也不驚訝：「你是從哪裡下來的？」

李蓮花有些難以招架，目瞪口呆了半天：「我……」

紀漢佛淡淡道：「你猜想普渡寺和百川院可能相通，所以找了個你覺得地道可能經過的地方，挖了個洞口，下來了，是嗎？」

李蓮花乾笑一聲：「啊……哈哈哈哈……」

紀漢佛又淡淡道：「這條地道的確通向百川院，現在你可以告訴我，另一頭是不是通向舍利塔？」

李蓮花頓了半天，只得嘆口氣：「是。」

紀漢佛緩緩道：「李神醫……若是我門主還在世，定會將你罵得狗血淋頭……」

李蓮花繼續苦笑：「是……」

石水也冷冰冰地道：「聰明人裝糊塗，乃天下第一奇笨。」

李蓮花連聲稱是，滿臉無奈。

三人穿過沿著天然縫隙挖成的地道，這地道共有兩個出口，一個是普渡寺柴房，另一個果然是舍利塔。不過，舍利塔的出口是因為年代久遠，鋪底的石板斷裂而成，柴房底下的出口似乎才是真正的出口，只是被普渡寺和尚堆了許多木柴在上面，打不開，唯有舍利塔的出口能夠通行。

三人看清楚地形，由原路返回百川院，李蓮花忽聽紀漢佛道：「李神醫，有人傷人之後從地道逃離，在我百川院地道入口，留下一具屍體。」

李蓮花大吃一驚，「屍體？」話說出口的同時，右足好似踩到什麼東西，又大叫一聲，「有鬼！」

石水青雀鞭應聲而出，「啪」的一聲捲住那樣東西，微微一頓，淡淡道：「不過是一塊雞骨。」

李蓮花「啊」了一聲：「慚愧、慚愧。」

三 人事已非

紀漢佛、石水和李蓮花三人慢慢走向放著屍體的地道口，光線漸漸充足，以紀漢佛和石水的眼力，只需一點光亮，身周數丈之內便清晰可見，乍然看到李蓮花的臉，兩人臉色大變：「你……你……」

李蓮花眨眨眼：「我什麼？」

紀漢佛沉著冷靜的面容極少見驚駭之色：「你是誰？」

李蓮花滿臉茫然：「我是誰？自天地生人、人又生人、子子孫孫、孫孫子子，『我是誰』倒也是千古難題……」

紀漢佛再往他臉上仔細端詳半晌，長長吁了口氣，喃喃道：「不……」石水臉色難看至極，突然大步走開，一個人躍出洞口，逕自走了。

李蓮花摸了摸臉頰：「怎麼了？」

紀漢佛輕咳一聲：「你長得很像一位故人，不過你眉毛很淡，他有長眉入鬢，你膚色黃些，他則瑩白如玉。他若活到如今，也有二十八九，你卻比他年輕許多。」

李蓮花隨聲附和，顯然不知他在說些什麼。

紀漢佛默然轉頭，兩人往前再走出十七八丈，那具被火燒得面目全非、斷了一隻手掌的屍體便出現在眼前。

李蓮花蹲下身驗查屍體，紀漢佛長長吐出一口氣，他認定李蓮花並非李相夷，除了眉毛、膚色不同之外，李蓮花鼻子略塌，臉頰上幾點淡淡麻點，雖然不難看，但比起李相夷的絕世風采仍是差之甚遠，何況李蓮花為人舉止與李相夷大不相同，即使門主復活重生，也絕不可能變成李蓮花這個樣子，容貌的相似，或許只是巧合罷了。

「這人被油淋、被砍手，又被刺了一劍，還撞破了頭。」李蓮花對那死人看了半天，「被人殺了四次。」

紀漢佛點了點頭，仍舊目不轉睛地盯著他的臉。李蓮花任由他看，悠悠嘆了口氣，在地道裡東翻西找。這地道裡只有三根粗壯樹枝搭成的一座如灶臺般的支架，估計是放油鍋的，卻沒有見到油鍋。地上有許多樹枝，還丟棄著許多雞骨鴨骨。

白江鶉在外面也已看見李蓮花的相貌，他與紀漢佛一般細心至極，一眼看出許多似是而非之處，心裡疑竇重重，不知到底能不能相認。百川院弟子已經著手收拾藏書樓和搬運屍體，李蓮花碎碎念了半晌，看不出死人的樣貌、年紀，憤憤然說要回家苦讀醫書。

紀漢佛本要相留，卻找不到理由，只得讓白江鶉送人出門，他卻不送，自行回房，對窗若有所思。

「吱呀」一聲，紀漢佛的房門突然開了，他驀然轉身，負手看著走進來的人，眉心微微一蹙：「你？」

來人白衣披髮，尚未進屋，已咳嗽兩聲：「咳咳……是我。」

紀漢佛見到此人，似乎並不愉快，淡淡道：「你竟出門來了？」

來人容顏淡雅，只是形貌憔悴，正是雲彼丘，他聞言劇烈地咳了一陣，「咳咳咳……我……」他咳了好一陣子，才緩過氣，「我看見門主了。」

紀漢佛仍是淡淡道：「那不是門主，只不過長得很像。」

雲彼丘搖了搖頭，輕聲道：「化成了灰我也認得。他臉上的麻點……是針眼……咳咳……金針……刺腦……咳咳……刺腦之術。我當年用『碧茶之毒』害他，要解『碧茶之毒』，除了我的獨門解藥，另一個方法就是金針刺腦。要刺得很深，才能逼出腦中劇毒。」

他咳個不停，紀漢佛全身一震：「你的意思是——他當真是門主？可是事隔十年，他怎會如此年輕……」

李蓮花看起來只約莫二十四五，他既然受過重傷，怎麼可能反而更年輕了？

雲彼丘道：「你忘了他練的是『揚州慢』？『揚州慢』的根基連我下『碧茶之毒』都無法毀去，讓他駐顏不老，又有什麼稀奇？」

紀漢佛淡淡道：「你對當年下毒手之事，倒還記得一清二楚。」

雲彼丘顫聲道：「當年我是一時糊塗……我……我……」

紀漢佛「嘿」了一聲：「門主若是活著，為何不回百川院？」

雲彼丘緩緩道：「因為……也許他以為……以為我們全部……背叛……」

紀漢佛一掌拍在桌上，聲音低沉，森然道：「雲彼丘，不必再說，以免我忍不住一掌殺了你！」

雲彼丘咳得很厲害：「大哥！」

紀漢佛一聲怒喝，鬚髮怒張：「不要叫我大哥！」

雲彼丘深吸了幾口氣，愴然轉身，踉蹌出門去了。

紀漢佛餘怒未消。當年李相夷和笛飛聲決戰東海，雲彼丘為角麗譙美色所惑，竟然在李相夷茶中下毒，那「碧茶之毒」乃是天下最惡毒的散功藥物，不僅散人功力，且藥力傷腦，重則令人癲狂而死。雲彼丘當年喪心病狂，不僅在李相夷茶中下毒，還將四顧門一行人引向已是空城的金鴛盟主殿，以至於李相夷孤身作戰，失蹤於東海之上。李相夷失蹤後，白江鶉持劍找他算帳，雲彼丘後悔至極，讓白江鶉一劍穿胸，穿胸未死，他竟又橫劍自刎，被石水救下。看在他是真心悔悟、痛苦萬分的分上，四顧門離散之時沒有將他逐出門外。可即使這十年雲彼丘自閉房中，足不出戶，紀漢佛也始終難以真正原諒他。

百川院中，紀漢佛心頭激動，雲彼丘痛苦至極，皆是因為發覺李蓮花就是李相夷。而李蓮花卻優哉游哉地回到吉祥紋蓮花樓掃地，不過他也後悔——後悔沒有留在百川院吃飯，還要多花五個銅板、走二里路到山下小鎮去吃麵條。

半個時辰後。

一聲輕響，有人的手掌搭在吉祥紋蓮花樓門上，既沒有敲門，也沒有推門而入，只是站在門口，手撫在門上，怔怔出神。

李蓮花掃完地，仔細抹拭樓裡的灰塵，等了半天還是沒等到來人敲門。擦完窗戶後他「吱呀」一聲打開窗戶，探出頭：「誰？請進……欸？」

那怔怔站在他門外，不知是進是退的人正是雲彼丘。他看著李蓮花從窗口探出來滿是灰塵的臉，牽動了一下嘴角，不知是哭是笑：「門……主……」

李蓮花「砰」的一聲將窗戶關上：「你認錯人了。」

雲彼丘默然，沉靜了很久，他緩緩道：「也是……雲彼丘苟延殘喘，活到如今實在無顏。門主，彼丘當年喪心病狂，對不起門主。」他手腕一翻，一柄匕首在手，就待當胸刺入，了結此生。忽然大門「砰」的一聲打開，左扇門打在雲彼丘左肩，將他撞得一個踉蹌，那匕首不及刺入胸口。

李蓮花「啊」了一聲，質問：「你是誰？你要幹什麼？」

雲彼丘一呆：「我是誰？」

眼前這人明明就是李相夷，雖然以李相夷的為人決計不會如此大呼小叫，但此人樣貌、身高、聲音無一不是李相夷，他怎會問「你是誰」？

「你是誰？」李蓮花小心翼翼地看著他，有些敬畏地看了眼他手上的匕首，縮了縮脖子，「你……你你……想要幹什麼？」

雲彼丘被他弄糊塗了，茫然問：「門主？」

李蓮花東張西望：「門柱？我這房子小，只有房屋，沒有院子，所以沒有門柱……」

雲彼丘怔怔看著他，困惑地道：「門主，我是彼丘，你……你怎會變成……這副模樣？」

李蓮花奇道：「你是皮球？」

雲彼丘又是一怔：「皮球？」

李蓮花誠懇道：「這位大俠，鄙姓李，名蓮花，略通岐黃之術，武功既不高，學問也不大，不知這位大俠要找的『門柱』究竟是……誰……」他言語誠懇，沒有絲毫玩笑之意。

雲彼丘反而糊塗了：「你……不是李相夷？」

李蓮花搖搖頭：「不是。」

雲彼丘盯著他的臉看了很久：「但你長得和他一模一樣。」

李蓮花鬆了口氣，溫和地微笑：「啊……是這樣的，我出生的時候本是一胎同胞，娘親生了兩個，一個叫李蓮蓬，一個叫李蓮花，李蓮蓬是兄長，我是弟弟。不過家境貧寒，兄長出生不久就送給一位路過的老人當義子，我從小沒有見過兄長之面，但世上長得和我一模一樣的人也是有的。」

雲彼丘將信將疑：「李蓮蓬？」

如此說來，如果李相夷是李蓮花之兄，他的原名豈非叫做「李蓮蓬」？

李蓮花連連點頭：「千真萬確，千真萬確，在下從不騙人。」

雲彼丘深吸一口氣，此刻他腦中一片混亂：「你既然家境貧寒，這棟房屋結構奇巧，雕工精美，價值不菲，卻是從何而來？」

李蓮花極認真地道：「這是普渡寺無了方丈送我的禮物。」

雲彼丘大為意外：「無了方丈？」

李蓮花露出有些尷尬的笑容：「無了方丈出家之前是個綠林英雄，有次他身受重傷，倒在我家門口，我以家傳醫術將他救活。他那時劫了一輛大車，車裡裝滿了木板，將木板拼裝起來，就是這棟房屋，無了方丈嫌這房屋笨重，便送給了我。他正在普渡寺裡清修，這屋子萬萬不是我偷來的，你定要找他問個清楚。」

無了方丈年輕之時確是一位赫赫有名的綠林好漢，雲彼丘自是知道，然而聽李蓮花越說越奇，似乎全不可信，可他卻言之鑿鑿，又舉了無了方丈為證，彷彿也有些可信之處。若是平時，雲彼丘思路清晰明辨，絕不容李蓮花如此胡說八道，但他此時方寸已亂，心緒煩躁不安，委實分辨不出他何句是真、何句是假，呆呆地看著李蓮花的臉。

「你……你……若是門主，可會……恨我入骨？」他喃喃道，「我對不起……四顧門上下……早該……早該死了……」說著轉身往外走去，手裡的匕首仍失魂落魄地對著心口，不知何時便會刺入。

「喂，皮大俠，」李蓮花在後面招呼，「我看你心情不好，既然到了門口，何不進來喝杯茶？」

雲彼丘一呆，怔怔地轉頭看他：「喝茶？」

李蓮花指指房內，只見廳中一壺清茶裊裊升起茶煙。木桌熱茶，主人微笑藹然，忽然令他胸口一熱，旋即大步走了進去。

李蓮花把掃帚抹布丟到一邊，見雲彼丘把匕首放在桌上，忍不住將那「凶器」拎去放進大廳最遠處的抽屜裡，而後整整衣服，露出最文雅溫和的微笑：「請用茶。」

雲彼丘見他用兩根手指小心翼翼拎著匕首的樣子，覺得有些好笑。窗明几淨之室，木桌熱茶之旁，心情出乎意料地變得平靜，他徐徐喝了一杯茶。

李蓮花陪他喝茶，眼角小心翼翼地覷他，似乎以為他隨時會自盡。雲彼丘突然覺得很好笑：「哈哈……我很可笑？」

李蓮花搖了搖頭，微微一笑：「人啊人，有時就是這樣，否則活得不痛快。」

雲彼丘喃喃道：「好一個活得不痛快！李蓮花，你說一個人為了女人，對他最敬重的朋友下毒，害他掉進東海，屍骨無存，該不該死？」

李蓮花連眼睛都不眨一下：「該死。」

雲彼丘苦笑，喝了一杯茶，就如喝酒：「因為……那個女人告訴他，不許李相夷出現在東海之濱，她打算和笛飛聲同歸於盡。她苦戀了笛飛聲十三年，始終是落花有意，流水無情，她說她不能讓他死在別人手上。我……我怎知她騙我……你……不，門主的武功深不可測，我若不下最劇烈的毒，怎麼阻止得了他去赴約？我以為只需阻他一時，我有解藥在手，並不要緊，可是……原來一切都不是那樣，一切都因為我蠢得可笑……」

他喃喃道：「你若是門主，可會恨我入骨？」

李蓮花輕輕嘆了口氣，溫言道：「我若是他，當然會恨你。」

雲彼丘全身一震，突然劇烈咳嗽起來。

李蓮花連忙倒了杯茶給他，又道：「可是事情已經過去十年了，不管是多麼糟糕的事，都該忘記了，不是嗎？」

雲彼丘顫聲道：「真的會忘記嗎？」

李蓮花微笑，十分有耐心且溫和地道：「真的會忘記，十年了，他會遇到更倒楣、更糟糕的事，然後發現，當時以為罪大惡極、不可原諒的事，其實並不是真的很糟糕，然後他就會忘記了。」

雲彼丘猛地站起來：「他若忘記了，為何不回來？」

李蓮花瞪眼道：「我怎麼知道？」

雲彼丘怔怔看著他，很迷惑，就如陷入一團迷霧。

「皮大俠，」李蓮花為他倒了一杯新茶，慢吞吞地道，「我覺得有一件事比『當年』更重要……」

雲彼丘問：「什麼？」

李蓮花鬆了口氣，愉快地笑道：「呃——我想我們是不是應該去吃個麵條、水餃什麼的？」

雲彼丘一愣，抬頭一看，果然已是午時。

而後雲彼丘和李蓮花去了二里外的小鎮麵館吃了兩碗陽春麵，李蓮花買了把新掃帚。雲彼丘在吃了一肚子麵條後，糊裡糊塗地回去了。他本來確定李蓮花就是李相夷，但在吃完這碗陽春麵之後，非但自盡的念頭忘得一乾二淨，他甚至相信李蓮花真的有個兄長叫做李蓮蓬，而蓮花樓千真萬確是無了方丈送的。

四 油鍋

雲彼丘和李蓮花去吃麵的時候，郭禍正對著百川院內的地道口冥思苦想，有一件事他始終想不通：地道中那人被滾油潑在身上，渾身起疱，皮才會被撕下來，可是他在地道口上上下下數十次，也沒看到油鍋在何處，若沒有油鍋，滾油從何而來？

皐南飛在上頭不耐煩地叫了他幾次，但郭禍鍥而不捨，一直到暮色降臨，皐南飛已經離去，他仍舉著火把在地道中摸索。

郭禍雖然不怎麼聰明，卻是個絕不氣餒的人，經過數個時辰的摸索，他找到一樣紀漢佛等人沒有找到的東西：那是一塊焦黑如拳頭大小的東西。郭禍之所以知道那不是石頭，是因為他踩了它一腳，發現是軟的。

郭禍正對著那東西發呆，身後有人道：「啊……」

郭禍大吃一驚，猛地回身，雙掌擺出「惡虎撲羊」之勢：「是人是鬼？」身後那人也大吃一驚，跟著他倏地回身，東張西望：「在哪裡？是人是鬼？」

郭禍看清身後人的模樣，長長吐出一口氣，收起架勢：「李蓮花！」那不知何時站在郭禍身後的人正是李蓮花，其實是雲彼丘前腳剛走，他後腳就鑽進這個地道裡，重新把他白天想查看而不方便查看的地方細查一遍，卻不料看到郭禍對著塊焦炭冥思苦想，著實令他佩服。

「喂！李蓮花，李先生……」郭禍叫道，「你怎會在這裡？」

李蓮花微笑：「你又怎會在這裡？」

郭禍摸了摸頭：「我下來找油鍋。」

李蓮花一本正經地道：「我也是。」

郭禍迷茫道：「可就是找不到。」

李蓮花道：「先別說這個，紀漢佛回去以後有沒有清點人數，查看百川院弟子是否有人失蹤？」

郭禍點頭：「大院主立刻就查了，院裡弟子沒有人失蹤，只有廚房一個幫廚的丫頭不見了幾天，可能是回家去了。」

李蓮花奇道：「這就奇怪了，難道這就是那個幫廚的丫頭？」

郭禍茫然搖頭：「不知道。」

李蓮花退至早上看見死人的位置，再退了幾步，仔細查看地上的痕跡，自言自語，「灶臺……早晨的時候這裡架著一鍋滾油，有兩個人在這裡見面，站在我這個位置的人飛起一腳，」他學著一腳往前踢，「把油鍋踢翻，滾油潑在對面那人身上，那人倒地，油流向洞口引起大火，『我』出路受阻，轉身往地道另一頭的出口逃走……」

郭禍聽得連連點頭：「我也是這樣想。」

李蓮花嘆了口氣：「其實我不過是在胡說八道……」

郭禍一呆，他腦子裡本就一片混亂，如今更是一團糨糊。李蓮花在地道裡踱了幾圈，郭禍舉著火把跟在他身後。

是誰把這個女人殺了四次？她的胸口被薄而鋒利的長劍刺了一劍，額頭撞出一個不小的傷口，右手被齊腕砍去，還被滾油潑了滿身、剝了層皮。有誰會如此殘忍狠毒地對待一個女人？

郭禍的火把在洞口晃來晃去，幾塊碎石又掉了下來，差點砸在李蓮花頭頂，嚇得他往旁邊一跳：「阿彌陀佛……」

忽然，他看見有塊石頭在郭禍發現的那塊「焦炭」上一彈，他不由奇道：「那是什麼東西？」

郭禍道：「好像是隻手……」

李蓮花大吃一驚：「什麼手？那隻被砍掉的手？」

郭禍點了點頭：「被油炸了。」

李蓮花倒抽一口氣，那隻「手」經油鍋一炸，攥得緊緊的，像是要抓住什麼東西，他拾起地上兩根折斷的乾樹枝往斷手裡一撬，斷手裡攥著的東西讓他毛骨悚然。微一沉吟，他把那隻斷手小心翼翼地收進地道邊角，接過郭禍手裡的火把，四下高照，卻見石壁上留下許多劃痕，有些劃痕已經模糊，許多只是隨手亂畫，畫一些小雞小鳥，但有一句話重複寫了兩次，那字跡大而歪斜，顯然並非讀書人所寫，寫的是「愛喜生憂」四個字。

「郭大公子，你能不能請百川院認得那位失蹤姑娘的人，來看看到底是不是她？」李蓮花凝視著那「愛喜生憂」四個字，「然後問一問百川院廚房的師傅，昨天和今天，百川院三餐都吃了些什麼？」

郭禍突然想起一事道：「阿發說他昨天晚上在這裡看見一個只有半截身子的女鬼，王大嫂和阿發肯定認得阿瑞。」

李蓮花點了點頭：「今天晚上無了方丈請我吃宵夜……」

郭禍毫不懷疑：「我去普渡寺找你。」

李蓮花歉然道：「我也許在廚房……」

郭禍堅定不移地道：「我到廚房找你！」而後轉身離去。

五　肉的味道

普渡寺，方丈禪室。

無了方丈端著一碗米飯正在沉吟，窗外有人敲了兩下，微笑道：「眾小和尚在飯堂狼吞虎嚥，老和尚卻在看飯，這是為什麼？」

無了方丈莞爾一笑：「李施主。」

窗戶開了，李蓮花站在窗外：「老和尚，我已在飯堂看過，廟裡這個月的伙食不好，除去花生青菜油豆腐，只剩白米和鹽，虧你白天還吹牛說廟裡什麼素菜妙絕天下……」

無了方丈正色道：「若是李施主想吃，老衲這就請古師父為李施主特製一盤，古師父油炸花生、麵團、麵餅、辣椒、粉絲無不妙絕……」

李蓮花突然對他一笑：「那他可會油炸死人？」

無了方丈一怔，半晌說不出話，過了好一會兒才問道：「油炸死人？」

李蓮花文雅地抖了抖衣裳，慢吞吞地翻窗爬了進來，坐在他日間坐的那把椅子上：「唉……」

無了方丈對今早在百川院地道發現焦屍一事已有耳聞，方才正是為了貫通普渡寺與百川院的地道憂心忡忡。李蓮花又把地道之事仔細說了一遍，悠悠道：「普渡寺的古師父，不知會不會油炸死人這道名菜……」

無了方丈緩緩道：「何出此言？」

李蓮花知道老和尚慎重，微微一笑：「普渡寺和百川院之間有條地道，地道通向舍利塔和柴房，靠近百川院的一段有具焦屍，普渡寺的一棵大樹早上突然倒了。首先，早上沒有風，那棵樹斷得很蹊蹺，老和尚心細如髮，想必早已看出那是被人一掌劈斷的。能令五丈多高的大樹樹梢折斷而樹木不倒，只能從同樣五丈多高的舍利塔上發掌，換言之，早上有個人在舍利塔裡。且不說他發掌震斷樹梢到底要幹什麼，至少，他在塔裡、在地道一端，就和焦屍有些關係，此其一。」

無了方丈點了點頭：「昨日塔中，確有一人。」

李蓮花慢吞吞道：「老和尚可知是誰？」

無了方丈緩緩搖頭：「老衲武功有限，只能聽出昨日塔內有人。」

李蓮花沉默須臾又慢慢道：「老和尚胡說八道，昨日塔內是誰，你豈能不知。」

無了方丈苦笑：「哦？」

李蓮花道：「昨日我來的時候，普渡寺正在做早課，按道理，眾和尚都應該去念經，老和尚沒有領頭，是因為你裝病，可還有一個人沒有去做早課。」

無了方丈問：「誰？」

李蓮花一字一字道，「普神和尚！」他頓了頓，「你說『請普神師姪到我禪房』，小沙彌卻說他在房內打坐，因此他沒有去做早課。」

無了方丈輕輕一嘆，而後微微一笑：「李施主心細如髮，老衲佩服。」

李蓮花露齒一笑：「沒有去做早課，並不代表在地道裡的人就是普神和尚，只代表早上樹倒下的那段時間，沒有人看見他在何處而已。我認為是普神，還是要從焦屍說起。第一，那屍體上有一道劍傷；第二，刺傷死人的人不是百川院的人；第三，地道只通向百川院和普渡寺；第四，普渡寺中只有普神精通劍術。所以，刺傷死人的人，是普神和尚。此其二。」

無了方丈微笑：「你怎知刺傷死者之人並非百川院弟子？」

李蓮花也微笑：「那屍體中劍的地方在胸口，可見出劍的人是站在死者面前，若非相識，怎會面對面？而且這當胸一劍並非致命傷，老和尚你沒發現有一件事很奇怪嗎？」

門外突然有人沉聲問道：「什麼？」

李蓮花和無了俱是一怔，門外人沉穩地道：「在下紀漢佛。」

另一個人嘻嘻一笑，接著道：「白江鶉。」

還有一人陰惻惻地道：「石水。」

最後一人淡淡道：「雲彼丘，百川院『佛彼白石』四人，望進方丈禪室一坐。」

無了方丈打開大門：「四位大駕光臨，普渡寺蓬蓽生輝。」

石水冷笑一聲，還沒等無了方丈把客套話說完，他們四人已經坐下，好似本就坐在房中一般。

無了方丈心裡苦笑，睇了李蓮花一眼，暗道：都是你當年任性狂妄，以至於他們四人至今如此。

李蓮花規規矩矩坐著，口中一本正經地繼續道：「這地道頂端只有一層石板，烈火一燒就崩裂，可見石板很薄。這一劍並非致命傷，只要她不是啞巴，就可以呼救，可是百川院中並沒有人聽見呼救呻吟之聲。」

幾人都點了點頭，李蓮花又道：「那具焦屍若真是幫廚的林玉瑞小丫頭，她不是啞巴，為何不叫？刺她一劍之人和她面對面，可見他並不怕她看見他的面目，那入口石壁上畫滿塗鴉，代表小姑娘在等人，而這刺她一劍的人說不定就是她在等的人，她和此人認識，所以此人刺她一劍後，因為某些理由，她沒有呼救慘叫。」

眾人皺起眉頭，細細思索其中道理。李蓮花又道：「如果她約見的人是百川院的弟子，她何必三更半夜跑到地道中相見？可見她見的必是不能見的人。她從地道口攀爬而下，半身在石板之下，被阿發看見背影，當她是『只有半截身子的女鬼』。當然也有可能，她約見的人和刺她一劍的不是同一人，倘若如此，她為何沒有呼救？若是百川院弟子刺她一劍，卻又沒有將她刺死，而是奔出洞口關上機關，裝作若無其事，這不合情理。因為林玉瑞並沒有死，她可以指認凶手，所以『奔出洞口關上機關，裝作若無其事』和『沒有將她刺死』不可能同時存在。因此，我想刺她一劍的人不是百川院弟子，而很可能是她約見的人。」

李蓮花微笑道：「所以，從劍傷來看，刺傷她的人不是百川院弟子。而普渡寺只有普神和尚精通劍術，可以想見她約的人是普神和尚。和尚不能和女人在一起，所以林玉瑞見的，是不能見的人。」

眾人沉吟一陣，雲彼丘先點了點頭。

李蓮花又笑笑，笑得很和善：「何況還有另一個證據說明她等的人是個和尚，你們看到牆上那『愛喜生憂』四個字了嗎？」

紀漢佛頷首，李蓮花看了無了方丈一眼：「老和尚……」

無了方丈接口，「那是《法句經》之《好喜品》中的詩偈，為天竺沙門維祇難大師自天竺經典翻譯為我中華文字。」頓了頓，他緩緩念道，「愛喜生憂，愛喜生畏，無所愛喜，何憂何畏？」

「這是一首佛家詩偈。」李蓮花道，「如果她約會的人不是和尚……」

他尚未說完，白江鶉重重哼了一聲：「老子認識許多和尚，但從沒聽說過這句。」

李蓮花連連點頭：「正是、正是，如果她約會的人不是和尚，料想她寫不出這四個字。如果她約見的人是和尚，胸口又有劍傷，那很可能便是普神和尚，況且今天早上普神和尚沒有參加早課。總而言之，普神和尚很可疑。」

無了方丈嘆了一聲：「李施主，老衲向眾位坦承，老衲犯了妄言戒，該下阿鼻地獄。刺女施主一劍之人，正是普神師姪。」

「佛彼白石」四人都是「啊」的一聲，十分驚訝，原來無了竟然知道凶手是誰！只聽無了緩緩道：「今日早晨李施主走後，舍利塔中濃煙沖天，他自覺行跡已難掩飾，到我禪房中向佛祖悔罪，只是……普神師姪年少衝動，只是刺了那女施主一劍，並未殺人，他並非殺死那女施主的凶手。」

說到這裡，一個人突然從窗口闖了進來，把一大團東西重重往地下一摔，大聲道，「我在廚房沒有找到你，出來就看見這傢伙鬼鬼祟祟地伏在地上偷聽，順手抓來了。你們果然在這裡！騙得我到處亂轉！」他瞪眼看向李蓮花，「王大孃已經認出了阿瑞，還有百川院的菜單是竹筍炒肉絲……」

李蓮花對他一笑：「我只想知道百川院這兩天有沒有做過油炸豆腐。」

這衝破窗戶進來的人正是郭禍，聞言大聲道：「沒有！」

李蓮花眉開眼笑：「這就是了。」

他看著匍匐在地、瑟瑟發抖的人，溫言道：「古師父，人肉的味道，好吃嗎？」

方丈禪室內一瞬間鴉雀無聲，只聽到那光頭大漢牙齒打顫，哆嗦著道：「我也……我也沒……沒沒……沒有殺人……」

李蓮花嘆了口氣：「你見到她的時候，她是什麼模樣？」

古師父道：「我見到她的時候……她她……她已經死了。」

李蓮花又問：「除了胸口的劍傷，她身上還有什麼傷口？」

古師父道：「她的頭在石壁上撞出一個大口子，血流了滿地，胸口也流了好多血，已經死了。」

李蓮花道：「然後……繼油炸麵餅之後，你油炸了死人？」

古師父全身發抖：「我……我……我只是……」

李蓮花非常好奇地看著他：「其實我真的很好奇，你見到死人，怎麼會想到把她弄來吃？」

「我我我……我曾經……」古師父滿臉冷汗，結結巴巴地看著李蓮花，「我曾經看過一個女人，把和她同床共枕的男人的手砍掉，還……吃吃……吃掉……」

雲彼丘渾身一震，李蓮花「啊」了一聲：「是誰？」

古師父搖搖頭，「我不……不不不……不知道，一個美得像仙女一樣的女人，她咬著那個男人的手指，一截一截吃下去，可是她美得……美得讓人……讓人……」他喉嚨裡發出野獸般的嘷叫聲，「讓人想殺人……想吃人……」

李蓮花縮了縮脖子：「你一定看見女鬼了！」

古師父拚命搖頭：「不，就在清源山下的鎮裡，八個月前，我半夜起來小解，在隔壁客房中……」

雲彼丘臉色蒼白，紀漢佛「嘿」了一聲：「角麗譙！」

白江鶉悻悻道：「除了那個女妖，誰有這種能耐？倒是李蓮花，你怎知這位被女鬼上身的老兄油炸了阿瑞？」

李蓮花「啊」了一聲，「因為油鍋。地道裡有灶臺、有柴火，甚至有雞骨鴨骨，有油，卻沒有油鍋。看那地上的骨頭，顯然有人經常到地道裡油炸葷食偷吃，可是沒有油鍋，說明搭灶臺的人若不是用別的東西替代油鍋，就是能帶著油鍋來來去去，此其一。這地道裡顯然不會長出樹枝，那些柴火必是從普渡寺柴房裡偷的，而少了這許多木柴，普渡寺居然一直沒動靜，看管木柴的人必定有些問題，此其二。那用油放火之人顯然不是百川院中人，否則不會不知地道口的石板薄脆，火一燒就裂，而且火燒地道口，放火之人顯然是往普渡寺方向離去，此其三。還有——」他頓了頓，「被這位古仁兄拿去油炸的手裡，握著一塊油豆腐。我想……可能是斷手放進油裡，筋骨收縮，手掌握了起來，正巧你早先油炸過豆腐，落了一塊在油裡，你沒注意到，阿瑞的手掌握了起來，抓住那塊油豆腐。而百川院這幾天都沒有吃過油豆腐，倒是普渡寺這一個月的伙食裡天天都有油豆腐，你掌管寺裡的柴火油糧，又能隨意拿走油鍋，地道口還在柴房之中，若不是你油炸死人，莫非是死人爬到你的廚房裡自己油炸了自己？」李蓮花瞪眼，「那可恐怖得很，我怕鬼……」

古師父抱著頭：「我只是一時糊塗，那隻手在鍋裡，我很害怕……沒有吃她，我沒有吃她，只是剁了她的手油炸了一下……昨天晚上只是油炸了她的手……」

李蓮花問：「那今天早上呢？」

古師父顫聲道：「今天早上我怕偷吃葷和炸死人的事被發現，趁和尚們早課偷偷進入地道，燒了一鍋滾油，潑在她身上，打算將她燒掉。她那身衣服上都是乾血，燒得不旺，我把衣服撕下來，結果把她的皮也不小心撕了下來。我嚇破了膽，逃回柴房，用柴火封住地道口，再也不敢下去。」

李蓮花追問：「你不知道地道另有出口？」

古師父搖頭：「不知道，我只知道柴房底下有條裂縫很深，以前……我常常躲在裡面偷吃自己做的葷菜。」

無了方丈嘆了口氣：「想必今天早晨普神師姪也下了地道，去看那女施主，卻被你封在地道裡，他只得從舍利塔出來，阿彌陀佛……」

他站起身，心平氣和地走出門。過了片刻，一個身材高䠷、相貌清俊的年輕和尚被他帶了進來，無了方丈對紀漢佛點點頭：「交由施主發落。」

紀漢佛頷首，「佛彼白石」將對普神和尚和古師父再行調查，於七日之內做出決定，或監禁，或廢去武功，或入丐幫三年等等，視各人所犯之事，決定各人應受的懲罰。

雲彼丘的臉色越發憔悴，思緒尚在角麗譙吃人一事上。那女子貌若天仙，言語溫柔，行事詭異，無論是邪惡可怖至極之事，還是溫柔善良至極之事，她都能若無其事地做出來。

李蓮花看著普神和尚，這和尚不過二十多歲，眉宇間英氣勃勃，就像個心志高遠的武林少年：「你為何要刺她一劍？」

普神搖了搖頭，頓了頓，再搖了搖頭，什麼都沒說，神色甚是淒厲。

李蓮花沒有再問，悠悠嘆了一口長氣，不管是什麼原因，不管他有沒有心殺她，她終究還是為他而死，只是不知是那一劍讓她流血致死，還是她自己撞死了自己，總而言之，便是如此了。人生啊人生，這些事、那些事、曾經以為一定不會發生的事、現在相信絕對不會改變的事……其實都很難說。

他突然發現，雖然案件已經水落石出，「佛彼白石」那四人卻還在瞪著他，他連忙往自己身上看，沒有看出什麼怪異之處，只得對那四人一笑，「人生啊人生，又到吃飯的時間了……」他站起來伸個懶腰，一把抓住無了方丈，「老和尚，你說要請我吃素菜的。」

無了方丈道：「這個……這個……古師父似乎已經不宜下廚……」

李蓮花正色道：「出家人不打誑語……」

看著兩人往廚房走去，「佛彼白石」四人面面相覷，白江鶉摸了摸下巴：「我寧願他不是門主。」

石水閉上眼睛，冷冷地道：「決計不是。」

紀漢佛皺眉不語，雲彼丘搖了搖頭，他早就糊塗了。

六 昔人已乘黃鶴去

第二天一早，雲彼丘心中生疑，來到普渡寺門口想找李蓮花，卻見寺門口青草碧碧，樹木蕭蕭，昨日那棟有木桌熱茶的木樓已然蹤影杳然。他凝視著那曾經放過吉祥紋蓮花樓的地方良久，長長吐出口氣，轉頭看山外，天色清明，當真是晴空萬里。

他的心情仍很沉重，那條貫穿普渡寺與百川院的地道究竟是何人建造，所為何事？角麗譙為何在八個月前來清源山，又所為何事？他想到數月之前的一品墳奪璽事件，牽涉前朝熙成帝、芳璣帝、笛飛聲、角麗譙、金鴛盟、魚龍牛馬幫，這說明必定有大事將要發生。

而失蹤十年的李相夷，究竟是否活著，又到底身在何處？

五里之外，李蓮花滿頭大汗地驅使著一匹馬、兩頭牛和一頭騾，好把他的蓮花樓運出清源山。晴空萬里，只聽他不住呼喝：「不要打架！不准打架！前面有青草、前面有蘿蔔……不要咬來咬去，到前面我就把你們放了！快走啊……」

而拖曳著名震江湖的蓮花樓的四隻畜生，奮力掙扎，彼此怒視，互相推諉，那匹馬終於忍不住張開大嘴，對著牠一直看不順眼的騾子咬了下去。

第五章

有斷臂鬼

一 馬家堡

碧瓦紅牆，庭院之中花木茂盛，鳥鳴聲清脆異常。

「秀秦？」有個年輕女子的聲音穿過楊柳，「秀秦你在哪裡？秀秦？」幽幽的庭院，年輕女子的聲音穿過其間，顯得分外清而輕，連落葉都不驚。

幽幽的聲音穿過幽幽的庭院：「娘，我在這裡。」

「秀秦？」年輕女子大驚，快步奔過庭院，「你又在他房裡，你——啊——」她驟然捣住臉尖叫一聲，只見樹木森森的圓形拱門後面站著一個七八歲的孩童，他身上溼答答的正往下滴著流血，像是剛有大股鮮血噴在他身上！

「秀秦？秀秦……」她尖叫著奔了過去，抱著自己的孩子，「怎麼回事？」

那個叫做「秀秦」的孩子用沾滿鮮血的小手輕輕撫摸了一下她的鬢角，輕輕道：「娘，好奇怪，劉叔叔只剩下一隻手了。」

「什麼『只剩下一隻手了』？」年輕女子驀然抬頭，驚恐至極，她白皙嬌美的額頭被秀秦抹上一塊血痕。

那叫做秀秦的孩子幽幽道：「就是除了一隻手，劉叔叔其他地方都不見了。」

年輕女子張大嘴巴，如慘白僵屍般坐倒在地，緊緊摟著兒子：「其他地方都不見了？」

秀秦慢慢道：「是啊，其他地方都不見了……」

一隻雀鳥停在院中古井邊緣，歪著頭靜靜看著蜿蜒的鮮血從房內緩緩流出，一條橘紅色的四腳蛇隨著鮮血慢慢爬出來，停在門檻之下。

「砰」的一聲，清茶客棧裡有人拍案而起，眾食客本欲怒目以對，抬頭一看，卻全部噤若寒蟬。

拍桌子的人手持一把長劍，他正是用那長劍劍鞘一下子砸在桌上，把店家的木桌拍出了一個坑。

客棧裡一時間落針可聞，那人一把抓起店小二：「劉如京死了？他是怎麼死的？」

客棧裡眾人的目光齊刷刷定在那小二身上，只見他期期艾艾地道：「客官不知道嗎？馬家堡劉如京昨天死了啊，聽說死得蹊蹺，竟只留下隻手和一撮頭髮在床上，其他身體部位都不見了，房裡滿床是血。最古怪的是，馬家那痴呆的小兒子就在劉如京房裡，被噴了一身血，這事大夥兒都知道……」

「劉如京一身武功，何況他使的是槍法，槍是長兵器，怎麼可能被人砍斷手臂？」那人仍舊厲聲道，「他是堂堂『四虎銀槍』之一，怎能、怎能……」說到此處竟然哽咽，似是悲怒交加，再說不下去。

眾食客中有人低聲嘆息。

一人本來坐在他身旁一桌，此刻突然冷冷道：「人都死了。」

先前那人放開小二的衣襟，重重坐下，小二如蒙大赦，一溜煙奔進廚房，看來一時半刻萬萬不會再出來。

相鄰而坐的兩人，一人著灰衣，一人著紫衣，著灰衣的正是方才抓住店小二的那人，卻被紫衣人一言制止，坐了下來。

這灰衣人姓王，名忠，紫衣人姓何，名璋，二人和劉如京都是「四虎銀槍」之一。十年前，「四虎銀槍」在四顧門中號稱勇猛第一，由與人動手只知前進不知後退的四員猛將組成，其中一人在四顧門與金鴛盟的決戰中戰死，餘下三人隨著四顧門解散而離散。王忠棄槍學劍，開創「震劍」一門；何璋在「捕花二青天」手下當了個不大不小的官，算是個捕頭；劉如京回師門馬家堡隱居，十年來甚少出門。近來王忠和何璋二人聽到江湖傳言，據說四顧門門主李相夷與金鴛盟盟主笛飛聲雖然在決戰中失蹤，卻沒有死。激動之餘，三人約定在馬家堡重聚，商量尋覓門主一事，不料劉如京竟然來不及等到見兄弟一面，就為人所害！

「馬家堡。」喝完那杯茶，紫衣人何璋丟下一塊銀子，頭也不回地往門外走，王忠持劍跟上，掠了一眼那茶壺，仍有大半壺好茶。兩人很快騎馬而去。

茶館裡眾人不約而同地喘了口氣，面面相覷，突然有人道：「馬家堡最近真是熱鬧，前陣子聽說費了好大功夫給秀秦小公子抓了個大夫，人才進去，劉師傅就死了，現在又去了兩個凶神惡煞……」

旁人神神祕祕地掩口道：「你不懂，說不定是堡裡誰嫉恨劉師傅，抓了個大夫進去，下藥弄死他。這兩個瘟神進去，抓住那大夫一問，保證知道是誰指使！」

馬家堡。昨日早晨。

馬家堡堡主馬黃看著自己悶不作聲、低頭玩手指的兒子皺眉：「李蓮花還沒來？」

馬家堡護衛忙道：「還沒到。」

馬黃愁眉不展地看著馬秀秦：「不知江湖第一神醫，『生死人肉白骨』的李蓮花，能不能治好秀兒的病……」

說話間，門外聲聲傳遞：「李神醫到——李神醫到——」

馬黃頓時大喜，站起身來振振衣袖，就待道一句「久仰久仰」。門外一群人擠了進來，滿頭大汗道：「李神醫到——」

馬黃奇道：「人呢？」

人群中有人吆喝：「一、二、三——放。」

只見人群中突然跌下一只大麻袋，麻袋裡有人「哎喲」一聲，四肢掙動，似在麻袋中找不到方向。一人撕開麻袋口，裡面的人才探出頭來，苦笑道：「慚愧慚愧……在下李蓮花……」

馬黃瞠目結舌，怒視他那一群手下，「怎麼如此對待李神醫？下去各打二十大板！」隨即對李蓮花連連拱手，「徒孫魯莽，怠慢了神醫，請坐、請坐。」

馬黃細看這位赫赫有名的李神醫一眼，此人年不過二十四五，樣貌文雅，頗有神醫之相，心裡不免有些滿意。

「啟稟堡主，是李神醫抱住柱子硬說自己不會看病，不肯跟隨我等前來，萬兩黃金又被他不小心一腳踢進河裡，」有個大漢道，「屬下想錢已經花了，人一定要請回來，所以……所以……」

馬黃板著臉道：「所以你就把李神醫塞入麻袋？世上哪有這等請客之法？」

李蓮花咳嗽一聲，臉色有些尷尬，那大漢一迭聲喊冤：「是李神醫自己爬進麻袋裡躲藏，屬下豈敢把神醫塞進麻袋……只不過合力將麻袋扛回府中而已。」

馬黃一怔，只得揮揮袖子，「下去下去。」接著回身對「江湖第一神醫」李蓮花十分和藹地笑道，「李神醫，這是小犬，勞師動眾請神醫遠道來此，正是為了給小犬治病。」

從麻袋中爬出來的李蓮花微笑應對，馬黃將愛子的病症從頭至尾說了一遍，也不見神醫發問，心裡不由暗想：果然是絕代神醫，秀兒的症狀他皆了然於胸，看來我這番口舌倒是白費了。

馬黃的兒子馬秀秦今年七歲，性格十分怪異，自兩歲以後便幾乎不與人說話，時常自己一人在房中摺紙，一張白紙他能摺疊上千次而不覺厭煩。他很喜歡劉如京，倘若一日有說一兩句話，必定是和劉叔叔有關，因而時常在劉如京房裡玩耍，卻很少和馬黃在一起。

馬秀秦看了李蓮花一眼，輕輕伸手指點了點自己的頭頂。李蓮花伸手一摸，頭頂上掛著一根麻線，連忙取下，正要開口說些什麼，馬秀秦卻轉過頭去，目光幽幽看著窗外，不知看見了什麼。

那是李蓮花和馬秀秦初次會面。當日下午，李蓮花和馬黃喝茶，馬秀秦到劉如京房中玩耍，馬夫人前去尋子，卻發現馬秀秦滿身是血地站在劉如京門口，而劉如京床上、房裡鮮血處處，床沿留下一隻右手斷臂，地上一截斷髮浸在血中，劉如京卻已不見。

隔日下午，劉如京昔年好友王忠、何璋來到馬家堡，李蓮花聲稱受到驚嚇，臥病在床，一時間馬家堡諸事忙碌，驚恐、疑惑等情緒籠罩在眾人頭上，這雍容庭院似彌漫著一股詭祕之氣，令人十分不安。

就在王忠、何璋抵達馬家堡當夜，馬夫人突然病倒，昏迷不醒，李蓮花臥病在床，無法對其救治。馬黃連夜請大夫看病，說馬夫人像是中毒，若無解藥，情勢危矣。

尚未等馬家堡喘口氣，第二日早晨，馬家堡婢女發現馬黃與馬夫人並肩躺在床上，兩人都已氣絕身亡。房裡物品完好無損，房門緊閉，但馬黃被人用利刃猛砍右臂，砍了數下未能砍斷，右臂仍舊連在身上。房裡又是遍地鮮血，和劉如京被害現場一模一樣，奇怪的是，只有馬堡主被利刃砍傷，而馬夫人卻毫髮無損。而且馬黃被人亂刀重砍之際早已昏迷，即使右臂被砍到筋骨盡碎，仍無任何掙扎抵抗的痕跡。

馬家堡自清晨以後便一片混亂，若說昨日是惶恐，今日則是驚恐，甚至有些僕役逃出堡外。幾位馬黃的弟子開始爭權奪勢，四平八穩數十年的馬家堡這一日終是出了驚天大事。

三日之內，堡內護院、堡主、堡主夫人均死於非命，死狀十分相似，莫不是劉如京死後化為厲鬼，來向堡主夫妻索命？短短數日之內，江湖上盛傳馬家堡有斷臂鬼案，眾說紛紜。

二 無頭蒼蠅

「三哥。」王忠在馬黃夫婦橫死的主房內站了許久，「你說二哥真的已死？」他看著被血染紅的大床，「沒見到屍體，只有一隻手，怎知他是死是活？我不信二哥已經死了。」

紫衣人何璋淡淡道：「你想說老二沒死，他殺了馬黃夫婦？」

王忠滯了一下：「當年他就與馬黃不和……」

何璋「嘿」一聲：「就算他和他小師弟不和，對他師父卻忠心耿耿，絕不可能做下這種事。你不願承認老二已死，竟想拿馬黃被殺當作證明，這十年你真是越活越回去了。」

王忠心裡慚愧，他也知自己胡思亂想，以劉如京那忠烈的脾性，就算有人要殺馬家堡堡主他也必拚死相救，絕不可能殺人。

馬家堡如今相當混亂，無人理睬他二人，何況何璋乃是捕頭，在凶案發生現場查看，自是無人敢阻攔。兩人把房間內各項事物一一細看，房內事物出奇有條不紊，沒有一樣有異。

「這行凶之人看起來沒有動過房裡任何事物，或許對這房間十分熟悉……」何璋話說到一半，有人在門口道：「啊……那個抽屜……」

何璋一回頭，只見一人站在門口，以好生抱歉的目光溫和地看著他：「那個抽屜……」

一句話還沒說完，何璋和王忠同時脫口而出：「門主？」

來人更加歉然地摸著自己的臉，「啊……在下李蓮花，曾聽人說和失蹤的四顧門門主李相夷長得十分相似，其實在下年幼時並非這副模樣。」他走進房裡，看著滿地血痕，有些毛骨悚然，「十二歲那年摔下山崖，在下相貌為山石所毀，幸好被一位無名老人所救，那老人施展絕代醫術，將我的臉變成了這副模樣。」他好脾氣地微笑，「在下的醫術也是和那無名老人學的，李蓮花平生不打誑語。」

王忠和何璋將信將疑，此人雖然和四顧門門主李相夷長得十分相似，卻不及李相夷冷酷俊美，言談舉止更是相差甚遠，不免信了幾分。他們卻不知，數月前李蓮花給雲彼丘的解釋是：他和李相夷是同胞兄弟，李相夷本名叫做李蓮蓬，從小送給無名老人做義子。

何璋對著李蓮花的臉看了許久，直至他看出李蓮花和李相夷確實有些不同，方才淡淡道：「你剛才說什麼？」

李蓮花道：「那個抽屜上的鎖對了六個字。」

何璋順著李蓮花的目光看去，只見房內床邊的櫃子下有一排抽屜，上面都掛著銅鎖，那銅鎖是一條圓形的滾筒，上面套了七個環，每個環上都有四個不相干的字，將七個圓環上的字每一行都對成詩句，鎖便能打開，這是時下常見的一種巧鎖。那櫃子最下方抽屜的銅鎖七個字對了六個，一眼可以認出，那是一首風行的詩歌，「雲母屏風燭影深，長河漸落曉星沉。嫦娥應悔偷靈藥，碧海青天夜夜心」，而鎖上第四個圈「風、落、悔、天」沒有對上其他六個字，所以沒有打開。

何璋走過去很仔細地看著那鎖，王忠卻是個粗人，完全看不懂那是什麼玩意兒：「你說有人想開這個抽屜？」

李蓮花忙道：「我沒說，我只說那七個字對了六個。」

何璋緩緩道：「這很難說是有人想開鎖沒有開成，還是開了以後來不及把密碼弄散……不過七字已對了六字，要說沒有開鎖，實是不大可能。我想這開鎖之人應是已經拿走了抽屜裡的東西……」

他輕輕拉開抽屜，抽屜裡只有一疊空白信箋，果然沒有留下什麼引人覬覦之物。李蓮花瞄了那抽屜一眼，正待說些什麼，何璋已伸手入內，拿出那疊信箋抖了抖，裡面什麼也沒有，整疊信箋都是新的。王忠在房內遊目四顧，這房門在事發當下只是虛掩著，可見兇手是由大門出去的，不知為何無人發現。

「李神醫以為……」何璋緩緩道，「馬夫人前日中毒，與被殺之事有無關聯？」

李蓮花的目光也在房內緩緩移動，聞言忙道：「有關聯，馬堡主夫婦如此死法，加上馬夫人前日中毒昏迷，我想馬堡主之所以任人宰割，只怕也是相同原因。」

王忠動容道：「中毒？」

何璋點了點頭：「和馬夫人以同一種方式下毒，中了同一種毒，他昏迷之後，有人再砍了他的手臂，以至於沒有掙扎痕跡。」

李蓮花在一旁連連點頭，問道：「不知是中了何毒？」

何璋一怔：「你看不出來？」

李蓮花為之語塞，頓了頓：「啊……」也不知在「啊」些什麼。

王忠奇怪地看著他：「你是神醫，看不出他們中了什麼毒？」

李蓮花頓了頓：「那是一種絕世奇毒……」

何璋點頭：「不是絕世奇毒，也毒不倒馬黃，只是奇怪，是誰存心毒死堡主夫婦，又是誰有這種手段，連下兩次毒藥，竟然都能得手！」

李蓮花慢慢道：「不是兩次，說不定是三次……」

王忠一懍：「正是！」

李蓮花喃喃道：「這件事……真是奇怪得很……」他望著牆壁上未被洗去的血跡，那一條條揮刀時濺起的血線自右而左橫貫床後的白牆。

正發呆之際，忽然窗外有童聲幽幽唱道：「……螳螂吃了蜻蜓，蜻蜓吃了烏蠅，烏蠅吃了蝸牛，蝸牛吃了芥菜花……螳螂也不見了，蜻蜓也不見了，烏蠅也不見了，蝸牛也不見了……」不知為何，奶聲奶氣的童音，讓房內三人聽得毛骨悚然，馬家這個痴痴呆呆、不與人說話的七歲孩童，說不定那雙眼睛看見的比成人更多，只是他不懂……

「……螳螂吃了蜻蜓，蜻蜓吃了烏蠅，烏蠅吃了蝸牛，蝸牛吃了芥菜花……螳螂也不見了，蜻蜓也不見了，烏蠅也不見了，蝸牛也不見了……」馬秀秦在爹娘門外自己一個人玩耍，還沒有人告訴他爹娘已經死去，一個紅衣小婢跟在他身後，一路苦勸他吃飯他就是不吃，只埋頭在草叢裡不知捉什麼東西玩。

「這個孩子，其實並非馬黃的親生兒子。」王忠突然道，「聽二哥說過，馬夫人是二哥師父的關門弟子，年輕時相當美貌，十八歲那年和她師父生下私生子，沒過多久，師父去世，她嫁給繼承馬家堡堡主之位的馬黃，也就是師父的兒子。馬秀秦說是馬黃的兒子，其實是馬黃的親弟弟。」

李蓮花大吃一驚：「馬堡主竟肯把兄弟變成兒子？」

王忠乾笑一聲：「這個……或許和馬夫人感情深厚，馬堡主不計較世俗眼光……」

李蓮花仍是連連搖頭：「稀奇、稀奇，不通、不通。」

何璋淡淡道：「這事知道的人不少，馬黃從不諱言此事，且對馬秀秦寵愛有加。」

王忠笑了起來：「馬黃一死，這孩子就成了馬家堡的少主，看他幾個師兄的嘴臉，很難放過……」

一個「他」字尚未出口，陡然聽見屋外傳來「嗖」的機簧之聲，何璋將信箋握成紙團彈出，紙團和自遠處射來的一點小小物什相撞跌落。王忠與何璋十年不見，仍是配合無間，在何璋將紙團彈出的瞬間王忠已穿窗而出，拾起那枚物什，揚聲道：「飛羽箭。」

何璋在窗口凝視絲毫沒有察覺的馬秀秦，慢慢道：「難道是誰和馬家堡有仇，居然連這七歲孩童也不放過……」

李蓮花眼眺飛羽箭射來的方向，馬黃夫婦的居室門外是個池塘，池塘邊花木茂密，種了許多柳樹，柳樹之後幾條小徑通向馬黃徒弟的居所，徒弟的居所後面便是僕人婢女的房屋。這箭自花木之中射來，其後又是數十間房屋，各處出入口又未封閉，搜尋起來困難重重。

這時，王忠已拾著飛羽箭回來，他仔細端詳那枝箭，眉頭緊皺：「這……」

何璋伸手接過：「這……」

兩人臉色都相當沉重。

「這是二哥的暗器。」

李蓮花奇道：「劉如京不是死了嗎？」

王忠深吸一口氣：「這就是二哥慣用的暗器。」

何璋比他想得深一層：「這是老二的暗器，卻不是出自老二之手。」

李蓮花嚇了一跳：「為什麼？」

何璋道：「老二使用飛羽箭已有數十年，他決計不會用機簧發出這種暗器。飛羽箭長兩寸三分，重一錢有七，這種暗器就算是孩童也擲得出去，怎會使用機簧？這射箭之人必定不善暗器。」

李蓮花嘆了口氣：「這個……也有些道理……」

王忠卻看著馬秀秦道：「這孩子很危險。」

何璋點頭：「不知是誰砍下老二的手臂，殺了馬黃夫婦，如今老二失蹤，馬秀秦危險，不如召集馬家堡上下，封鎖堡內各處出入口，盤查每一個人，同時可保馬秀秦安全。」

王忠長吁了口氣：「如果那兇手堅持要殺馬秀秦，咱們也可甕中捉鱉。」

李蓮花連連稱是，突然問了一句：「如果兇手是劉如京的鬼魂呢？」

王忠和何璋俱是一怔，李蓮花接著喃喃自語：「萬萬不可能，萬萬不可能……」

兩人面面相覷，這位江湖神醫怕鬼之色溢於言表，兩人心下皺眉，何璋淡淡道：「聽說李神醫身體有恙，不如早些回去休息。」

李蓮花如蒙大赦，回身一腳踩出門檻，才客氣道：「在下偶感風寒，還是回房休息了。」

李蓮花一溜煙跑了，王忠忍不住道：「此人神醫之名江湖流傳，不料本人竟如此膽小荒唐……」

何璋哼了一聲：「據我江湖眼線所報，李蓮花號稱能起死回生，其實是欺世盜名，被他從閻羅王那裡救回來的施文絕和賀蘭鐵都是他密友，兩人根本就是詐死而已，世上絕無人真能起死回生。此人欺世盜名，貪生怕死，不學無術，待馬家堡事了，我定要親手將此人交給『佛彼白石』，讓其受些懲罰。」

何璋既然是「捕花二青天」心腹，他的話自然極有分量。馬家堡很快關閉四處出口，各人在自己房中待命。何璋帶領馬黃的幾名徒弟去各個房間一一搜索，除了搜出一些僕人偷竊的財物、婢女偷情的信箋以及懶得換洗壓在床板底下的臭襪臭褲衩之外，人人神色如常，並沒有什麼可疑之處。當夜堡內眾人不准四處走動，庭院之中寂靜異常，何璋親自巡邏，馬家堡內但有風吹草動，他必趕去一看究竟。

一夜無聲無息，似乎相當平靜。

李蓮花在自己房裡睡覺，這一夜天氣涼爽，吵架賭博之聲又少，他睡得十分舒暢，正夢到老鼠和蝸牛打架未果，約了兩年十個月後再來——突然被人一陣搖晃，他嚇得坐起身：「有鬼……」睜開眼卻是王忠，只見他臉色慘白，滿頭是汗：「李蓮花！快起來，何璋受人暗算昏迷不醒，你可能救他？」

李蓮花大吃一驚——他是真的大吃一驚。何璋的武功在「四虎銀槍」中名列第一，而且他在「捕花二青天」手下多年，決計是辦案經驗豐富、目光如炬的狠角色，更何況何璋本身性格冷漠沉穩，多疑且不好奇，他居然也會受人暗算？這馬家堡中隱藏的殺手，顯然比他想像的更為神通廣大。

「何璋怎麼了？」

王忠一把將他從床上提起，大步奔向客房，不顧馬家堡眾人紛紛側目，將李蓮花丟進何璋房裡：「我半夜和他分頭巡查，清晨巡到花園，看見他倒在地上，全身火燙，兩隻眼睛還睜著，卻說不出話。」

李蓮花在何璋身上一摸：「王忠！出去。」

王忠愕然，只見李蓮花抿起嘴唇：「出去！」

他尚未領悟過來，人不知為何已出了房門，只聽李蓮花「砰」的一聲關起門窗，把自己和何璋鎖在裡面。

臉色冷漠的李蓮花，真的很像門主。王忠呆呆地站在門口，腦子裡一片空白，等到他想起不知李蓮花把他趕出來在裡面做什麼，舉手想推門，卻出乎意料地不敢推。

李蓮花，何璋所說欺世盜名的江湖神醫，到底是能救人還是不能救人？他把自己趕出來做什麼？難道他的救命之術不可告人？又或者是真的有獨門祕術，不肯給人看？

房門緊閉。

裡面寂靜無聲。

三 牙印

過了一盞茶功夫，房門開了，王忠往裡面一探，只見何璋的臉色已有些紅潤，李蓮花手忙腳亂地收拾著一些銀針、藥瓶之類的東西。王忠本是個直性子，此時卻從心底冒出一個疑問：房裡沒有食水，他那許多藥瓶裡的藥，難道都是外敷的不成？何璋身上沒有傷口啊！這疑問一閃而逝，他問：「三哥怎麼了？」

李蓮花嘆了口氣：「他中了一種絕世奇毒。」

王忠忍不住問：「究竟是什麼毒？」

李蓮花卻轉移話題道：「他的氣血已通，只是餘毒未清，可能要過幾天才會醒來。」

王忠咬牙切齒：「到底是誰！竟然能暗算三哥！我就不信這馬家堡裡真的有鬼！」

李蓮花指了指何璋的手指，慢慢道：「何大人不是白白受到暗算，至少我們知道殺人的『東西』不是劉如京的鬼魂。」

王忠仔細一看，何璋的右手尾指上有一排極細極細的牙印，淺得幾乎看不出來，就像被線勒了一圈留下的痕跡：「這是什麼？」

李蓮花的表情和他一樣茫然：「我不知道。」

王忠細看許久：「這好像是……什麼小蟲小獸的牙印。」

李蓮花欣然讚美道：「王大俠目光如炬。」

王忠皺起眉頭，他向來不善思索，想了許久，才又道：「難道在馬家堡裡殺人的是一種奇怪的小蟲？而非有人要殺馬家滿門，只是偶然被毒蟲咬了？」

李蓮花道：「這個……這個……王大俠此言差矣，昨日你我都看見有人暗箭偷襲馬秀秦，如果是小蟲毒死馬黃夫婦，難道小蟲也會發暗器不成？」

王忠苦笑：「我的腦袋不行，三哥又倒了，真不知道怎麼辨才好。馬黃那幾個徒弟笨得像驢，只怕比我還不中用，看來勢必要請『佛彼白石』中的彼丘先生到此一行了。」

李蓮花似乎沒有聽到他的喪氣話：「王大俠，你在馬家堡可曾見到很大的會飛的蟲子？」

王忠搖頭：「最多只見過一二隻飛蛾。」

李蓮花瞥了何璋的傷口一眼：「這牙印雖然細小，但既然能在尾指咬出一圈印子，代表這東西的頭至少比手指大些，所以並不是很細小的蟲子。再者，牠咬到何大人的手指，若不是會飛或者何大人伏在地上爬，那麼就是有人……有人讓牠到何大人手上去。」

王忠一拍大腿：「有道理。」

李蓮花斜眼看他：「所以，你可曾見到這裡有巨大的會飛又會咬人的蟲子？」

王忠連連搖頭，「這點三哥在封閉馬家堡的時候好像問過管家，但這裡並沒有什麼奇怪的花草，也沒有害人的毒蟲。」頓了頓，他很疑惑，「有人役使毒蟲殺害馬堡主夫婦，甚至砍斷二哥和馬堡主的手臂，又暗殺馬秀秦，這些事相當古怪，堡裡誰有一劍砍斷劉如京手臂的武功？誰又能神不知鬼不覺地飼養毒蟲？為何下毒之後定要砍人手臂？又有誰要殺馬秀秦？雖然說馬黃一死，馬秀秦就是堡主，但在這個節骨眼殺死馬秀秦，對凶手並無好處。連殺四人實在過於凶殘，馬秀秦若死，無論是誰登上堡主之位，都可疑至極，難道凶手想不到嗎？馬秀秦不過是個痴呆孩童，殺之無用啊。」

李蓮花愁眉苦臉：「王大俠聰明絕頂，目光如炬，王大俠想不通的事，在下自然更想不通了。」

兩人看了看病況已有好轉的何璋，不約而同地嘆了口氣。王忠忽道：「三哥說你是欺世盜名之輩，我看倒是未必。」

李蓮花慚愧道：「過獎、過獎。」

說話間天色漸漸大亮，陽光溫和如煦，照得窗外一片青青翠綠，一點不似隱藏有殺人凶手的地方。

兩人被殺，一人失蹤，一人昏迷，馬家堡裡的神祕凶手是誰依然毫無頭緒，彷彿是一只幽靈，飄浮於晨曦薄霧之中。

那日下午。

「一隻蝴蝶加另一隻蝴蝶等於多少？」李蓮花拿著兩隻用白紙摺出來的蝴蝶，微笑著問馬秀秦。

馬秀秦低頭玩自己手裡摺了千百次的白紙，對李蓮花的問題充耳不聞。李蓮花再拿起兩隻摺紙螳螂：「一隻蟲加另一隻蟲是多少？」

馬秀秦不理不睬。

李蓮花仍然帶著滿臉笑意，把兩隻蝴蝶和兩隻螳螂都拿在手裡：「兩隻蟲加另外兩隻蟲等於多少？」

馬秀秦終於抬起頭來看了他一眼，這孩子的眼睛很黑，但說不上靈氣，臉蛋長得像媽媽，是個十分清秀的孩子，只聽他靜靜地說：「一隻。」

李蓮花說：「兩隻蟲加另外兩隻蟲是四隻……你看，一、二、三……」

他指著手裡的摺紙，馬秀秦卻不再看他，很安靜地玩自己的白紙。

馬黃一共有三個徒弟，一個叫張達，一個叫李思，一個叫王武。這三人在馬黃門下多年，張達是大師兄，李思排行第二，王武最末。就武功文才而言，三人不相上下，脾氣卻是一樣魯莽急躁。眼見李神醫花了整整一個早上摺了兩隻蝴蝶和兩隻螳螂，又花了一個下午哄馬秀秦說話，三人終於忍無可忍。

張達道：「李神醫，師父師娘定是被李思謀害，等何大人醒來，你定要在他面前說個清楚……」

李思大聲叱喝：「胡說八道，我哪裡謀害師父了？你哪隻眼睛看見我謀害師父？倒是你那天晚上半夜三更路過師父門外，明明是你最可疑！」

張達怒道：「我只是去茅廁！難道半夜內急不許人上茅廁？上個茅廁就是謀害師父了？」

王武卻和李思一唱一和：「大師兄你說二師兄謀害師父，口說無憑，但你半夜三更上茅廁，路過師父門外，我也看見了。」

張達大怒：「李思你得知師父和師娘的祕密，怕師父師娘殺你滅口，所以先下手為強，你以為我不知道你肚子裡那一點點算盤？你當師父一死就沒人知道你的陰謀詭計？莫忘了世上還有我張達在……」

「什麼祕密？」三人吵得渾然忘我之際，有人很好奇地問了一句。三人一怔，方才發覺身邊尚有李蓮花在。

李思漲紅了臉，張達指著他鼻子：「他知道了師父和師娘的祕密！上次喝醉酒，李思這小子說他無意間聽到一個驚天祕密，只要我出三百兩銀子，他就賣給我。」

李蓮花的目光轉到李思臉上，李思臉上紅一陣白一陣：「那是我喝醉了胡說八道，我什麼……什麼也不知道。」

李蓮花「咦」了一聲：「你酒品不好。」

李思「砰」的一掌拍在桌上：「你怎知我酒品不好？我武功雖不行，喝酒卻是好手。」

李蓮花道：「你酒後胡言亂語。」

李思大怒，指著王武的頭：「你叫這小子告訴你，馬家堡裡論喝酒，酒量、酒品，老子稱第二，沒人敢說第一。」

李蓮花道：「奇怪了，你不是說你喝醉了胡說八道……」

李思一呆，張達幸災樂禍地看著他：「說溜嘴了吧？還是老老實實地招供吧，你到底知道師父師娘什麼祕密？」

李思瞪著李蓮花，李蓮花滿面歉然，似乎方才幾句全然出於無心。僵持了一會兒，李思頹然坐下，「我不知道是真是假……我曾經和師父喝過一次酒……」說到此處，他停頓了很久，才小心翼翼地說，「師父說……師父說雖然他很愛師娘，但總有一天他要殺了師娘。」

張達和王武大吃一驚：「什麼？」

李蓮花也很驚訝：「為什麼？」

李思道：「因為師娘知道師父……師父……害死了師祖……」

「啊？」張達和王武全身一震，雙目大睜，「師父害死了師祖？」

李思乾笑一聲：「我不知道是不是師父喝醉了說胡話。師父好像說……雖然他是師祖的兒子，可是師祖卻對劉師叔特別看重，對年輕時的師娘更是寵愛有加，他雖然是兒子，卻最沒地位。師祖打算把馬家堡傳給劉師叔，師父和師祖吵了起來，失手把師祖從平步崖上推了下去……」

李蓮花滿臉驚駭，似被這故事嚇得全身發抖：「那那那……馬夫人看見了？」

李思苦笑，「我不知道，師父只說師娘知道。」看著幾人的眼神，他又連忙道，「可是我聽過就算了，沒對任何人說，師父酒後胡言亂語……他對師娘一片痴情，視秀秦如己出，江湖上誰不知道。」

「當然……當然……對了張大俠，」李蓮花「啊」了一聲，突然岔開話題問張達，「出事那天晚上，你路過馬堡主門外去茅廁，可有看到什麼不尋常的東西？」

張達搖頭：「我走過去的時候堡主房裡燈還亮著，堡主抱著秀秦在玩，什麼事也沒有發生。」

李蓮花的目光轉了過來，看著李思和王武問：「那天晚上，你們不睡覺，跟在張大俠後面，又是在幹什麼？」

李思和王武大吃一驚，王武連道「沒有」，李思想了半晌，才憋出一句：「你怎麼知道我們跟在大師兄後面？」

李蓮花極認真地解釋：「從你們住的房子到馬堡主門外，隔著許多花樹柳樹，前幾日月色不好，要不小心看見張大俠路過馬堡主房門口去茅廁，似乎不大可能，何況是兩個人都看見了。既然在房間裡不大可能看見，那說不定就是跟在後面。」

李思和王武面面相覷，王武吞吞吐吐道：「其實我們……不是跟蹤大師兄，是……」

李蓮花問：「什麼？」

王武鼓足勇氣，悶了半晌，才晴天霹靂地說了一句：「我們是看見劉師叔的鬼魂。」

李蓮花大吃一驚：「看見劉如京的鬼魂？」

張達張大嘴巴，李思連連搖手：「是王武看見的，我沒看見。我只看見大師兄在花園裡，是王武非要說看見劉師叔。」

王武又憋了半天，說道：「真的。我看見劉師叔的鬼魂在外面飄了一下又不見了，第二天師父師娘就死了。」

李蓮花霎時愁眉苦臉：「劉如京的鬼魂？我怕鬼……非常怕鬼……這世上怎麼會有鬼呢？」

這時，馬秀秦轉過目光看了他一眼，李蓮花連忙對他露出笑臉：「兩隻蟲加另外兩隻蟲是幾隻？」

馬秀秦這次沒有避開，遲疑了一會兒，用他細細的孩童聲音說：「四隻。」

李蓮花讚道：「好聰明的孩子。」

四 捉鬼

馬黃夫婦被害的第四天。

何璋仍舊昏迷不醒，王忠急躁不安，若是面前有敵人，他早已衝上前去搏命，只是這凶手不知究竟藏在哪裡。兩日空坐房中，他雙眼布滿血絲，無法入眠。李蓮花卻整日和馬秀秦在一起，捉蝴蝶，釣魚，摺紙，倒似馬家血案和他全然無關。王忠本來心下甚是不悅，但李蓮花原是馬黃請來為馬秀秦治病的大夫，他又說不出李蓮花陪著馬秀秦玩耍到底有何不對，只是越發憤懣。

眼看馬家堡已閉門三日，家中新鮮瓜果不足，如果再查不到凶手，勢必得打開大門，如此一來，閉門擒凶的努力便付之東流。而自從何璋遇襲後，堡內安靜了幾日，眾人惶惶不安，卻未發生新的事件。

第四天過去大半日，這日天氣出奇得好，到了傍晚時分，晚霞耀目燦爛，映得整座馬家堡金光燦燦，人人臉色都好看了些，彷彿詭異可怖的日子當真已經過去。

王武在庭院小池塘邊練武，他人比張達和李思笨些，卻更勤勉，如若不是馬黃指點徒弟的本事不怎麼高明，說不定他能算半個練武之材。「哈——黑虎掏心——哈——猴子撈月——」王武練一招便喝一聲，倒也虎虎生風，十分可觀。

突然草叢中有什麼東西微微動了一下，王武一懍，頓時停了手：「什麼人在那裡？」草叢中靜悄悄的，毫無聲息。

王武瞬間想起馬黃夫婦的慘狀，膽寒了起來，本想邁開大步過去喝一聲「誰」，卻怎麼也不敢過去。僵了半晌，他從地上拾起一塊石頭，輕輕丟過去，「啪」的一聲，石頭跌進草叢中，頓時一群蒼蠅自草叢中一轟而散。王武探頭看了看，嚇得魂飛魄散，慘叫一聲，「哎呀！」調頭就跑，「殺人了殺人了……來人啊……」

等王忠和李思等人趕到的時候，李蓮花已經對著那沾滿蒼蠅的東西看了很久。他和馬秀秦本在池塘的另一邊玩耍，現下馬秀秦已被奶娘接走。

王忠大步走來，問道：「是誰被殺了？」

李蓮花不知在想什麼，被他嚇了一跳：「什麼……什麼人被殺？」

王忠奇道：「王武那小子說又有人被殺，在哪裡？」

李蓮花指著草叢中的東西：「這裡只有一截手臂……」

王忠凝目一看，草叢中果然有一截斷臂，那斷臂上沾滿蒼蠅，似乎已斷了大半天，顏色慘白，而斷臂的主人不知在何處，和劉如京失蹤的情景赫然相似：「人呢？這是誰的手臂？」

李蓮花心不在焉地道：「這是女人的手臂……」

李思和張達對那手臂看了半晌，突然醒悟：「這是小紅的手臂！」

李蓮花奇道：「小紅是誰？」

張達道：「小紅是伺候秀秦的婢女，夫人的陪嫁。」

王忠恍然，是那位追著馬秀秦餵飯的小姑娘：「怎麼會有人向她下毒手？」

「去小紅房裡看看這丫頭在不在。」張達吩咐其他僕役去找人，「如果沒人，就把那丫頭的房間給我從頭到尾搜一遍。」

李蓮花卻道：「這裡還有東西很奇怪。」

幾人仔細一看，只見斷臂旁邊掉了一些形狀奇特、顏色古怪的東西，像是內臟，氣味甚是腥臭，蒼蠅卻不大沾在上面，只有一隻四腳蛇叼了一塊，很快消失在草叢裡。

張達沉吟道：「這丫頭怎麼會拿著這種東西到這裡來？去叫個廚房師傅過來，我看這像魚、蛇、鳥一類動物的內臟。」

李蓮花「嗯」了一聲，「可是卻不招蒼蠅……」他抬起頭東張西望了一下，練武後院草木青翠，除了池塘以外尚有竹亭古井，他突然「咦」了一聲，「池塘邊還鑿水井？」

李思不耐地道：「那口井不知是誰鑿的，十幾年前這池塘比現在大得多，那時井裡還有些水，現在水乾了一半，井裡早已枯了。」

李蓮花「啊」了一聲：「我明白了。」

眾人一怔：「你明白了什麼？」

李蓮花道：「原來這裡過去就是劉如京、張達、李思和王武的住所，那邊是馬堡主夫婦的住所，這邊是馬堡主夫婦門前的那片花樹林和池塘……」

眾人面面相覷，王忠忍住火氣咳嗽一聲：「你在這裡住了幾日，還不知道這是哪裡？」

李蓮花歉然道：「這個……堡裡小路轉來轉去，這裡和從馬堡主房間看起來不大一樣……」

張達從鼻子裡哼了一聲，低聲道：「簡直蠢得像頭豬。」

卻聽李蓮花繼續道：「也就是說，那枝飛羽箭是從這片樹林裡射出去的……」

「正是！」王忠一懍，他望了眼對岸，沉聲道，「那枝箭射向對岸，很可能就是從這裡射出的。」

李思腦子轉得比較快：「換句話說，這個地方很可疑？」

李蓮花道：「這裡有鬼。」

王忠皺眉：「胡說八道，世上若真有鬼，那些大奸大惡之輩豈非早被鬼收拾了，怎會有冤案？你身為當世名醫，豈能有此無稽之談？」

李蓮花卻很認真，堅持道：「這裡有鬼，一定有鬼。」

王忠大聲道：「鬼在何處？依我看來，必是馬家堡裡有人飼養毒物，伺機害人！」

張達涼涼道：「王大俠，我等也知堡裡有人是凶手，但到底是誰害死師父，你可知道？」

王忠語塞，惱羞成怒：「難道你知道？」

李蓮花咳嗽一聲，打斷雙方爭執，微微一笑：「我知道。」

「你知道？」眾人詫異之餘不免帶了幾分輕蔑之色。

李蓮花正色點頭：「我確實知道。」

「誰是凶手？」

李蓮花道：「誰是凶手，等我捉到鬼以後便知。」

王忠好奇地道：「捉鬼？」

李蓮花微笑：「這裡有鬼，等我捉到喜歡砍人手臂的鬼，大家不妨自己問他到底是被誰所殺，如何？」

眾人瞠目結舌，將信將疑，卻見這位江湖神醫打了個呵欠：「捉鬼的事，夜裡再說……倒是秀秦少爺大家可千萬看好了，馬堡主生前將他交託於我，我萬萬不能令他失望。」

那些內臟經廚房師傅辨認之後確認是魚內臟，之所以蒼蠅不碰，是因為昨夜做了河豚，河豚的內臟有毒，可見這些魚內臟必是從廚房來的。小紅房裡並沒有什麼可疑之處，她自早晨至今不見蹤影，自然無法判斷她是否少了一截手臂。

晚飯過後，李蓮花仍舊和馬秀秦一起玩耍，眾人等了又等，要等他「捉鬼」，卻只覺月亮越升越高，自己越來越睏，那神醫仍舊和馬秀秦在摺紙。直至三更過後，張達、李思等人在心裡痛罵自己是頭豬，竟會相信李蓮花，於是選擇回房睡覺，只餘下王忠和王武，繼續等待李蓮花「捉鬼」。王忠是因為本就睡不著，而王武則是有些相信李蓮花真的會捉鬼。

三更將盡，四更初起，李蓮花終於有了動靜。「秀秦，跟我來。」他這五個字說得分外溫柔。馬秀秦微微震動了一下，往後躲了躲。

李蓮花凝視著他，柔聲道：「跟我來。」馬秀秦默默站起來，李蓮花拉著他的手，往練武場那一大片樹林池塘的草地走去。

王忠和王武覺得古怪，便距離五丈，遙遙跟在後面，此時天色已不若方才漆黑，前面兩人越走越遠，竟是筆直往池塘走去。

王忠暗想：莫非池塘裡有什麼古怪……一念未畢，忽聽李蓮花「哎喲」大叫一聲，仰身倒了下去。

王忠、王武駭然，連忙拔腿趕上，卻見樹林中一樣東西比他們還快落在池塘邊，夜色中陡然亮起劍光如雪，一劍突來，一顫之後，「嗡」的一聲，往李蓮花肩膀砍下。

王忠及時趕到，大喝一聲：「住手！」雙指在劍刃上一點，那「東西」長劍脫手，轉身就逃，李蓮花卻悠悠說道：「劉大俠，且留步，在下並未中毒。」

王忠與那「東西」正面相對，脫口驚呼：「二哥！」

王武也驚呼道：「劉師叔！」

揮劍砍向李蓮花而後逃竄的人，正是斷了一臂的劉如京！

被幾人識破身分，劉如京終是停下腳步，看了王忠一眼，神色甚是複雜，十分激動，也很黯然：「我……」

王忠大步向前，一時間他把馬家堡血案悉數忘卻，一把抓住劉如京的肩膀：「二哥！十年不見，你過得可好？」

李蓮花從泥地裡爬起來，帶著微笑站在一旁，只聽劉如京沉聲道，「我……唉……我……」他忽然抬頭看了李蓮花一眼，「李神醫酷似門主，方才我差點認錯人。不過，李神醫怎知我並非想殺人？」

李蓮花拉著馬秀秦的手，卻道：「這裡很危險，可否回大廳坐坐？」

劉如京點了點頭，王武滿臉驚駭地看著他：「劉師叔，你沒死？也就是說，那天晚上我當真看見你了……你……你殺了師父？」

劉如京「嘿」了一聲：「你師父雖然不成才，但劉某還不屑殺他。你問王忠，當年我『四虎銀槍』是何等人物？四顧門門下無小人，馬師弟行事糊塗，人卻不是太壞，我沒有殺他。」

他若沒有殺害馬黃夫婦，為何躲躲閃閃，又專門砍人手臂？

幾人返回廳堂，李蓮花仍握著馬秀秦的手。

坐下之後，王忠看著劉如京斷去半截、包紮處仍滲著鮮血的手臂，愴然道：「二哥，究竟是誰傷了你？你又為何要砍人手臂？」

劉如京緩緩道，「關於兇手，我也是相當意外……」他看向李蓮花，「不過，連我自己都不敢相信的事，李神醫究竟是如何知曉？你又怎知我砍人手臂是為了救人，而非殺人？」

王忠和王武奇道：「救人？」

劉如京點了點頭：「凶手役使的毒物劇毒無比，一旦中毒，若不立刻砍去手臂，只怕沒有幾人挨得過一兩個時辰。」

王武駭然道：「是什麼毒物如此厲害？凶手到底是誰？」

王忠心裡驚駭至極，原來手臂並非凶手所砍，劉如京砍人手臂，竟是為了救人：「凶手是誰？」

劉如京凝視著李蓮花的臉：「凶手是……」

李蓮花微微一笑，把馬秀秦往前一推：「凶手在此。」

王忠和王武這下當真是大吃一驚，齊聲道：「這個孩子？怎麼可能？」

李蓮花嘆了口氣：「關於這一點，我也一直不願相信……不過他已經七歲了，七歲的孩子其實遠遠比我們想像的懂得多，但無論懂多少，他仍是個孩子。之所以會做出這種事，也正是因為他還有許多事不懂。秀秦，你說是不是？」

馬秀秦低頭握著白天李蓮花為他摺的一隻小豬，安靜的臉上突然流露出些微驚恐之色，咬著嘴唇，沒有說話。

劉如京盯著馬秀秦：「秀兒，我對你如何，你很清楚，我到現在還沒有問過你，那天你為什麼讓那種東西來咬我？」

馬秀秦微微縮了縮身體，顯得有些害怕。劉如京厲聲問道：「為什麼？」

馬秀秦躲到李蓮花身後，過了良久，終於細聲細氣地道：「因為……劉叔叔要教我讀書練武，我不愛讀書。」

劉如京氣極反笑：「只因為這種理由？你很好、很好……」

馬秀秦牢牢抓著李蓮花的衣裳：「娘說過不管是誰，只要礙了我的事，都可以殺。」

王忠和王武不住搖頭。

劉如京問道：「你為何連你娘都殺了？」

馬秀秦抿嘴：「她看見了。」

劉如京冷笑道：「看見你養的那種東西？那你爹呢？你爹雖不是你親爹，但將你視如己出，你卻為何連他一起毒死？」

馬秀秦突然大聲說：「他才不是我爹，娘說他害死我爹！」

王忠忍不住道：「那何璋呢？」

馬秀秦目中閃過驚惶之色：「他……他要抓我……」

李蓮花拍了拍馬秀秦的頭，溫言道：「好了，不要再說了，接下來叔叔替你說。」

馬秀秦一貫平靜冷漠的小臉上更顯驚惶之色，突然嘴巴一癟，抓著李蓮花的衣裳，竟眼淚汪汪地哭了起來：「我想娘……嗚嗚嗚……我想爹……嗚嗚嗚……」

幾人面面相覷，極度詫異憤怒之餘，也不禁惻然。

五 四腳蛇

「李神醫是如何知道秀兒便是凶手？」劉如京問道，「我被秀兒的毒物咬傷時，仍不敢相信他要殺我。」

王忠長吁一口氣，仍然瞪著馬秀秦：「就算讓我親眼看見這孩子殺人，只怕也不會相信……」

王武看著那七歲孩童，委實不知該說些什麼好，只能呆立當場，滿面不可置信。

李蓮花看了馬秀秦一眼，嘆了口氣：「我可不是神仙，一開始我只知道一件事，那就是劉大俠沒有屍體，不能說已經『死』了。他的手臂多半是他自己砍的。還有，劉大俠砍斷手臂的時候馬秀秦一定看見了。」

王忠問道：「何以見得？」

李蓮花道：「因為右臂斷了半截，頭髮也斷了，證明那一劍很險。如果馬家堡內真有如此高手，能一劍將『四虎銀槍』劉如京傷成如此模樣，他怎麼可能讓劉大俠逃脫？又怎麼可能放過在場的馬秀秦？他是如何進來又如何出去的？馬秀秦身上濺有鮮血，劉大俠斷臂時他一定就在身旁，否則血從何而來？他只說劉叔叔剩下一隻手，可沒說看到別人，所以我想那手臂多半是他自己砍的。」

頓了頓，李蓮花繼續道，「可是我難免懷疑……為何劉大俠要當著馬秀秦的面斷臂？一個人要砍斷自己手臂有很多理由，但偏偏在一個孩子面前砍斷，似乎有些古怪。而後馬堡主夫婦中毒而死，又被人砍了手臂，我便想到，一個人迫於無奈砍斷自己的手臂，很可能是因為中毒。馬堡主被利刃砍傷時已經昏迷不醒，若是要殺他，為何不砍斷脖子或者直刺心臟，而要砍手臂？說不定砍人手臂之人並不是想殺人，而是想救人。馬堡主夫婦房內條條血跡自右而左，馬堡主手臂被砍了數劍仍未砍斷，顯然是左手所砍，而且持劍的手臂虛乏無力，才會砍而不斷。」他看了劉如京一眼，「想到此處，我便猜砍人手臂的人是身受重傷的劉大俠，卻仍然想不出下毒之人是誰。直到張達提醒了我。」

王武「啊」了一聲：「大師兄提醒了什麼？」

李蓮花微笑道：「張達去茅廁的路上，看見了什麼？」

王武苦苦思索：「好像是看見了師父房裡燈沒熄。」

李蓮花點了點頭：「他說看見馬堡主抱著兒子玩耍，也就是說，在馬堡主夫婦出事之前，最後留在馬堡主身邊的人，又是馬秀秦！」

王忠心下一寒：「但也不能僅憑如此，就說這孩子是凶手。」

李蓮花微微一笑：「那時我可沒有懷疑馬秀秦是凶手，但我做了個試驗，摺了兩隻蝴蝶和兩隻螳螂，你們還記得嗎？我問兩隻蟲子加兩隻蟲子等於多少，他說一隻。」

王武道：「兩隻加兩隻當然等於四隻。」

李蓮花搖頭：「螳螂吃蝴蝶，兩隻螳螂加兩隻蝴蝶，等於兩隻螳螂，母螳螂會吃公螳螂，兩隻螳螂最後只會剩下一隻，所以等於一隻。」

幾人「啊」了一聲，頗覺詫異。

李蓮花繼續道：「然後我說等於四隻，馬秀秦很快改口說是四隻。這證明這孩子絕非痴呆，而是聰明至極。他喜歡摺紙，王大俠可還記得，馬堡主夫婦房裡那個不知是否被人打開過的抽屜？」

王忠一怔：「記得。」那抽屜上的巧鎖，七個字對了六個，對此他印象甚深。

李蓮花露齒一笑：「那抽屜裡是什麼東西？」

王忠脫口而出：「信箋……啊……」

李蓮花接口道：「不錯，空白信箋，是馬秀秦常用來玩耍的東西。那個抽屜裡沒有貴重之物，如果曾經打開過，為何要將之鎖上？如果不曾打開過，七個字的詩歌已經對了六個，為何不能打開？我認為換作常人，最底下的抽屜倘若沒有貴重之物，多半不會不厭其煩地將之鎖上，而如此繁瑣的鎖，已把六字對齊，怎會打不開？難道開鎖之人並不知道那首詩？所以不管是曾經打開過又小心翼翼地鎖上，還是根本沒有打開，我都猜測是一個孩子所為。」

幾人想了想，劉如京道：「有些道理。」

李蓮花慢慢道：「如果開鎖的是個孩子，就代表最近他曾獨自一個人在那個房間裡待了很久……」

此言一出，王武頓時毛骨悚然，結結巴巴地道：「你說他……他在毒死師父師娘以後，還在那房間裡待了很久？」

李蓮花連忙道：「我是說曾經，不一定是那天晚上……」

馬秀秦在他身後，不知何時已停止哭泣，突然輕聲道：「娘躺在床上，我打不開。」

李蓮花聞言又摸了摸他的頭，抬眼看著劉如京，微笑道：「雖然馬秀秦很是可疑，但假如他是兇手，他必須持有殺人毒物，我卻沒有發現如此一個小小孩童，能有什麼可怖的毒物。直到今天傍晚，小紅的斷臂旁邊掉了一包魚內臟，我看到一隻四腳蛇吃了一塊。這包魚內臟非同小可，裡面有河豚之毒，連蒼蠅都不敢碰，是什麼東西敢拿之當作食物？我突然想到，難道馬家堡殺人的毒物，就是這種形狀普通、四處可見的四腳蛇不成？小紅把魚內臟拿到池塘邊，莫不是要去餵食，卻不小心被咬了？馬堡主夫婦死後，有誰能驅使小紅做這種事？難道真是馬秀秦？這時候我想起一件事，是劉大俠讓我確定，馬秀秦就是兇手。」

「什麼事？」王忠好奇道。

李蓮花小心翼翼地瞄了他一眼：「這件事王大人再清楚不過，你可還記得，那日在樹林裡，有人用暗器射了馬秀秦一箭？」

王忠點頭，「那是二哥的暗器。」他轉頭問劉如京，「對了，是誰利用二哥的暗器暗中傷人？」

劉如京有些尷尬，李蓮花微笑道：「那本就是劉大俠自己射的，我既然想到劉大俠未死，自然想到他重傷之後暗器不能及遠，所以使用機簧。劉大俠這一箭，讓我將一切都想清楚了。劉大俠被凶手所害，他要殺的人，如果不是凶手，那是何人？那一箭不是要殺馬氏滿門，而是要救馬家堡上下數十口。在劉大俠、馬堡主夫婦遇害之時，馬秀秦都在身邊。若不是絲毫不加防備的對象，何璋怎會受人暗算？馬秀秦曾獨自一人在馬堡主房內待了很久，卻無人看管。他的婢女小紅以魚內臟飼養四腳蛇，那四腳蛇不畏劇毒，馬秀秦非但不是傻子，還聰明絕頂。第一個被害人劉大俠要殺馬秀秦，所以馬秀秦是凶手。」

幾人長長吁了口氣，李蓮花移目看向劉如京：「劉大俠也可告訴我們，你中毒斷臂之後，為何躲起來？」

劉如京一聲苦笑：「我突然被咬，那時以為是馬師弟指使秀兒暗算我，這毒劇烈無比，我只能立刻斷臂，從窗口逃出，躲進古井。」

李蓮花微笑道：「讓我猜個祕密——馬家堡裡乾枯的古井可是相通的？」

劉如京頷首：「不錯，井下有乾枯的河床相連，恰好形成天然通道，夜間我便到廚房盜些食物，潛回房間休息，白天多半留在井底養傷。結果傷養了兩日，那夜出去尋覓食物，卻看見秀秦一個人從馬師弟房間走出來。我覺得很是奇怪，馬師弟怎會半夜讓秀秦一個人回房？我便到窗口去探了一眼，結果房中人明顯氣息全無，門也沒有關上。我衝進房去，想斬下馬師弟中毒的右臂，但他已回天乏術，馬師妹更是早已死去。我在那時才醒悟，是秀兒自己拿定主意殺人，隔日我便決定殺秀兒為馬師弟報仇，這孩子委實太過可怕……只是我重傷未癒，只得借助機簧之力發射暗器，那一箭本該殺了他，卻被三弟攔下。我下定決心要殺秀兒，不便與故人相見，所以從古井中避走，躲了起來。」

王忠「啊」了一聲：「那位小紅丫頭也是被你所救吧？」

劉如京微微一笑：「小姑娘被毒物咬傷，我砍了她的手臂救了她一命，現在人還在井下，昏迷不醒。」

此時王忠才突然想到：「對了，那種咬人的毒物，究竟是什麼？」

劉如京也皺起眉頭，沉吟道，「的確是一種四腳蛇，只是似乎不能上牆，也不似水裡游的，爬起來不是太快，有些地方是紅色的……我也沒看清楚……」他停了一下，繼續道，「牠的皮膚有毒，我不過捉住牠，就已中毒。」

王武駭然：「四腳蛇？我在這裡住了十幾年，常常看見四腳蛇，也捉過幾次，牠的確有些毒性，可不至於毒死人吧？」

劉如京搖了搖頭，「我倒是未曾留意到什麼四腳蛇。秀兒，」他凝視著馬秀秦，「那種東西你是怎麼養出來的？」

馬秀秦靜靜不說話，臉上還有淚痕。李蓮花道：「用小魚養的？」

馬秀秦歪著頭看了他一眼，目光甚是奇怪，遲疑了很久，終於點點頭。

李蓮花突然「啊」一聲：「馬堡主夫婦是不是喜歡吃河豚？」

劉如京點了點頭：「馬師弟嗜吃河豚，每十天半個月就要做幾道河豚菜，廚房師傅也很精於此道。」

李蓮花喃喃道：「河豚臟腑含有劇毒，這種四腳蛇本身有毒，難道是牠吃了河豚之毒，增強了自身的毒性？」

馬秀秦似懂非懂地看著他，突然說：「娘說養嗞嗞要用小花魚。」

劉如京突然一懍：「嗞嗞？你是說那些四腳蛇是你娘養的？」

馬秀秦道：「娘說如果爹不讓我做堡主，就要嗞嗞咬他，因為他害死了我真的爹爹。」

幾個大人面面相覷，李蓮花寒毛直豎，冷汗涔涔道：「你娘……教你養『嗞嗞』？準備用……用來害死……你爹？」

馬秀秦低下頭：「嗯。」

劉如京倒抽一口氣，苦笑道：「區區馬家堡堡主之位，竟有如此重要？」

李蓮花卻問：「秀秦，什麼叫『堡主』你知道嗎？」

馬秀秦呆了呆，滿臉疑惑地看著李蓮花，想了很久：「堡主就是……想殺誰就殺誰……可以把討厭的人都殺掉的人。」

幾人再度面面相覷，王武眉頭深皺。

劉如京沉下臉：「這些都是你娘教你的？」馬秀秦靜而不答。

李蓮花輕輕嘆了口氣：「那你為什麼毒死你娘？」

「我討厭她。」馬秀秦這次答得很快，「她在劉叔房裡看到喲喲，打我，我討厭她。」說到「我討厭她」的時候，這個七歲的孩子滿臉恨意，狠毒至極，完全不見方才思念母親的楚楚可憐。

李蓮花又嘆了口氣：「你是不是也很討厭我？」

馬秀秦又往他身後躲了躲，沒有回答。

李蓮花喃喃道：「我猜你也很討厭我，從兩隻蟲子加兩隻蟲子等於一隻蟲子那天起，我天天和你在一起，想必耽誤你很多事，讓『喲喲』們肚子餓了……」

馬秀秦半個人躲在李蓮花身後，李蓮花繼續道：「難怪牠咬了小紅……秀秦啊……」

他說到「秀秦啊」的時候，馬秀秦突然從他身後猛地退了一大步，滿臉的驚慌失措和不可置信，他的手卻被李蓮花牢牢抓住，只聽李蓮花繼續道：「……把死掉的喲喲帶在身上很髒，懶可忍，髒不可忍，還是快點扔掉為好。」

王忠等人都清清楚楚看見馬秀秦手中打開的竹筒裡，裝著一隻已經死去的四腳蛇，那四腳蛇身上長滿橘紅色的瘤子，不知為何已經死去。

李蓮花接過馬秀秦手裡的竹筒，嫌惡地遠遠拎到另一邊，輕輕擱在最高處的櫃子頂端，愉快地環視眾人，滿臉歉然地對馬秀秦道：「我以為你身上帶著毒藥，所以這幾天都跟著你，怕你再對別人下毒，沒想到害你幾天沒辦法餵嗞嗞，牠已經餓死了，真是對不起。」

王忠哭笑不得，馬秀秦看著李蓮花，目中流露出強烈的驚恐和憎惡。

劉如京緩緩道：「我要殺了這孩子……」

李蓮花「啊」了一聲，「江湖刑堂『佛彼白石』已經派人往這裡趕來，這孩子交給他們就好。那個……」他小心翼翼地看了劉如京一眼，「難道你也想被他們一併抓去？」

劉如京怒道：「這是本門中事，是誰通報了『佛彼白石』？」

李蓮花道：「不是我。」

王忠只得苦笑：「是我。」

劉如京一怔，長長吁了口氣：「四弟，自從十年前門主墜海失蹤，我便發誓，這一輩子絕不原諒那四個人，本門中事，不必『佛彼白石』來管。」

王忠只得繼續苦笑。

四顧門門主李相夷，十年前與金鴛盟盟主笛飛聲在東海之上決戰，戰後二人雙雙失蹤。四顧門在當時已占上風，但因為李相夷心腹「佛彼白石」四人指揮失誤，導致李相夷孤身一人於東海上與敵決戰，終墜海失蹤。而四顧門大批人馬卻攻入空無一人的金鴛盟總舵。雖然剿滅了金鴛盟，消除了江湖一大禍患，身為四顧門「四虎銀槍」之一的劉如京卻始終不能原諒「佛彼白石」四人當時的失策，他憤而隱居。雖然事隔十年，「佛彼白石」四人如今已是聲望顯赫的當代大俠，他卻仍恨之入骨。

李蓮花瞄了兩人一眼，忍不住道：「李相夷平生最恨人頑固不化……劉……大俠，你何必對十年前的舊事耿耿於懷……其實……那個……」

劉如京冷冷道：「什麼？」

李蓮花慢吞吞道：「……其實……那個……跌下海的……人……又不是你……」

他還沒說完，已被劉如京厲聲打斷：「門主安危，乃是何等大事，雲彼丘妄稱聰明，卻犯下天下第一大錯，我劉如京雖非聰明之輩，但今生今世，絕不能諒解！」

李蓮花瞠目結舌：「李相夷……造孽……」

劉如京怒道：「你再不敬我門主，我連你一起殺了。」

李蓮花嚇得噤若寒蟬，連稱不敢。

未過兩日，「佛彼白石」果然派人來調查「有斷臂鬼」一案。查明確實是馬秀秦因為瑣事妄圖用劇毒四腳蛇毒殺劉如京，劉如京斷臂逃脫，馬夫人卻闖入庭院，發現馬秀秦殺人的蛛絲馬跡。馬秀秦隔了兩日又毒倒爹娘，一則殺人滅口，二則為「父」報仇。那夜，何璋下令封閉馬家堡，在堡內搜查凶手，馬秀秦夜裡招呼何璋為他捕捉四腳蛇，導致何璋也被毒物咬中，中毒昏迷。而那婢女小紅也在劉如京藏身的枯井中找到，她是黎明之時去為餓了多日的四腳蛇投食，不慎被咬中毒。至此，馬家堡有斷臂鬼案終於明朗，劉如京雖然砍了數人手臂，卻是為了救人，而非殺人。

馬秀秦被「佛彼白石」帶走。劉如京雖然對這孩子滿懷震怒憎恨，卻終是狠不下心殺他。李蓮花對他這「婦人之仁」大大讚許了一番，聲稱如是李相夷復生，想必也會大大高興，讚他善良仁厚、老成持重、絕不殘忍好殺等等，卻被劉如京客客氣氣地請出馬家堡，返回吉祥紋蓮花樓。

一場風波，似乎就此結束了。

六　揚州慢

何璋在李蓮花被「請」回家之後醒來。那時，李蓮花已經走了兩日。

劉如京的傷勢也痊癒大半，王忠打算在馬家堡多住幾日，一則幫助劉如京把馬秀秦和馬夫人飼養的那些紅色四腳蛇殺個乾淨；二則也想和十年未見的兄弟多相處幾天。

何璋醒來許久，卻始終沉默，王忠和劉如京都有些奇怪。

「三哥？」王忠試探地叫道。

劉如京也深深皺眉：「三弟，可是哪裡不適？」

何璋搖了搖頭，過了好一會兒才緩緩道：「我氣血通暢，毫無不適。」

王忠奇道：「那你為何不說話？」

何璋又搖了搖頭，過了好一會兒，他十分迷茫地道：「是誰幫我煉化體內劇毒？我此刻氣機通暢，功力有所增進……」

王忠和劉如京面面相覷，王忠有些變了臉色：「你說你中的毒是被煉化了？」

何璋點頭，從床上坐起：「世上有幾人有這等功力？」

王忠苦笑，劉如京臉色大變：「是誰幫三弟療傷？」

王忠道：「李蓮花。」

三人面面相覷，何璋一字一字道：「我以練武二十八年為賭注，賭為我療傷的內功心法是『揚州慢』！世上若非『揚州慢』，絕無可能在短時間內替人煉化體內劇毒……」

「揚州慢」正是李相夷成名的內功心法。

王忠也一字一字道：「他長得酷似門主……」

劉如京臉色鐵青：「難道他真是……」

三人腦中同時掠過李蓮花滿口稱是、雙眼茫然、唯唯諾諾的模樣，都是一聲苦笑：「絕無可能。」

「相夷太劍」李相夷當年冷峻高傲，俊美無雙，不知傾倒多少江湖少女，怎麼可能變成那種模樣？

「難道他是門主的晚輩親戚？」

「或是同門師兄弟？」

「還是親生兄弟？」

「總而言之，他長得比門主醜，比門主年輕，比門主武功差……對了，他的武功和門主比起來不只是差，是差差差差差……」

「嗯，差不多等於不會武功。」

「和門主相比，李蓮花真是無才無德無貌無功，無令人信服追隨之氣。」

「一無是處。」

「嗯嗯，一無是處。」

「絕對一無是處！」

「他肯定不是門主……」

——《蓮花樓》（冊一）完

高寶書版集團
gobooks.com.tw

YE 023
蓮花樓（冊一）

作　　者　藤　萍
特約編輯　余純菁
責任編輯　高如玫
封面設計　張新御
內頁排版　賴姵均
企　　劃　何嘉雯

發 行 人　朱凱蕾
出　　版　英屬維京群島商高寶國際有限公司台灣分公司
　　　　　Global Group Holdings, Ltd.
地　　址　台北市內湖區洲子街88號3樓
網　　址　gobooks.com.tw
電　　話　(02) 27992788
電　　郵　readers@gobooks.com.tw（讀者服務部）
傳　　真　出版部(02) 27990909　行銷部 (02) 27993088
郵政劃撥　19394552
戶　　名　英屬維京群島商高寶國際有限公司台灣分公司
發　　行　英屬維京群島商高寶國際有限公司台灣分公司
初　　版　2023年01月

原著書名：《吉祥紋蓮花樓》
本書中文繁體字版由天津星文文化傳播有限公司授權出版。

國家圖書館出版品預行編目(CIP)資料

蓮花樓（冊一）/藤萍著. -- 初版. -- 臺北市：英屬維京群島商高寶國際有限公司台灣分公司, 2023.01
冊；　公分. --

ISBN 978-986-506-596-6（第1冊：平裝）.--
ISBN 978-986-506-597-3（第2冊：平裝）.--
ISBN 978-986-506-598-0（第3冊：平裝）.--
ISBN 978-986-506-599-7（第4冊：平裝）

857.7　　111018766